Sabine Dau

Hüter des Soma

Yamas Kinder

Bibliografische Information der Deutschen Nationalbibliothek: Die Deutsche Nationalbibliothek verzeichnet diese Publikation in der Deutschen Nationalbibliografie; detaillierte bibliografische Daten sind im Internet über dnb.dnb.de abrufbar.

Copyright ©Jan. 2017 by Sabine Dau

Coverdesign: Sylvia Ludwig/cover-fuer-dich.de
Slava Gerj/shutterstock.com (#70909543)
Atelier Sommerland/shutterstock.com (#185929472)

© 2017
Herstellung und Verlag: BoD – Books on Demand, Norderstedt.
ISBN: 9783743143111

„Die Menschen gaben mir viele Namen, Hades, Osiris oder Pluton.
Doch kaum jemand kennt meine wahre Natur."

„Einst war ich Mensch."
„Und ich ein Dämon."
„Meine Mutter gab mir den Namen Jeng."
„Und ich nannte mich selbst Varun."
„Wir lagen tief in der Erde geborgen für sehr lange Zeit.
Gutes, inniges Dunkel.
Ich habe geschlafen."
„Und ich gewacht."
„Und als man uns wieder emporhob zum Licht, waren wir *anders*, als zuvor."

„Weder Mensch noch Dämon sind wir gemeinsam der Herr des Totenreichs,
durchdrungen von Licht und Dunkelheit.
Ich bin Yama!"

Leben ist wie eine Kerzenflamme im Wind!
Manches Leben verlöscht, noch bevor es geboren wird,
anderes bereits im Kindesalter,
viele leben lange und werden alt,
doch alle müssen gehen, wenn ihre Zeit gekommen ist.

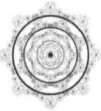

Alepou im Bardo[1]

Sein Körper wurde schwer. Es war ein Gefühl, als würde er im Schlamm versinken.

„Hilf mir!", wollte er schreien, doch kein Laut drang aus seiner Kehle, deshalb dachte er:

‚Halt mich fest, bitte!'

Dicht an seinem Ohr hörte er eine vertraute Stimme: „Hab keine Angst, bleib ruhig! Es gibt nichts zu bedauern oder zu bereuen. Denke immer daran, Alepou vieles, was dir auf deiner Reise begegnen wird, ist eine Illusion. Versuche dich daran zu erinnern! Versuche aufzuwachen!"

Nach diesen Worten war es still. Die Wärme seines Körpers zog sich immer weiter zurück. Seine Glieder wurden kalt. Dann fühlte er nichts mehr, keine Schmerzen, keine Freude, nichts. Vor seinen geschlossenen Liedern sah er Rauchwölkchen aufsteigen. Glühwürmchen leuchteten in dem dunklen Rauch, sie tanzten und hüpften aufeinander zu und vereinigten sich schließlich zu einem flackernden Licht. War es das Licht eines Öllämpchens?

Zuerst brannte die Flamme unruhig, so als stände sie an einem zugigen Ort, doch langsam und unmerklich wurde sie ruhiger. Die Angst fiel von ihm ab und er konzentrierte sich ganz auf das Licht, das sich im

---

[1] Bardo: bezeichnet die nach der Lehre des tibetischen Buddhismus möglichen Bewusstseinszustände, im Diesseits wie im Jenseits.

Zentrum seines Geistes befand. Es kam näher, er fiel darauf zu, schließlich öffnete es sich zu einer klaren, leuchtend hellen Weite, wie die Morgendämmerung an einem klaren Herbsttag.

Eine orangerote Sonne erhob sich langsam aus dem klaren Licht. ‚*Es dämmert*‘, dachte er. Freude erfüllte ihn und eine tiefe Ruhe. Musik erklang feierlich und schön, er fühlte sich davon emporgehoben. Wie ein Windhauch, so leicht war er. Er sah auf den Körper herab, den er so lange bewohnt hatte und er sah seinen Freund, der zu ihm aufsah. „Wirst du mich begleiten, auf meiner Reise?", fragte er ihn.

„Nein, doch ich werde zu dir kommen, sobald du deinen Platz gefunden hast, in der Nachwelt."

„Mein Herz wird dich erkennen", versprach Alepou noch, dann schwebte er zur Decke empor und befand sich mit einem Mal hoch über der Stadt. Ein Ton erklang im Osten, er wandte sich ihm zu. Unwiderstehlich fühlte er sich davon angezogen. Die Welt raste schnell und immer schneller an ihm vorbei. Alepou konnte nicht sagen, wie lange seine Reise dauerte, bis sie abrupt endete.

Vor ihm befand sich ein Tor, dessen Flügel weit offen standen. Es rief und lockte. Er schritt darauf zu, berührte die flimmernden Türflügel, doch zögerte er, es zu durchschreiten. Eine Zeit lang stand er nur da, dann drehte er sich um und sah erst jetzt, dass er sich hoch auf einem Berg befand. Einige Schritte entfernte er sich von dem Durchgang und sah hinab. Wolken versperrten ihm die Sicht auf die Landschaft unter ihm. Sie verdichteten sich und türmten sich immer mehr zu drohenden Gewitterwolken auf. Langsam stiegen sie höher und kamen auf ihn zu. Alepou schauderte. Zweifelnd wandte er sich um und ging zum Tor zurück, dicht davor blieb er stehen. Obwohl das Tor weit offen stand, konnte er nicht erkennen, was dahinter lag. Noch einmal drehte er sich um und sah den Berg hinab. Lautes Donnergrollen erklang, drohend und Unheil verkündend.

‚*Werde ich zurückkehren können, wenn ich diese Welt verlasse?*, fragte er sich. *Werde ich Phila und meinen Sohn besuchen können, um zu sehen, wie es ihnen geht?*'

Donner polterte und grollte, diesmal lauter als zuvor. Blitze zogen ununterbrochen über tiefschwarze Wolken dahin. Dunkle Nebelschwaden umspülten bereits seine Füße. Er wich zurück und näher an das flimmernde Tor heran. Alepou spürte, dass er es durchschreiten musste. Trotzdem stand er noch eine Weile da, ohne sich zu regen. Er konnte sich nicht dazu entschließen hindurchzugehen, denn er wusste, dass er dann alles was er liebte und alles, was ihm im Leben wichtig gewesen war, hinter sich lassen musste.

Plötzlich traf ihn die Erkenntnis wie ein Blitzschlag: ‚*Ich bin gestorben! Ich muss vorwärtsgehen! Was auch immer mich hinter dieser Tür erwartet, ich muss sie durchschreiten. Einen anderen Weg gibt es für mich nicht!*'

Ein Donnerschlag riss ihn jäh aus seinen Gedanken. Er schaute nicht noch einmal zurück, als er beherzt durch die Pforte schritt.

Tiefste Finsternis umgab ihn. ‚*Wo bin ich? Ich kann nichts sehen!*' Verwirrt tastete er umher. Ihm war, als ob ihm alles was ihn ausmachte, entrissen worden wäre. All seine Ziele und Pläne, die er im Leben gehabt hatte, waren zunichtegemacht und mit einem Schlag vergangen.

„Hallo, ist da wer?", rief er.

„Wer bist du?", fragte ihn jemand.

„Ich bin Alepou aus Athen."

„Du meinst, du warst Alepou aus Athen, doch wer bist du jetzt?"

„Ich weiß es nicht, wo bin ich?"

„Ganz bei dir."

„Ich kann nichts sehen!"

„Im Inneren deines Geistes herrscht Dunkelheit, wenn du es willst und Licht, wenn du es wünschst."

„Ich möchte sehen, ich wünsche mir Licht!"

„Dann soll es so sein."

Die Umgebung nahm Gestalt an und er sah einen langen Tunnel, der sich in die Tiefe wand, doch den Sprecher sah Alepou nicht. „Wo bist du?"

„Bei dir", antwortete die Stimme.

„Ich kann dich nicht sehen!"

„Es ist nicht nötig, mich zu sehen, du musst vorwärtsgehen, denn umzukehren ist dir nicht mehr möglich. Folge dem Tunnel!"

Alepou tat, was die Stimme ihn riet und wanderte den langen Tunnel hinab. Einsam und verloren fühlte er sich. Kein Laut war zu hören, während er ging. Nicht einmal das Geräusch seiner eigenen Schritte durchbrach die Stille. Lange ging er so und während er ging, erinnerte er sich an Jengs Worte:

„Jede Seele fühlt sich im Leben zu Gleichgesinnten hingezogen. Deshalb bestimmt sie auch selbst, welche Gesellschaft sie im Nachleben haben wird. Was dir im Nachleben begegnet, hängt vor allem von deinem Geisteszustand ab. Wer schlecht ist, fühlt sich vom Schlechten angezogen, wer gut ist, vom Guten. Im Leben und auch im Tode muss er das erleiden und tun, was er anderen angetan hat. Niemand kann sich diesem

Gesetz entziehen und wird sich nicht rühmen können, über die Götter die Oberhand behalten zu haben."[1]

‚*Vieles was mir hier begegnet, ist nur eine Illusion, ein Traum, der sich nach meinen Ängsten und Vorstellungen richtet, das hat Jeng zu mir gesagt. Wenn das so ist, bin ich die Ursache für all das, was mir in dieser Welt begegnet und es besteht kein Grund, sich zu fürchten. Ich bin bereits tot, deshalb kann mir auch nichts mehr schaden. Es ist wichtig, wach zu bleiben in meinem Traum!*'

Während er das dachte, gelangte er an das Ende des Tunnels und trat auf eine Ebene hinaus.

Nicht weit von ihm entfernt sah er einen Fluss. ‚*Der Styx? Dann ist Charon nicht weit.* Er ging auf das Gewässer zu und dachte besorgt: *Ich kann den Fährmann nicht bezahlen, ich habe keinen Obolus dabei!*'

Das Ufer war dicht mit Schilf bewachsen, es raschelte leise im Wind, die Luft war feucht und warm. Während er am Ufer entlangging, überlegte er: ‚*Phila wird meinen Körper bestatten und die vorgeschriebenen Totenriten ausführen. Sie wird den Obolus für den Fährmann nicht vergessen.*' Noch während er dies dachte, spürte er eine Münze in seiner Hand und lächelte. Zuversichtlich ging er weiter und traf bald auf andere Seelen, die am Ufer umherirrten oder in die gleiche Richtung, wie er gingen. Manche grüßten oder nickten ihm freundlich zu, doch niemand sprach ihn an. Von Weitem sah er nun auch den Fährmann und seine Barke. Ströme von Seelen eilten auf ihn zu. Charon blickte ihm finster entgegen, sein schwarzer Schifferkittel war zerschlissen, seine Haltung von Gram gebeugt. Alepou ging auf ihn zu. Wortlos

---

[1] Platon, Gesetze

öffnete Charon seine Hand und forderte seinen Lohn ein. Alepou legte den Obolus hinein. Zufrieden schloss sich die Hand des Fährmanns darum.

„Steig ein!", knurrte er.

Die Barke war voll besetzt. Alepou setzte sich auf eine Bank, zwischen die anderen Seelen, die sich dicht aneinander drängten.

Viele der Mitreisenden nahmen ihn gar nicht wahr. Sie starten ins Leere oder unterhielten sich mit jemandem, den nur sie sehen konnten. Nur wenige schienen wach zu sein, denn sie sahen sich um, so wie er. Doch Alepou zweifelte.

‚*Vielleicht träume ich, genau wie alle anderen und glaube nur wach zu sein?*', dachte er.

Der Fährmann stieß die Barke vom Ufer ab und sie trieben friedlich mit der Strömung dahin. Müßig betrachtete Alepou während der Fahrt das schilfbewachsene Ufer und das eintönige Hinterland.

Bei sich überlegte er: *Charon entspricht genau meinen Vorstellungen! Dies kann nicht real sein!* Er sah den Fährmann an und konzentrierte sich darauf, seinen Traum zu durchbrechen. Der Fährmann begann zu flimmern. Seine Konturen verschwammen und plötzlich sah Alepou ein grauenvolles Wesen an seiner Stelle stehen. Nachtschwarz war es, mit einer furchterregenden Fratze. Doch Alepou fürchtete sich nicht, denn er kannte solche Wesen. ‚*Er sieht aus wie Varun oder ist er es sogar selbst?*'

Auch die Landschaft hatte sich verändert. Das Schilf am Ufer war verschwunden, nur Ödnis war geblieben. Alepou erhob sich von der Bank und zwängte sich durch das Gedränge der Seelen, bis zu dem Fährmann durch.

„Setz dich hin!", forderte der. Seine Stimme war kalt wie Eis.

Und Alepou erkannte: *‚Das ist nicht Varun, diese Stimme klingt anders!'* Laut sagte er: „Du bist ein Unterirdischer, ein Dämon, habe ich recht?"

„Ja, setz dich hin!"

„Dann existiert Charon nicht?", fragte Alepou weiter, ohne auf seine Aufforderung einzugehen.

„Er existiert in deiner Vorstellung. Setz dich!"

„Wie lange dauert diese Fahrt?", fragte er unbeirrt.

„Nicht lang."

Zufrieden drängte Alepou sich zwischen die anderen Seelen und setzte sich wieder an seinen Platz. Auf dem Fluss sah er nun weitere Barken, die alle träge in die gleiche Richtung fuhren. Tatsächlich dauerte es nicht mehr lange, bis der Dämon das Ufer ansteuerte und anlandete.

Alepou und all seine Reisegenossen verließen die Barke. Gleich darauf stieß sich der Fährmann eilig vom Ufer ab und die Barke entfernte sich rasch vom Steg.

Eine prachtvolle Stadt lag vor ihm, sie glitzerte silbern im Sonnenlicht. Genau wie alle anderen Seelen wurde auch Alepou von den prunkvollen Gebäuden angezogen. *‚Endet hier meine Reise? Bin ich am Ziel?'*, fragte er sich.

Eine Frau begrüßte die Neuankömmlinge freundlich. Sie trug ein Kleid aus filigranen Silberfäden und in ihrem Haar funkelten Edelsteine, doch trotz all des Glanzes wirkte die Frau seltsam ausgezehrt. „Willkommen Reisende! Lasst euch nieder in unserer schönen Stadt! Alles was ihr begehrt und wünscht, soll euch sogleich erfüllt werden. Alle Not und alle Entbehrungen des Lebens werdet ihr an diesem Ort schnell vergessen haben."

So wunderschön und reich hätte sich Alepou die Nachwelt niemals vorstellen können. Er ging durch die

Straßen und bewunderte die Häuser, mit ihren aufwendig verzierten Fassaden. Selbst die Wege und Plätze schienen ihm mit Gold gepflastert. Er kam an einem Haus vorbei, dessen Tür offen stand, und schaute neugierig hinein.

Keine Villa in Athen war eindrucksvoller als diese. Aufwendige Mosaike schmückten den Boden und die Wände waren reich und kunstvoll bemalt.

Heftig flammte Neid in ihm auf, während er sehnsüchtig, durch die Tür in das Innere sah. ‚*Wie gern würde ich ein solches Haus besitzen. Mir steht das zu! Stets habe ich mich um das Wohl meiner Mitmenschen gesorgt. Ich war ein guter Arzt, ebenso gut, wie Xenokrates, doch im Gegensatz zu ihm, habe ich nie eine Villa besessen. Immer war ich arm.*‘

Jemand räusperte sich hinter ihm, Alepou schreckte zusammen und drehte sich um.

„Entschuldigt mein Herr, ich wollte Euch nicht erschrecken", sagte ein Mann und verbeugte sich tief vor ihm. Er wirkte eigentümlich farblos. „Darf ich mich vorstellen? Ich bin Sinas, der Diener dieses Hauses. Es hat keinen Besitzer, weshalb die Türen offen stehen. Wenn Euch das Haus gefällt, gehört es Euch."

Ungläubig fragte Alepou: „Es gehört mir, wenn ich es haben will?"

„Ganz recht." Sinas verbeugte sich wieder vor ihm.

„Und ich muss nichts dafür tun?"

„Oh nein, das ist der Lohn, den Ihr Euch im Leben verdient habt, verehrter Herr."

Zuerst fühlte Alepou große Freude und Stolz, doch dann zögerte er und fragte: „Gibt es noch schönere Häuser als dieses?"

„Oh, es gibt viele Häuser, die auf neue Bewohner warten. Sie sind nicht alle gleich, es mag sein, dass Euch ein anderes besser gefällt."

„Gut, dann werde ich mich zunächst umsehen."

Alepou ließ den Mann stehen und ging aufgeregt die Straßen entlang. Dabei hielt er nach weiteren geöffneten Haustüren Ausschau. Genau wie er schienen auch Andere auf der Suche zu sein. Er drängte sich an ihnen vorbei und hastete durch die Stadt, von unbestimmter Angst getrieben.

Die Stadtbewohner, an denen er vorbei kam, waren reich gekleidet und geschmückt, sodass Alepou sich wegen seiner einfachen Kleidung schämte. Er ging von einem Haus zum nächsten, ohne sich für eines entscheiden zu können. Jedes war von außen wie von innen prachtvoll und keines glich dem anderen.

Schließlich blieb er stehen und blickte mit ratlosen Augen auf das Treiben der Stadt. Erst jetzt, wo er innehielt, erkannte er, wie seltsam sich die Einwohner verhielten.

Ein Mann zog einen schweren Wagen, der mit Gold und Edelsteinen voll beladen war, sodass er ihn kaum von der Stelle bewegen konnte. Andere schleppten schwere Körbe oder zogen Säcke voll Kostbarkeiten hinter sich her. ‚*Woher kommen all diese Schätze?*', fragte er sich. Auch die Körper der Stadtbewohner wirkten seltsam unförmig, die Bäuche aufgebläht, während die Beine auffällig dünn waren. Entschlossen ging Alepou auf den Mann zu, der den Karren zog und sagte: „Wenn Ihr erlaubt, werde ich Euch helfen, den Wagen zu ziehen."

Der Mann blickte auf und musterte ihn erschrocken, dann warf er sich schützend über die Kostbarkeiten. „Hau ab, du Dieb! Das ist mein Schatz, das steht mir zu!"

Beschwichtigend hob Alepou die Hände und versicherte hastig: „Ich wollte Euch nichts fortnehmen."

Misstrauisch sah der Mann zu ihm auf. „Du bist nur neidisch, weil ich reicher bin als du. Geh weg! Lass mich in Ruhe!"

Alepou trat einige Schritte zurück und wandte sich dann wortlos ab. Er ließ den Mann und seinen Karren hinter sich und eilte davon. Ohne nachzudenken, betrat er das erstbeste Haus, das offen stand.

„Willkommen, Herr!" begrüßte ihn Sinas.

Verwirrt schaute Alepou den kleinen Mann an. „Hast du mich verfolgt? Dies ist doch nicht dasselbe Haus wie vorhin?"

„Ihr habt eine außerordentliche Beobachtungsgabe, werter Herr. Alle Hausdiener der Stadt heißen Sinas und sehen gleich aus." Der Mann verbeugte sich unterwürfig.

„So? Na gut. Ich habe mich entschlossen, fürs Erste in diesem Haus zu wohnen."

„Eure Entscheidung ist weise, geliebter Hausherr. Teilt mir Eure Wünsche mit, was es auch sein mag, ich werde sie erfüllen."

Alepou ließ den Diener stehen und besichtigte die Räume seines neuen Heims. Es war reich und luxuriös ausgestattet, genau wie all die anderen Häuser der Stadt.

Dennoch konnte er sich über seinen neuen Besitz nicht freuen. Eine große Unzufriedenheit und ein gewaltiger Hunger erfüllten ihn. Schließlich wandte er sich an den Diener, der ihm unaufgefordert gefolgt war: „Ich bin hungrig und möchte essen!"

„Alles, wonach Ihr verlangt, werde ich Euch bringen, Herr."

„Gut, dann bringt mir eine geschmorte Hammelkeule, Weintrauben und Apfelkuchen, ein feines Weizenbrot und süßes Gebäck, Möhren in Honig geschmort, einen Salat …" Alepou verstummte.

„Ich werde eilen und alles sogleich besorgen." Sinas wollte bereits den Raum verlassen, doch Alepou hielt ihn auf.

„Warte! Bring mir außerdem: Eingelegte Sardinen, ein gebratenes Huhn, gegrillten Oktopus, Schweinekoteletts, frische Kirschen und Feigen und … mach schnell!"

Der Diener rannte auf die Straße, Alepou blieb allein zurück. Es verlangte ihn so sehr nach Nahrung, dass ihm sein Hunger entsetzliche Qualen bereitete. Visionen von unterschiedlichsten Köstlichkeiten traten vor seine Augen. Unruhig lief er hin und her, während sich die Zeit in die Länge zog, bis der Diener endlich zu ihm zurückkehrte.

„Die gewünschten Speisen habe ich bereitgestellt. Bitte folgt mir, hoher Herr."

Alepou folgte. Schon von Weitem roch er den köstlichen Duft, der aus dem Speisezimmer drang. Der Tisch war reich gedeckt.

Er drängte sich an dem Diener vorbei und stürzte sich heißhungrig auf die dargebotenen Speisen. Er schlang und stopfte gierig alles wahllos in sich hinein, würgte und schluckte in großer Hast, doch obwohl er Unmengen verzehrte, wurde er nicht satt. Sein Hunger schien, während er aß, sogar noch zuzunehmen. Erst als der Tisch leer war, wandte er sich zu Sinas um.

„Seid Ihr zufrieden, Herr?", fragte der Diener.

„Zufrieden? Nein, ich bin hungriger, als zuvor. Diese Speisen sättigen nicht."

„Im Leben habt Ihr viel entbehrt und oft gehungert. Es wird lange brauchen, bis dieser Hunger gestillt ist. Ich werde mehr beschaffen, teilt mir mit, was Ihr begehrt."

Alepou starrte den Mann an und sah dann an sich herab. Seine Kleidung war mit Speiseresten besudelt. ‚*Dies kann nicht real sein! Die Speisen hätten viele satt machen können, doch mir ist, als hätte ich nur Luft verschlungen.*‘ Er bemühte sich, die Illusion zu durchdringen und aufzuwachen, doch vergeblich.

Sinas sagte: „Seht doch Herr, der Tisch ist bereits wieder gedeckt!"

Alepou wandte sich um. Tatsächlich standen neue Speisen bereit, so als hätte er sie zuvor noch nicht angerührt. ‚*Ich träume!*‘, erkannte er. ‚*Ich muss diesen Ort verlassen, und zwar schnell!*‘

„Sag mir Sinas, gibt es einen Weg, aus dieser Stadt heraus?"

Entsetzt riss der Diener die Augen auf. „Nein Herr, es gibt keinen Weg hinaus. Der Fährmann bringt Seelen hierher, nimmt aber keine zurück."

„Wenn nur Seelen zu euch gebracht werden, aber niemand diese Stadt verlassen kann, warum stehen dann so viele Häuser leer?"

„Außerhalb der Stadt gibt es ein Ungetüm, das jeden frisst, der ihm zu nahe kommt. Man nennt es die große Fresserin. Wer von ihr verschlungen wird, kehrt nicht zurück, ihn erwartet der Tod."

‚*Ich bin bereits tot!*‘, dachte Alepou und forderte: „Zeig mir den Weg dorthin!"

„Bitte Herr, geht nicht zu ihr. Jeden anderen Wunsch werde ich Euch erfüllen. Doch wer zu ihr geht, der wird zermalmt."

Ungerührt erwiderte er: „Ich habe den Wunsch, von ihr zermalmt zu werden. Also bringst du mich zu ihr oder nicht?"

„Reichtümer kann ich Euch bringen, erlesenen Schmuck und kostbarste Kleider. Frauen, schön und willig, alles, was Ihr wünscht, doch bitte zwingt mich nicht, Euch zu ihr zu führen", jammerte der Diener.

„Jeder ist reich in dieser Stadt. Jeder trägt kostbare Kleidung und Schmuck, doch wenn man Kostbares so leicht gewinnt, verliert es seinen Wert. Meinen Hunger kann ich damit nicht stillen. Bring mich zu ihr! Es ist mein Wunsch, zermalmt zu werden!"

Kurz verbeugte sich Sinas, dann drehte er sich um und verließ das Haus.

Ohne Bedauern folgte Alepou. Stumm gingen sie durch die prunkvollen Gassen, an den reich verzierten Häusern und deren Bewohnern vorbei. Arm waren die Menschen hier, erkannte er, denn sie besaßen weder Zufriedenheit noch Freude.

Erst am Rande der Stadt hielt Sinas an und deutete auf einen gewaltigen Frauenkopf in der Ferne, so groß wie ein Berg. „Dort ist sie. Bitte zwingt mich nicht, weiterzugehen." Der Diener bebte vor Furcht.

„Das wird nicht nötig sein. Ich danke dir für deine Dienste."

Sinas verbeugte sich rasch und kehrte danach eilig in die Stadt zurück.

Alepou sah ihm nach, dann wandte er sich ab und ging unbeirrt und ohne Angst auf den Frauenkopf zu. Er war tot, was also hatte er zu befürchten?

Die Fresserin sah ihm entgegen und sprach: „Komm zu mir, Wanderer! Wenn du die wüsten Regionen des Hungers verlassen willst, tritt ein!" Sie öffnete ihren gigantischen Mund und atmete ein.

Der Sog zerrte an ihm, Alepou stemmte sich nicht dagegen.

Er fiel und rutschte den glitschigen Schlund hinab. Es stank bestialisch nach Moder und Verwesung. Nach und nach mischte sich Brandgeruch hinzu. Hitze schlug ihm entgegen, als seine Fahrt abrupt endete.

Alepou sah sich um. Er stand in einem Tal, das von hoch aufragenden Bergen umschlossen wurde. Direkt vor ihm brannte ein lodernder Feuersee, von dem ihn nur ein schmaler Strand aus Asche trennte. Instinktiv wich er vor der glühenden Hitze einige Schritte zurück.

Eine Stimme fragte: „Hat er Verstand?"

Eine andere antwortete: „Wohl kaum."

Alepou entdeckte vier Tiere, die er nur von Abbildungen her kannte. Es waren Affen, die am Strand beieinandersaßen. Ihre Unterhaltung bezog ihn nicht ein.

„Er hat den Hunger überwunden und ist zu uns gelangt", sagte einer.

Ein Anderer widersprach ihm: „Seinen Instinkten ist er gefolgt, nicht mehr."

„Ein unwissendes Tier ist er!" stimmte der eine Affe, dem anderen zu.

Alepou musste schmunzeln, über diese seltsam absurde Situation. Er riss sich zusammen und sagte: „Ich möchte nur einen Platz finden in der Nachwelt."

„Es spricht mit uns!"

„Weiß er nicht, wer wir sind?" Die Stimme des Affen klang empört.

Alepou unterdrückte ein Glucksen. „Ihr seid Illusionen meines Verstandes, mehr nicht."

Zornig erhoben sich die Tiere und entblößten ihre Eckzähne. Zeternd riefen sie wie aus einem Munde: „Illusionen, nicht mehr?! Wie kannst du es wagen, uns zu schmähen? Wir, die Paviane des Feuersees sind erhaben! Wir nähren uns von der Wahrheit! Wir sind wahrhaftig, *du* bist eine Illusion!"

Alepou konnte sich nicht mehr beherrschen und begann schallend zu lachen.

Daraufhin schrien die Affen aufgebracht: „Du störst unsere Ruhe, einfältiger Mensch! Geh fort! Der Feuersee wird dich nicht verbrennen. Alles, was dir schaden könnte, ist vergangen!"

Als Alepou an den See herantrat, entfalteten weißglühende Feuerrosen ihre Blütenblätter, um gleich darauf zu zerfallen. Die Gluthitze war verschwunden. Flammen leckten über seine Füße, doch er spürte keinen Schmerz. Daher watete er mutig tiefer hinein, bis die Flammenwellen über ihn zusammenschlugen und er im Feuer des Sees versank.

Als er wieder auftauchte, befand er sich in der Mitte eines Flusses. Zügig schwamm er auf das Ufer zu und kletterte an Land. Ein Lied schwebte über der Ebene. Eine Frau sang und obwohl er die Worte nicht verstehen konnte, war der Gesang von unbegreiflicher Schönheit. Alepou fühlte sich unwiderstehlich davon angezogen und folgte dem lockenden Klang der Stimme. Bald stieß er auf andere. Gemeinsam gingen sie in einer feierlichen Prozession auf die Sängerin zu und stimmten bald in das Lied mit ein. Kraftvoll und beseelt sang Alepou, während ihm Tränen des Glücks über die Wangen liefen. Eine ganz eigentümliche Empfindung von Selbstvergessenheit und Harmonie entstand dabei in ihm.

Die Sängerin stand auf einem kleinen Hügel, der nun von immer mehr Seelen umringt wurde. Alle schauten verzückt und erwartungsvoll zu ihr auf.

Nachdem das Lied endete, sprach sie: „Kommt zu mir! Hört mir zu! Seid nicht zerstreut! Dieser Augenblick ist von großer Bedeutung. Nur wer weiß, dass er tot ist und die Illusionen der Nachwelt als Projektion des eigenen Selbst durchschaut, kann dieses Reich verlassen. Wer jetzt zerstreut ist, wird lange brauchen, um sich aus dem

Morast der Illusionen zu befreien. Merkt euch meine Worte gut, durch sie wird vollkommene Befreiung erlangt.

Wisset, was ihr in der Nachwelt erleidet, wurde durch euch selbst hervorgerufen, durch eure Taten im Leben. Durch eure Schuld werdet ihr geängstigt, eingeschüchtert und erschreckt. Ihr werdet versucht sein, zu lügen und sagen: *‚Ich habe keine bösen Taten begangen!'* Doch der Herr des Totenreiches wird deinen Spiegel befragen. Er wird in deine Augen sehen, worin er jede gute und jede böse Tat erkennt. Begreift also - lügen ist nutzlos!

Wenn ihr diese Wahrheit versteht, braucht ihr euch nicht zu fürchten. Denn hier besitzt ihr nur einen Geistkörper, er kann nicht sterben.

Außerhalb von euch selbst gibt es nichts als Leere. Handelt so, dass ihr dies erkennt. Erinnert euch so oft wie möglich daran, dass ihr tot seid und durch das Totenreich wandert.

Wenn euch etwas erschreckt, so untersucht die wahre Natur der Erscheinung. Fragt euch, warum es euch erscheint.

Denn wer auch jetzt Furcht und Schrecken erlebt, weil er nicht zuhört, wird zu einem Platz gelangen, von dem es lange Zeit keine Befreiung mehr gibt. Seid deshalb vorsichtig! Vermeidet Schauer und Schrecken!"[1]

Ein Raunen ging durch die Seelen, als die Frau sich von einem Augenblick zum anderen auflöste, wie Nebel im Wind. Gleichzeitig erschien eine Barke, die nicht weit entfernt anlandete.

Ein schimmernd weißer Pfad erschien vor seinen Füßen, der geradewegs auf die Barke zuführte. Alepou

---

[1] Tibetisches Totenbuch, das Gericht

fragte sich, ob er ihm folgen sollte, und sah sich zögernd nach den anderen um. Einige wenige folgten dem Weg. Andere starrten ins Leere oder unterhielten sich mit jemandem, den er nicht sehen konnte. Manche liefen scheinbar ziellos umher. Direkt vor ihm tanzte eine Frau selbstvergessen und kicherte dabei wie ein junges Mädchen.

‚*Sie träumen*', erkannte er. ‚*Wie kann ich sicher sein, dass ich nicht auch träume wie sie?*'

„Weil du erkennst, dass sie träumen", hörte er eine Stimme sagen. „Geh! Steig in die Barke ein!"

Der Stimme vertrauend, ging er auf sie zu und blieb vor dem Fährmann stehen.

„Steig ein!", forderte ihn der Dämon auf.

„Wohin bringst du mich?", fragte Alepou.

Der Dämon knurrte bedrohlich, bevor er ihm widerwillig Antwort gab: „Ich bringe dich zum Tor des Hades[1], dahinter liegt der Palastgarten. Steig ein!"

Diesmal war die Barke nur mit wenigen Seelen besetzt. Alepou setzte sich auf eine der Bänke. Sofort danach stieß der Fährmann die Barke vom Ufer ab.

Zunächst glitten sie ruhig dahin, während die öde Landschaft friedlich an ihnen vorüberzog, doch bald wurde die Strömung lebhafter. Es war, als wäre das Boot plötzlich in einen Sturm geraten. Unerwartet sprangen einige Mitreisende auf. Auf ihren Gesichtern lag Panik und Entsetzen. Manche schrien vor Angst. Das Boot geriet durch den Tumult bedrohlich ins Wanken. Alepou sah sich beunruhigt um, konnte den Grund ihrer Panik aber nirgends entdecken, daher fragte er sich, was sie sahen.

---

[1] Unter den Völkern ist der Herr des Totenreiches unter vielen unterschiedlichen Namen bekannt. So heißt er bei den Griechen Hades, während die Ägypter ihn Osiris nennen und er im asiatischen Raum Yama genannt wird.

Da hörte er die Stimme wieder: „Wenn du wissen willst, was sie ängstigt, musst du mit ihnen träumen", sagte sie.

Alepou sah sich nicht nach dem Sprecher um, stattdessen schloss er die Augen und dachte an Schlaf. Als er sie wieder aufschlug, begann die Luft um ihn herum zu flimmern. Zunächst sah er nur einen Schemen, der sich jedoch rasch zu einem gewaltigen Ungeheuer verdichtete. Ein Schlangenleib mit unzähligen Köpfen erhob sich aus dem Wasser. Gift tropfte aus nadelspitzen Zähnen. Es zischte und fauchte. Das Geräusch ließ Alepou zu Eis erstarren. Immer wieder ließ das Ungetüm die heimtückischen Schlangenköpfe auf die Insassen der Barke herabschnellen. Verzweifelt versuchten die Seelen, die Attacken abzuwehren. Mit einem Mal hielt Alepou ein Schwert in der Hand und stürzte, ohne nachzudenken, auf das Monster zu. Geschickt wich er einem der Köpfe aus und schlug kraftvoll nach einem anderen. Die Klinge traf und trennte den Schlangenkopf vom Rumpf, grünes Blut spritzte. Gleichzeitig biss ihm ein weiterer in die Schulter. Als die Zähne in den Körper eindrangen, krümmte sich Alepou vor Schmerz. Das Gift zeigte rasch Wirkung. Schwindel erfasste ihn und eine bleierne Schwäche. Er schrie, taumelte und fiel auf den Boden der Barke.

„Erinnere dich!", mahnte eine Stimme.

Schlagartig erwachte Alepou aus seinem Traum, das Untier verschwand. Für einen Augenblick stand er nur da, dann setzte er sich zitternd auf die Bank zurück. Der Fährmann blickte ihn an, während er unbeirrt weiter flussabwärts fuhr. Die übrigen Seelen im Boot kämpften noch immer gegen den Feind, der in Wahrheit nur im eigenen Inneren zu finden war.

„Dort ist kein Monster! Wacht auf!" rief Alepou ihnen zu.

„Sie werden dich nicht hören", sagte der Fährmann.

„Aber man muss doch etwas tun, damit sie aufwachen."

„Du kannst ihnen nicht helfen, wenn sie nicht aufwachen wollen."

Alepou erhob sich und trat an eine Frau heran, die völlig verängstigt auf dem Boden hockte. Die Arme um sich geschlungen, starrte sie mit weit geöffneten Augen ins Leere und bebte vor Angst.

Er schüttelte sie. „Wach auf!", rief er laut.

Sie wimmerte leise und schien ihn nicht wahrzunehmen.

Hinter ihm schrie ein Mann in Todesangst. Alepou drehte sich zu ihm um und sah gerade noch, wie er stolperte und ins Wasser fiel. So schnell er konnte, lief er zu der Stelle, um ihn wieder ins Boot zu ziehen, doch der Mann war verschwunden.

„Setz dich, du bist gleich da!", verkündete der Fährmann. Tatsächlich entdeckte Alepou eine Anlegestelle in einiger Entfernung. Er setzte sich und unternahm keinen weiteren Versuch, die Mitreisenden zu wecken. Als die Barke anlegte, sprang er sofort an Land und lief ohne Eile an der hohen Mauer entlang, bis zu einem Tor, vor dem zwei Wächter saßen. Sie waren offensichtlich in ein Brettspiel vertieft und beachteten ihn nicht, als er an ihnen vorbei durch das Tor schritt.

Er betrat einen Garten von üppiger Pracht. Betörender Blütenduft lag in der Luft und die Äste der Bäume bogen sich unter der Last von reifen Früchten. Vögel sangen. Unzählige Blumen blühten farbenfroh und leuchtend im Gras. Der Anblick des Gartens versetzte Alepou in Erstaunen. Noch nie hatte er Derartiges gesehen. Seelen saßen müßig beisammen. Sie plauderten miteinander oder liebten sich ungeniert vor aller Augen.

Den Duft des Gartens nahm er tief in seine Seele auf und fühlte sich zunehmend wohler. Die Früchte der Bäume lockten, er pflückte eine und biss hinein. Er war sich sicher, dass er zuvor noch nie etwas so Gutes gekostet hatte. Er aß eine Weitere, die sogar noch besser schmeckte.

Eine Frau trat neben ihn, lächelte freundlich und sagte: „Wie ich sehe, schmeckt es dir. Iss so viel du magst."

Alepou wollte ihr mit vollem Mund nicht antworten, deshalb nickte er nur und aß weiter. Jeder neue Bissen rief bei ihm ein unbegreifliches Entzücken hervor. Er seufzte hingerissen.

„Wenn du satt bist, ruh dich in meinem Garten aus. Du bist hier willkommen und kannst bleiben, solange du bleiben möchtest." Die Frau lachte herzlich und sah ihm noch eine Weile zu, doch schließlich wandte sie sich ab und ging davon.

Es dauerte lange, bis Alepou gesättigt war und sich umsah. Er schlenderte müßig herum, beobachtete die Bienen, die von Blüte zu Blüte flogen und Nektar sammelten, hörte dem Gesang der Vögel zu und beobachtete die Seelen, die beieinandersaßen.

War er endlich angekommen? Er setzte sich unter einem Baum und blinzelte in die Sonne. Schläfrig ließ er die Zeit vorüberrauschen, ohne an etwas Bestimmtes zu denken. Er ruhte sich aus, bis die Nacht hereinbrach und erste Sterne sich am Nachthimmel zeigten.

‚In der Unterwelt scheint keine Sonne am Tage und es leuchten keine Sterne des Nachts!' Jäh riss ihn diese Erkenntnis aus dem schönen Traum.

Erschrocken setzte er sich auf und sah sich um. Der blühende Garten war verschwunden. Nichts wuchs an diesem Ort. Für einen kurzen Augenblick fühlte Alepou in sich einen Schmerz über den Verlust der Schönheit, die ihn umgeben hatte, doch dann dachte er bei sich: ‚*Es war nur ein weiterer Traum. Auch wenn er recht angenehm war, war es nicht real! Ich darf mich nicht blenden lassen.*‘

Einzig die Mauer war vom Garten übrig geblieben, die ihn umschlossen hatte. Anstelle des Gartens erblickte er nun einen gewaltigen Palast, der sich genau im Zentrum befand. Helle Lichtadern durchzogen das dunkle Gestein des Bauwerks. Alepou schaute auf und sah hoch oben auf der Spitze des höchsten Turms das Licht, das diese Welt erhellte.

‚*Ich kenne diesen Ort! Dort oben ist Hades zu Hause. Dies ist sein Palast!*‘ Viele Male war Alepou bei dem Herrn des Totenreichs zu Gast gewesen und hatte vom Turm aus auf die Unterwelt herab geblickt. ‚*Wenn dies sein Palast ist, dann ist Hades nahe. Sein Gericht muss sich irgendwo hier befinden.*‘ Mit neuer Zuversicht ging er auf das Gebäude zu und daran entlang. Dabei kam er an vielen träumenden Seelen vorbei. Auch Dämonen sah er nun, die so schwarz wie erstarrte Lava waren und geschäftig ihren Aufgaben nachgingen. Sie schenkten ihm und auch den anderen Seelen keine Beachtung. Einen von ihnen sprach Alepou an. „Wo befindet sich das Gericht?", fragte er.

Der Dämon musterte ihn für einen Augenblick, dann setzte er seinen Weg fort und ließ ihn einfach stehen. Alepou seufzte, ließ sich aber nicht davon entmutigen. Er entdeckte zwei weitere, die genau wie die Wächter am Tor in ein Spiel vertieft waren, und ging auf sie zu „Wo finde ich das Gericht?", verlangte er noch einmal zu wissen.

Einer von ihnen sah auf. „Geh fort, du störst."

„Ich werde gehen, wenn ihr mir die Richtung weist", erwiderte er hartnäckig.

Verärgert gab der Dämon ein Grollen von sich, der andere musterte ihn ebenfalls.

Alepou ließ sich nicht einschüchtern. ‚*Sie können mir nichts tun*', dachte er überzeugt.

Schließlich gab der Dämon nach. Er wies in eine Richtung und sagte: „Dort, nahe dem westlichen Tor, befindet sich das Gericht. Geh, du störst."

Alepou sah die Umgebung nun viel klarer als zuvor. Ohne Eile ging er in die ihm gewiesene Richtung. Unterirdische erschienen vor ihm aus dem Nichts. Sie beachteten weder ihn noch die anderen Seelen, an denen sie vorübergingen. Trotz ihrer furchterregenden Gestalt und den grotesken Tiergesichtern fürchtete Alepou sich nicht vor ihnen. Neugierig sah er zu, wie sie die verschiedensten Arbeiten verrichteten oder müßig miteinander spielten.

Auch Seelen beobachtete er, wie sie träumend umherliefen, und stellte dabei fest, dass sie die Unterirdischen nicht wahrnehmen konnten, denn sie beachteten sie nicht.

Während er weiter ging, bewunderte er die kunstvollen Mosaikarbeiten auf dem Boden und an der Mauer. Wie Flickwerk waren sie aneinandergereiht, ohne miteinander in Beziehung zu stehen. An manchen dieser Bilder wurde noch gearbeitet. An einen der Dämonen trat er heran und blickte ihm über die Schulter. Geschickt fügte er bunte Steine zu einem Bild zusammen. Es zeigte unverkennbar eine Schlachtenszene.

Der Dämon ignorierte ihn, daher zog Alepou bald weiter und traf kurz darauf auf einen Mann, der auf dem Boden saß und inbrünstig betete:

„Oh Ihr Götter, hört mich an,
um Eurer Liebe und der Barmherzigkeit willen,
weist mir den Weg!
Damit ich nicht umherirre in der Nachwelt.
Schützt mich vor Zorn,
Schützt mich vor Stolz.
Schützt mich vor Täuschung.
Ich gelobe, ich werde nicht dem anhängen,
was ich zurücklassen musste,
noch eifersüchtig sein, wenn andere jetzt das lieben,
was ich einst liebte.
Sendet zu mir den hellen Lichtpfad,
sodass ich gerettet werde,
aus dem schreckensvollen Totenreich.[1]"

Ein leuchtend weißer Pfad erschien vor dem Betenden. Der Mann erhob sich, mit einem entrückten Lächeln und lief den Pfad entlang. Alepou sah ihm hinterher und fragte sich, ob er ihm folgen sollte. Doch er verwarf den Gedanken sofort wieder. *‚Jeder muss seinen eigenen Weg finden!'*, dachte er bei sich. Er wandte sich ab und ging immer weiter am Palast entlang, bis er auf ein zweiflügeliges Tor traf. Aufwendige Intarsienarbeiten schmückten die Torflügel. Auf der linken Seite erkannte er das zornvolle Bild eines Dämons und auf der rechten das freundliche Abbild eines Menschen. Beide hielten ein Flammenschwert hoch über den Kopf und ein Buch in der Hand.

‚Das muss das Gericht sein!', erkannte Alepou aufgeregt und drückte gegen das Tor. Es war nicht verschlossen. Er stieß es auf und trat ohne Zögern

---

[1] Tibetisches Totenbuch

hindurch. Es schloss es sich hinter ihm mit lautem Donnerhall, der durch den Raum dröhnte.

Alepou erstarrte. Am gegenüberliegenden Ende erblickte er ein grauenvolles Wesen auf einem Thron. Aus eisblauen Augen starrte es ihm kalt entgegen. Ein Mann kniete in demütiger Haltung vor ihm, auch er wandte sich um, genau wie die sechs Dämonen, die rechts und links zwischen den Säulen standen.

Einer der Sechs stürzte auf ihn zu und wuchs dabei zur doppelten Größe an. Entsetzt wich Alepou zur Tür zurück. Er schrie laut auf, als rasiermesserscharfe Krallen ihn packten und schmerzhaft in seine Schultern schnitten. Die Kiefer des hundeköpfigen Dämons schnappten dicht vor ihm zusammen, das drohende Grollen das er dabei ausstieß, fühlte er tief in seiner Seele.

Plötzlich hörte Alepou eine vertraute Stimme: „Harkandas, lass ihn los, sofort!"

Augenblicklich gehorchte der Dämon und wandte sich um. Die Schreckensgestalt auf dem Thron erhob sich.

Alepou stammelte hastig eine Entschuldigung. „Es … es tut mir leid, ich … wollte nicht …"

Doch das nachtschwarze Wesen schenkte ihm keinerlei Beachtung, stattdessen sagte es zu seinem Diener: „Bring ihn zum Tempel und bleib bei ihm, bis ich Zeit für ihn habe."

„Ja, Herr", bestätigte der Dämon, packte Alepou unsanft und schob ihn durch die Tür. Vor der Gerichtshalle ließ er ihn sofort los. „Folge mir!", befahl er und wandte sich ab.

Alepou zögerte. Der Schreck, den er im Gerichtssaal erlebt hatte, saß tief. Es war die vertraute Stimme von Hades gewesen, die aus dem Wesen sprach, doch die Stimme hatte kalt und abweisend geklungen.

‚*Ich habe seine Gerichtsverhandlung gestört. Ob er deshalb verärgert ist?*‘

Der Gerichtsdiener schien es zu sein und war es noch immer. Als er bemerkte, dass Alepou nicht folgte, stieß er erneut ein bedrohliches Knurren aus. „Komm mit mir!", rief er.

Alepou beeilte sich, zu dem Dämon aufzuschließen, denn er wollte unbedingt vermeiden, dass er noch einmal seine Krallen in ihn schlug.

‚*Nur weil ich Angst hatte, habe ich den Schmerz gefühlt. Aber es besteht kein Grund, mich zu fürchten. Hades vertraut ihm, sonst hätte er mich ihm nicht anvertraut.*‘

Um seine Angst zu überspielen, fragte er: „Dienst du Hades im Gericht, Harkandas?"

Der Dämon entblößte seine Reißzähne, bevor er ihm widerwillig Antwort gab: „Ich bin Hades Stellvertreter."

„Ich wusste nicht, dass Hades einen Stellvertreter hat."

Harkandas musterte ihn. „Wieso solltest du davon wissen?"

„Nun, weil ich ein Freund von Jeng und auch von Varun bin", gab Alepou unbekümmert Auskunft.

Der Dämon blieb stehen und sah ihn intensiv an. „Was bedeutet das? Wer ist Jeng? Was ist ein Freund? Und wieso kennst du Varun?"

Ein unangenehmes Prickeln überzog seinen Geistkörper, wie Stiche von tausend glühenden Nadeln. Sofort erkannte Alepou, dass seine unbedachten Worte ein Fehler waren. Er überlegte gründlich, bevor er antwortete: „Ein Freund ist jemand, dem man vertraut. Aus diesem Grunde hat Hades mir verraten, das sein Name in Wahrheit Varun ist und Jeng…, nun das ist jemand, den Varun und ich gut kennen und der unser gemeinsamer Freund ist." Alepou glaubte eine

Erklärung gefunden zu haben, die den Dämon zufriedenstellte, doch da täuschte er sich.

„Was bedeutet vertraut?", bohrte Harkandas weiter.

Wie ein Seiltänzer versuchte Alepou nicht den Halt zu verlieren. „Das ... bedeutet, dass man glaubt, dass der Andere es gut mit dir meint und dir nicht schaden will."

„Ein Freund ist jemand, von dem man glaubt, dass er einem nicht schaden will?", fragte der Dämon nach.

„Ja, genau."

„Es ist dumm so etwas zu glauben. Ein anderer würde immer angreifen, wenn es ihm einen Vorteil brächte."

„Nicht wenn er ein Freund ist."

„Du bist nur ein Mensch, was für einen Vorteil hätte Varun, wenn er dein ...*Freund* wäre, so wie du es behauptest?"

Alepou entschied, dass es besser war, die Fragen des Dämons nicht weiter zu beantworten und wechselte das Thema. „Solltest du mich nicht zu einem Tempel bringen?", fragte er.

„Ja."

„Ist das noch weit?"

„Nein, komm." Schweigend gingen sie nebeneinander. Der Dämon schien nachzudenken, schließlich sagte er: „Es gibt niemanden, dem man vertrauen kann. Nur wer stark ist, kann sich nehmen, was er begehrt."

„Das mag auf euch Dämonen zutreffen, doch bei uns Menschen ist das anders."

„Varun ist auch anders, seit er sich mit einem Menschen verbunden hat und unser Herr geworden ist.

Er ist nicht mehr so, wie er war. Er besitzt jetzt etwas, was wir nicht kennen. Weißt du, was das ist?"

‚Er weiß nichts über die Verbindung, die zwischen Jeng und Varun besteht! Und ich werde es ihm nicht verraten', dachte Alepou und sagte laut: „Nein."

„Um ihm zu gleichen, haben andere Dämonen auch einen Menschen in Besitz genommen, so wie er. Sie glaubten dadurch ebenso mächtig zu werden, doch sie täuschten sich und wurden von ihm besiegt."

„Wenn du wissen willst, warum das so ist, warum fragst du ihn nicht selbst?"

„Ihn fragen?" Wieder blieb Harkandas stehen und musterte ihn.

Alepou hielt seinem Blick stand. „Ja, genauso wie du mich fragst."

„Das ist absurd. Wenn ich nach dem Geheimnis seiner Macht fragte, würde ich ihn erzürnen. Er würde mir mein Amt nehmen oder mich vielleicht sogar töten. So wie er es mit Asrun und Hiran zuvor getan hat."

Neugierig fragte Alepou: „Und wenn du sein Geheimnis kennen würdest? Was würdest du dann tun? Willst du ihn entmachten und dich an seine Stelle setzen?"

„Nein, ich möchte sein wie er. Ich möchte haben, was er hat. Denn er weiß Dinge, von denen kein anderer Dämon etwas weiß. Ich will ..." Harkandas brach ab. Plötzlich schien er zu begreifen, dass es ein Fehler war, seine Gedanken so offen zu äußern. „Wirst du Varun von dem berichten, was ich sagte?", fragte er und wirkte dabei angespannt.

„Das muss ich nicht. Er wird mir in die Augen sehen und es wissen", antwortete Alepou offen.

„Ja", bestätigte der Dämon und fügte nach kurzem Zögern hinzu: „Ich will nicht herrschen. Ich will nur mehr sein, als ich jetzt bin. Sag ihm das."

„Varun ist gerecht, wenn du loyal zu ihm stehst, wird er dir irgendwann vertrauen."

„Ich weiß nicht, was es bedeutet was du da sagst."

„Was verstehst du nicht?", fragte Alepou.

„Was meinst du mit loyal?"

‚Kann es sein, dass er das nicht weiß? Unterscheidet sich Varun so sehr von den anderen seiner Art?' Alepou entschloss sich zu antworten: „Wenn du treu zu deinem Herrn stehst, ihm dienst und ihn nicht verrätst, bist du loyal."

„Varun ist mächtig, ich habe keine andere Wahl, als mich ihm zu unterwerfen", erwiderte Harkandas.

„Heißt das, du musst ihm gehorchen?", fragte Alepou überrascht.

„Solange er mehr Macht hat als ich, muss ich gehorchen."

„Aber wenn du frei wärest und tun könntest, was du wolltest, was würdest du tun?"

Harkandas schien über die Frage nachzudenken. „Ich weiß es nicht", sagte er kurz darauf. „Seit Varun mein Herr ist, ist alles besser geworden. Es ist *richtig*, was er tut. Was er tut, kann ich nicht tun, selbst wenn ich mächtig genug wäre, um ihn zu stürzen."

Alepou fragte: „Dann würdest du ihm auch folgen, selbst wenn du so mächtig wärest wie er?"

Der Dämon schwieg und setzte den Weg fort. Alepou folgte. Er dachte bereits, dass Harkandas auf die Frage nicht antworten wollte, als er unerwartet doch Antwort bekam.

„Ja, auch dann würde ich ihm folgen."

„Das bedeutet, dass du ihm aus freiem Willen dienst und ihm gegenüber loyal bist."

„Hm", knurrte der Dämon und hielt an. „Wir sind da! Dort ist der Tempel, wir warten hier."

Die Torflügel des Tempels standen weit offen. Ein helles Licht erfüllte dessen Inneres. Es rief und lockte mit vielfältigen Stimmen. Ein Lichtpfad erschien vor

Alepous Füßen, der in den Tempel hinein führte. Er wollte ihm folgen, doch Harkandas hielt ihn auf.

„Wir warten hier", erinnerte er ihn.

„Was für ein Tempel ist das?", fragte Alepou ergriffen und schaute sehnsüchtig durch das geöffnete Tor. All sein Sein drängte ihn, in das Licht einzutreten.

„Das ist der Tempel des Aufstiegs."

„Er ist wunderschön."

Eine vertraute Stimme hinter ihm sagte: „Wenn eine Seele dort hineingeht, wird sie entweder wiedergeboren oder steigt in den Himmel auf!" Harkandas und Alepou wandten sich gleichzeitig zu dem Sprecher um.

Hades stand da und sah sie an. Sein Körper war noch immer von der nachtschwarzen Substanz Varuns umhüllt, doch Jengs Augen leuchteten freundlich daraus hervor. Das Wesen, das Alepou im Gerichtssaal erblickt hatte, schien verschwunden zu sein.

„Du kannst gehen Harkandas!", befahl Hades mit einer Stimme, die keinen Widerspruch duldete.

Der Dämon ging wortlos davon. Erst nachdem er sich ein gutes Stück von ihnen entfernt hatte, zog sich Varuns Substanz vom Gesicht zurück. Jeng lächelte Alepou an, umarmte ihn herzlich und sagte: „Ich bin beeindruckt, dass du in so kurzer Zeit zu mir gefunden hast."

Alepou erwiderte sein Lächeln zögerlich. „Habe ich dich verärgert, als ich unaufgefordert das Gericht betreten habe?"

„Verärgert? Nein. Allerdings war ich sehr überrascht, dich zu sehen. Hat dich mein Anblick erschreckt?"

„Ja", gab Alepou zu, „und Harkandas Griff hat richtig wehgetan."

„Das tut mir leid. Du musst verstehen, dass ich vor den Unterirdischen mein Gesicht wahren muss."

Alepou nickte und ihm kamen seine unbedachten Worte wieder in den Sinn. „Wissen die Unterirdischen nicht, wen Varun unter sich verbirgt?"

Jeng sah ihn forschend an. „Sie wissen, dass Varun einen Menschen in Besitz genommen hat und kennen mein Aussehen. Doch welche Bedeutung diese Verbindung hat, wissen sie nicht und sie könnten sie auch nicht begreifen."

„Unabsichtlich habe ich Harkandas deinen Namen verraten", gab Alepou zu.

„Das habe ich bereits erkannt. Die Unterhaltung zwischen euch ist für mich sehr interessant. *Mir* würde er seine Gedanken niemals verraten und einem Dämon kann ich nicht in die Augen sehen, ohne dass er dabei stirbt."

„Beunruhigen dich seine Worte?"

„Sie erstaunen mich eher. Harkandas ähnelt Varun. Er ist klug, neugierig und, wie sich dank dir herausgestellt hat, in gewisser Weise loyal."

„Dann wirst du ihn nicht bestrafen? Harkandas schien das zu fürchten."

„Nein, aber ich werde überlegen, was ich mit dem, was ich nun weiß, anfangen werde. Wenn sich eine Gelegenheit dazu bietet, kann ich ihm vielleicht einige Fragen beantworten, die er mir nicht zu stellen wagt."

Alepou hörte die letzten Worte seines Freundes nicht. Sein Geistkörper war leicht. Ihm war, als würde er schweben. Tausend Schmetterlinge, geformt aus hellem Licht, tanzten um ihn herum und flatterten

zielstrebig auf die geöffneten Tore des Tempels zu. Alepou fühlte einen Sog. Die Schmetterlinge versuchten, ihn mit sich zu ziehen. Panisch ergriff er Jengs Arm. „Ich träume!", rief er.

Jeng packte ihn an beiden Schultern und hielt ihn fest. „Der Tempel ruft dich. Ich werde dich nicht aufhalten, wenn du hineingehen möchtest."

Alepou schüttelte den Kopf. Er sah nun wieder ganz klar und fragte: „Wie viel Zeit ist vergangen, seit meinem Tod?"

„Du bist vor 49 Tagen gestorben."

„49 Tage?", wiederholte er ungläubig. „Mir kam es nur wie wenige Stunden vor."

„Genau wie für einen Schlafenden ist für einen Toten die Zeit nicht mehr messbar."

„Wie geht es Phila und meinem Sohn?"

„Phila trauert sehr um dich, doch es geht beiden gut, den Umständen entsprechend. Dion hat sein Wort gehalten und die Vormundschaft für sie übernommen. Er wird sie heiraten, sobald ihre Trauerzeit beendet ist."

Erleichtert nickte Alepou und fragte: „Wirst du sie besuchen und nach ihr sehen?"

„Phila wird das nicht wollen, doch wenn du es wünschst, werde ich sie für dich im Auge behalten."

„Danke." Er wandte sich um und sah zum Tor. „Was erwartet mich dort drin? Gibt es etwas, das ich beachten muss, wenn ich hineingehe?"

„Diesbezüglich werde ich dir nicht raten. Es ist allein deine Entscheidung, doch ich bin zuversichtlich und sicher, dass du die richtige Wahl treffen wirst."

„Ich verlasse die Unterwelt, wenn ich dort eintrete?", erkundigte er sich.

„Ja, du wirst wiedergeboren oder aufsteigen. Du bist ein Daimon[1] Alepou, das habe ich bereits gewusst, als

---

[1] **Daimon** (griechisch δαίμων daímōn) ist in der griechischen Mythologie und Philosophie ein Geistwesen. Ein selig verstorbener Mensch, der nach dem Tod gemeinsam mit den Göttern im Himmel weilen kann und fähig ist, zwischen Menschen und Göttern zu vermitteln.

ich dir das erste Mal in die Augen gesehen habe. Wenn du es wünschst, kannst du im Himmel gemeinsam mit den Göttern leben."

„Nicht für immer, nehme ich an?"

„Richtig", bestätigte Jeng, „du bist noch nicht aus dem Kreislauf befreit, irgendwann wirst du dich neu inkarnieren müssen."

„Wäre es für mich von Vorteil, in den Himmel aufzusteigen?", fragte Alepou weiter.

„Wie ich schon sagte, ich möchte dir weder zum einen noch zum anderen raten. Die Entscheidung muss intuitiv getroffen werden, sobald du den Tempel betrittst."

„Alles in mir drängt darauf hineinzugehen, Jeng."

„Ich weiß."

Alepou sah in die Augen seines Freundes, Liebe lag darin und tiefe Weisheit. Der Abschied fiel schwer.

„Vergiss mich nicht", sagte er noch, dann wandte er sich zum Gehen.

„Niemals", rief Jeng ihm hinterher.

Das Dämmern der Lichter

Im Inneren hielt Alepou inne. Eine Säule aus Licht befand sich mitten im Raum, ansonsten war der Tempel leer. Deutlich spürte er die Gegenwart einer unsichtbaren Macht. *‚Das ist Apollo, der Gott des Lichts!'*, dachte er. Ehrfürchtig fiel er auf die Knie und verharrte vor der Erscheinung. Lange geschah nichts. Dann hörte er eine Stimme, die wie das Echo seiner eigenen klang. Sie war in ihm und um ihn herum. Sie sprach: „Willkommen, Wanderer!" Danach war es still.

Die Stille wuchs, bis sie für Alepou unerträglich wurde. Er sah auf und blickte in das Licht hinein.

„Was soll ich tun?", fragte er mit bebender Stimme.

Das Licht sprach: „Du befindest dich im Kreis ewiger Wiederkehr, den du noch nicht zu durchbrechen vermagst. Tritt in mein Licht ein und triff deine Wahl!"
„Gibt es einen anderen Weg?", fragte Alepou.
„Es gibt viele Wege."
Er erhob sich und spürte, wie von dem Licht eine unbeschreiblich tröstliche Kraft ausging. Darin geborgen trat er ein. Doch wo war er? Gleißend weißes Licht umgab ihn, dennoch fühlte er sich davon nicht geblendet. Ihm war, als schwebte er. Losgelöst und frei spürte er, wie alle Angst und Beklemmung von ihm abfiel.

Tief in seinem Inneren vernahm er eine Stimme, die ihn fragte: „Was hast du in deinem Leben getan, was du mir jetzt vorweisen kannst? Was davon bleibt bestehen?" Die Stimme klang in keinster Weise vorwurfsvoll. Die Liebe, die Alepou fühlte, als das Wesen ihn ansprach, war unvorstellbar und nicht zu beschreiben. Er fühlte sich geborgen in dessen Nähe.

Erinnerungen überfluteten seinen Geist und er sah sein vergangenes Leben ausgebreitet im Licht. Rasch folgte Bild auf Bild. Blitzartig erkannte er Geschehnisse aus seiner Vergangenheit. Lange vergessene Kindheitserinnerungen, die erstaunlich lebendig und lebensnah wirkten. Bewegte Bilder in lebhaften Farben traten vor seine Augen. Er durchlebte lange vergessene Ereignisse erneut, als wären sie nicht schon längst vergangen. Obwohl die Bilder rasch an ihm vorüberzogen, nahm er jedes einzelne bewusst wahr. Ja, sogar die Gefühle von einst überkamen ihn noch einmal. Von den geringsten bis zu den bedeutsamsten Handlungen war alles enthalten, was er im Leben je getan und gedacht hatte. Dabei spürte er die Anwesenheit des Lichtes deutlich. Es begleitete seine

Schau und führte ihm Beispiele vor. So erkannte er, wann er aus Selbstsucht gehandelt hatte oder auch wann er liebevoll und freigiebig gewesen war. Lobend erwähnte es, wie viel er in diesem Leben gelernt hatte. Schließlich endete der Rückblick und er stand erneut vor der Lichterscheinung, deren Leuchten nun langsam nachließ. Stattdessen dämmerten um ihn herum sechs farbige Lichter auf.

„Wähle!", sprach die Stimme.

Alepou sah sich ratlos um und schwebte an eines der Lichter heran. Beim Näherkommen wandelte sich die Erscheinung und er stand vor einer Pforte, die aus nichts als dunklem Rauch bestand.

Dahinter erkannte er eine vernarbte zerklüftete Landschaft und halb verfallene Häuser. Menschen hörte er, die vor Seelenpein laut schrien. Schaudernd wich er von der Pforte zurück. Auf keinen Fall wollte er dort hineingehen.

Rechts von ihm befand sich ein weiterer Durchgang. Ihm wandte er sich als Nächstes zu. Durch ein gelbes Licht betrachtete er eine ausgedörrte Ebene und fühlte unerträglichen Hunger und qualvollen Durst in sich aufsteigen. Er wich erschreckte zurück und schwebte weiter.

Ein anderes Licht schimmerte in trübem Grün. Er schwebte näher und sah auf eine Lichtung herab, umgeben von dichtem Dschungel. Stimmen von Tieren hörte er, die sich zu einem vielstimmigen Chor verwoben. Auch an dieser Öffnung ging er vorbei, weiter zu einem roten Durchgang.

Feuerkreise wirbelten über ein bewaldetes Tal. Zorn flammte in ihm auf, als er durch diese Pforte sah. Auf keinen Fall wollte er dort eintreten. Rasch ging er deshalb auf eine blaue Pforte zu, woraufhin sich sofort ein Gefühl von Vertrautheit einstellte. Durch den blauen Durchgang sah er ein Meer. Schiffe fuhren darauf und Menschen ritten auf Pferden, an der Küste entlang. Eine Stadt kam in Sicht, von schützenden Mauern umgeben. Alepou lächelte. Er spürte, dies war ein guter Ort zum Leben.

Dennoch trat er nach kurzem Zögern zurück und wandte sich der letzten Pforte zu.

Weißgolden schimmerte das Tor. Dahinter lag eine Landschaft von erhabener Schönheit. Weit entfernt erblickte er eine Stadt so überirdisch und strahlend, dass er ergriffen seufzte. Wie gebannt sah er durch das Tor, jedoch konnte er sich nicht dazu entschließen, hindurchzugehen.

Es zog ihn zu dem vertraut erscheinenden blauen Licht zurück, das ihn lockte. Die Küstenlandschaft und die Stadt, die er gesehen hatte, waren verschwunden. Stattdessen sah er jetzt in einen Raum hinein, in dem ein Mann und eine Frau beieinanderlagen. Tiefe Zuneigung empfand er, während er ihnen beim Liebesspiel zusah und je länger er das tat, umso stärker fühlte er sich von ihnen angezogen. Er wollte schon zu ihnen gehen, da kamen ihm Jengs Worte in den Sinn. „Du bist ein Daimon", hatte er zu ihm gesagt. „Einem Daimon steht es frei, mit den Göttern im Himmel zu wohnen!" ‚*Und nur dort wird es Jeng möglich sein, mich zu finden*', dachte er.

Nur mit großer Mühe gelang es ihm sich von dem blauen Tor zurückzuziehen. Dann wandte er sich ab und schritt entschlossen durch den weißgolden schimmernden Durchgang.

Harkandas

Die Tore des Tempels standen weit offen. Ich, Harkandas beobachtete die beiden Gestalten davor. Die Aufmerksamkeit meines Herrn galt nur noch der Menschenseele, die ich zum Tempel begleitet hatte.
‚*Was ist so besonderes an diesem da? Und warum lässt Varun ihn so nahe an sich herankommen?*‘

Dicht beieinander standen sie. Ich konnte nicht hören, was sie sprachen, doch die Art *wie* sie miteinander sprachen war seltsam und fremd. Ich ärgerte mich über mich selbst und war beunruhigt. Warum hatte ich diese Menschenseele nicht ignoriert? Warum sprach ich mit ihm über Dinge, die ich keinem sonst anvertraut hätte? Das war dumm. Varun wird von meinen unbedachten Worten erfahren und mich bestrafen, so fürchtete ich.

Doch meine Angst war unbegründet. Der Mensch ging in den Tempel hinein und verschwand. Varun sah ihm lange nach, dann verschwand auch er.

Als ich erkannte, dass er nicht zu mir kommen würde, ließ die Anspannung, die sich aufgebaut hatte, nach. Vielleicht sah er doch nicht alles in den Menschenaugen? Oder wusste er, worüber ich mit dem Menschen gesprochen hatte, würde aber dennoch nicht kommen, um mich für meine unbedachten Worte zu bestrafen? Das zu glauben, wäre absurd. Ich dachte an das seltsame Gespräch zurück. Der Mensch nannte meinen Herrn, jemand, der einem nicht schaden will, und bezeichnete mich als loyal. Ist es das, was er meinte, als er sagte, Varun wäre sein Freund? Hat er ihm gedient, genau wie ich selbst? Varun musste ihn gekannt haben, als er noch lebte, das war klar. Doch alles Grübeln über dieses Problem half mir nicht weiter. Ich zog die Tafel aus meiner Substanz hervor und gab den Namen meines Herrn ein. Sie zeigte nichts an, daraus folgerte ich, dass Varun die Unterwelt verlassen hatte. Ich fand es ratsam, ihm in den nächsten Tagen aus dem Wege zu gehen und entschloss mich zu einem routinemäßigen Kontrollgang.

An den Seelen, an denen ich vorüberging, stillte ich nebenbei meinen Hunger. Ich labte mich an ihren Ängsten, die sie durch ihre Trugbilder in sich selbst erzeugten. An Angst und Leiden herrschte in der Unterwelt kein Mangel. Die Seelen der Verstorbenen, die hierher gelangten, für meine Art nicht mehr als Vieh, das es zu melken galt.

Während ich ging, kehrten meine Gedanken unfreiwillig zu dem Gespräch zurück. ‚*Er sagte, ich solle Varun fragen. Es klang so selbstverständlich, so als würde Varun bereitwillig jede Frage beantworten. Die Menschenseele stand vor meinem Herrn und hat ihn furchtlos angesehen. Vor mir aber hat er sich gefürchtet, das konnte ich spüren, doch nicht vor ihm. Dieser Mensch war anders als die Seelen, die in das Gericht gebracht werden. Die fürchten sich alle vor Varun.*‘

Tief in Gedanken versunken nahm ich die Umgebung kaum wahr. Die Asura[1], an denen ich vorüberging, machten mir unterwürfig Platz. Meine Macht als Zweiter in der Hierarchie war inzwischen gefestigt. Zwar war es

---

[1] **Asura**: Dämonen (Gegengötter) aus der hinduistisch/buddhistischen Mythologie.

einigen wenigen gelungen mich im Pinyin[1] zu schlagen, doch an Varun waren alle gescheitert.

Zwei Herausforderer hatten den Zorn über ihre Niederlage nicht vor ihm verbergen können. Woraufhin Varun ihnen jeden weiteren Versuch, mich oder ihn selbst herauszufordern, verboten hatte.

„Mein Stellvertreter muss auch bei einer Niederlage besonnen bleiben und sich beherrschen können", hatte er danach verlauten lassen. Es war fast so, als wollte er nur mich als seinen Stellvertreter dulden.

‚Er sagte: Ich bin zufrieden mit dir', erinnerte ich mich stolz an seine Worte. Und ich will, dass das so bleibt. Ich hatte Glück, als ich gegen ihn gewann. Kein weiteres Mal ist mir das danach gelungen und auch keinem anderen, der ihn herausforderte. Ein befremdlicher Gedanke keimte in mir auf: *‚Hat er mich vielleicht gewinnen lassen?'* Ich verwarf diesen absurden Gedanken sofort wieder. So etwas zu glauben, war unvorstellbar.

Inzwischen war ich an den äußeren Bereichen der Unterwelt angekommen. Alles war ruhig. Ich kam an den Behausungen der Asura vorbei, ohne sie groß zu beachten. Einige waren aufwendig verziert worden. Doch viele waren noch immer von innen verschlossen. *‚Seit Monaten! Warum? Was tun sie darin?',* fragte ich mich zum wiederholten Male.

Da plötzlich hörte ich etwas. Ich hielt an und lauschte. Da war ein leises Geräusch von rieselndem Gestein, ein Schaben und Kratzen. Was mochte das sein? Der Klang

---

[1] **Pinyin**: Ein Brettspiel für zwei Personen. Yama ernannte Harkandas zu seinem Stellvertreter, nachdem dieser ihn im Pinyin geschlagen hatte. Nur demjenigen, dem es gelingt Harkandas in diesem Spiel zu besiegen, ist es erlaubt, auch Varun herauszufordern. Gelingt es dem Herausforderer auch Varun im Spiel zu besiegen, gewinnt dieser den Posten als sein Stellvertreter.

lockte mich zu einem versiegelten Haus. Feinster Basaltsand fiel aus der verschlossenen Öffnung zu Boden. ‚*Dieser wird bald sein Haus verlassen*', erkannte ich aufgeregt.

Gespannt aber geduldig wartete ich vor der Öffnung, bis endlich der Pfropf zu Boden fiel. Neugierig beugte ich mich vor, um hineinzuspähen. Etwas regte sich im Inneren und kam rasch auf mich zu. Ein hoher und unerträglicher Ton erklang und schnitt schmerzhaft tief in meine Substanz ein. Ich zuckte erschreckt zurück. Mir sprang etwas aus der Öffnung entgegen und war so schnell an mir vorbei, dass ich nicht erkennen konnte, was es war. Es war klein und huschte rasch davon, sodass ich es sofort aus den Augen verlor. Verwirrt sah ich ihm nach. *Was war das?*

Ich wollte ihm schon hinterher hasten, um es herauszufinden, da regte sich noch etwas im Inneren. Der Asura, der sich so lange darin eingeschlossen hatte, quoll als blasser, schmutzig grauer Rauch aus der Öffnung heraus. Deutlich konnte ich erkennen wie geschwächt die Substanz meines Artgenossen war, als er langsam vor mir Gestalt annahm. Krötengesichtig starrte er mich mit riesigen Glupschaugen an. Ich musterte ihn. Sein geschwächter Zustand interessierte mich wenig.

„Warum hast du dich so lange eingeschlossen? Was hast du gemacht?", verlangte ich zu wissen.

„Ich bin hungry Herr. Lasst mich gehen!", erwiderte der.

„Antworte, dann kannst du gehen!"

„Ich habe geruht, Herr."

„So lange? Und was war das, das mich angesprungen hat und vor mir geflohen ist?"

„Das weiß ich nicht."

„Du weißt es nicht? Es war zusammen mit dir da drin."

„Ich weiß nicht, woher es kam, Herr. Es erschien ganz plötzlich. Ich wollte es nicht dulden. Deshalb habe ich den Eingang geöffnet, um es hinauszuwerfen. Dabei wurde ich hungrig. Lasst mich gehen!"

Seine Antwort war unbefriedigend. Ich knurrte drohend. Der geschwächte Asura duckte sich unterwürfig, um mich zu beschwichtigen. Mir war klar, dass ich kaum mehr aus ihm herausbekommen konnte. Gnädig sagte ich deshalb: „Geh!"

Ich ließ ihn stehen und eilte dem Wesen nach. Lange suchte ich nach ihm, doch konnte ich nirgends eine Spur von ihm entdecken. Was immer es auch war, es schien verschwunden zu sein. Schließlich setzte ich meinen Rundgang fort. Ich hielt es nicht für nötig, meinen Herrn von dem Vorfall in Kenntnis zu setzen.

* * *

Es zwängte sich tiefer in den Riss der Mauer hinein, während der Mächtige vorüberschritt. Er sah *es* nicht. *Es* war klein. Erst als der Mächtige sich weit entfernt hatte, wagte *es* sich aus seinem Versteck heraus.

Es sah sich um, es suchte und fand … nichts. Instinktiv spürte es, dass es sich am falschen Ort befand. *Es* lief an der Mauer entlang, bis es auf eine Öffnung traf. Davor hielten zwei Mächtige Wache. *Es* fürchtete sich, an ihnen vorbei zu gehen. Doch es wusste, dass es nicht bleiben konnte, wo es war. Der Ort, an dem es sich befand, war dunkel. *Es* aber brauchte Licht und es brauchte … noch etwas.

Yama

Gleißend hell schien die Sonne auf die Stadttore Babylons herab. Das Blau der Kacheln strahlte intensiv und die Löwen- und Drachenmotive am Tor traten durch das Licht plastisch hervor.

Vom nahen Markt hörte man die lauten Rufe der Händler, so wie das Stimmengewirr und Gelächter der Kunden. Es roch nach Gewürzen, gebackenem Brot und frittiertem Gebäck, aber auch nach Fischabfällen und verwesendem Fleisch. Gelegentlich mischte sich Weihrauchgeruch bei, der aus den nahe gelegenen Tempeln herüberwehte. Händler aus allen Winkeln des persischen Großreichs boten ihre Waren an.

Jeng saß nahe am Marktplatz in einer Schenke und nippte nachdenklich an einem Becher mit Granatapfelsaft, während er das geschäftige Treiben beobachtete. Dabei ignorierte er hartnäckig die neugierigen Blicke, die ihm die Einheimischen zuwarfen. Er wusste, wie exotisch er auf sie wirken musste. Sein schneeweißes Haar leuchtete in der Mittagssonne, und gelegentlich, wenn das Licht sich darin brach, schillerte es in allen Regenbogenfarben. Die meisten Stadtbewohner sahen rasch wieder weg, wenn sie der Blick seiner beunruhigend blauen Augen traf. Nicht wenige entdeckte Jeng, wie sie heimlich eine verstohlene Geste vollführten, die den bösen Blick abwehren sollte und danach hastig weitereilten. Innerlich schmunzelte er und spürte dabei zugleich das amüsierte Kreisen Varuns in seinem Kopf. Keiner der

Einheimischen ahnte, *wem* ihre abergläubische Furcht in Wahrheit galt.

Die Völker der Erde hatten ihm viele Namen gegeben: Yama, Hades oder Osiris, egal wie man ihn auch nannte, für alle war *er* der Gott des Totenreiches.

Aber keiner von ihnen kannte seine wahre Natur. Einst war Jeng ein Mensch gewesen, bis ein Dämon in seinen Körper eindrang und ihn in Besitz nahm. Seither teilte er Körper und Geist mit Varun, einem Dämon vom Volk der Asura. Durch diese Verbindung wurden beide geeint und als unsterblicher Gott wiedergeboren.

Schmerzhaft war diese Vereinigung für beide gewesen, schmerzhaft wie jede Geburt. Doch obwohl Jeng und Varun für außenstehende als ein Gott erschienen, besaßen beide noch immer eine eigenständige Persönlichkeit.

Jeng dachte an seinen vor kurzem verstorbenen Freund und wischte geistesabwesend eine Träne fort. Die Trauer, die er fühlte, zerriss ihm das Herz.

„Wir werden einen anderen Freund für dich finden", hörte er Varun in seinen Gedanken sagen. Der Dämon klang zuversichtlich.

„Manchmal beneide ich dich, Varun. Du wirst ihn schnell vergessen haben."

„Das ist nicht wahr", widersprach Varun. „Er ist auch mein Freund gewesen. Ich werde ihn vermissen, genau wie du."

„So?" Trotz der vielen Jahre die Jeng mit ihm den Körper teilte, überraschten ihn seine Worte, denn er wusste, es war nicht die Art eines Asura Beziehungen oder gar Freundschaften einzugehen.

„Durch ihn habe ich verstanden, was ich dir damals genommen habe. Es tut …" Varun brach den Satz ab und fuhr erst nach längerem Schweigen fort: „Freunde wie er waren es, die ich damals getötet habe, nicht wahr?"

„Ja", bestätigte Jeng. Er seufzte und sah zu, wie die Händler ihre Waren einpackten, um der Mittagssonne zu entgehen „Das alles ist schon sehr lange her", sagte er dann. „Inzwischen bin ich mit dir länger verbunden, als ich mit ihnen gelebt habe. An meine Familie kann ich mich kaum noch erinnern."

„Aber du vermisst sie noch immer?", erkundigte sich der Dämon.

„Dieser Schmerz wird nie schwinden. Ich freue mich aber, dass du ihn endlich verstehst und ich ihn mit dir teilen kann."

Abrupt wechselte Varun das Thema, wie er es oft tat, wenn ihm eine Situation unangenehm wurde. „Du sagtest, Alepou würde aufsteigen."

„Ja. Wahrscheinlich", bestätigte Jeng.

„Dann ist er nicht wirklich fortgegangen. Wir werden ihn ausfindig machen und ihn besuchen können, so wie du es ihm versprochen hast."

„Du weißt, dass man mit einem Verstorbenen nicht so reden und umgehen kann, wie mit einem Lebenden."

„Dennoch, er ist nicht ganz aus unserem Leben verschwunden."

Jeng erwiderte nichts darauf. Gedankenverloren ließ er seinen Blick über die weiß getünchten Wohnhäuser schweifen, die mit bunten Kacheln hübsch verziert worden waren. Babylon war das Zentrum des persischen Reiches, das immerzu vor Geschäftigkeit summte. In den engen Straßen drängten sich Arbeiter, Sklaven, Einheimische und ein buntes Völkergemisch, während hoch über der Stadt Xerxes Palast thronte. Die hängenden Gärten daneben suchten ihresgleichen. Und auch die Tempel, ja selbst die Verwaltungsgebäude waren von bestechender Schönheit. „All dies hätte ich ihm gerne gezeigt", dachte er noch einmal.

* * *

Es bebte vor Furcht, da waren so viele. Von Spalt zu Spalt huschend, schlich *es* unbemerkt an den Mächtigen vorbei, dem Licht entgegen, das *es* lockte. Der Boden war tot, verzweifelt suchte *es* weiter und traf bald erneut auf ein Hindernis. *Es* lief an einer Mauer entlang, bis *es* wieder auf eine Öffnung stieß, vor dem die Mächtigen wachten. Sein Instinkt sträubte sich, ihnen zu nahe zu kommen, doch hatte *es* keine Wahl. Es spürte, wie seine Kräfte schwanden.

Vorsichtig wagte *es* sich näher, ohne die Mächtigen aus den Augen zu lassen. Es wusste, wenn sie *es* sahen, würden sie es angreifen. Näher und noch näher kam es dem Durchgang, bis ein Mächtiger *es* entdeckte. Starr vor Angst, sah *es*, wie scharfe Substanzklingen auf *es* herabstießen. *Es* schrie und wich dem Hieb aus. Erschreckt und verwirrt vom schmerzhaften Klang seines Schreis, wich der Mächtige vor ihm zurück. Doch das hielt ihn nicht lange auf. Er stieß erneut zu, und diesmal traf er *es*. Panisch kreischend riss *es* sich los und floh durch die Öffnung. Der Mächtige folgte, doch *es* war klein und schnell, sodass der Mächtige *es* bald aus den Augen verlor.

Versteckt in einer Spalte ruhte *es*. Es war verletzt und fühlte sein Leben schwinden, doch sein Instinkt trieb *es* weiter. Langsamer als zuvor kroch *es* voran und überwand einen Fluss. Kurz darauf traf *es* auf eine weitere Mauer und entdeckte weit entfernt einen Durchlass. Auch dieser wurde bewacht. *Es* wimmerte, denn *es* wusste genau, dass seine Kraft nicht mehr ausreichen würde, um das Licht zu erreichen. Matt zog *es* sich in den Schutz einer Spalte zurück und wartete darauf, dass sein Leben erlosch.

Harkandas

Immer mehr Asura, die sich zuvor in ihre Häuser eingeschlossen hatten, verließen sie jetzt wieder. Doch konnte ich nicht noch einmal einen von ihnen entdecken, der gerade im Begriff war, es zu verlassen. Ich sah mich in den Randgebieten um und entdeckte einige, deren Substanz genauso ausgezehrt und grau wirkten, wie bei demjenigen, den ich befragt hatte. Auf einen von ihnen ging ich zu und erkannte Drug. Zorn wallte bei seinem Anblick in mir auf. Noch vor wenigen Monaten wollte er mein Amt mit Gewalt an sich reißen, doch nun war er nur noch ein Schatten seines Selbst. Ich trat nahe an ihn heran. Es reizte mich, ihn zu schlagen. Demütig sackte Drug in sich zusammen. Es war so erbärmlich. Ich dagegen baute meine Substanz in voller Größe vor ihm auf.

„Hast du endlich dein Haus verlassen Drug?", fragte ich ihn verächtlich.

„Ja, Herr", bestätigte er unterwürfig.

Es war noch nicht lange her, da hätte mich Drug mit Leichtigkeit schlagen können, doch jetzt war er ein Nichts. „Warum hast du dich so lange eingeschlossen?", fragte ich.

„Ich … wollte ruhen, Herr."

„Ruhen?" Meine Substanz vibrierte zornig, doch ich beherrschte mich. Einen so schwachen Asura anzugreifen, versprach keinen Gewinn. Ich war stolz darauf, meinen Zorn beherrschen zu können. Varun schätze diese Eigenschaft an mir, das wusste ich genau. Beiläufig erkundigte ich mich: „Warst du allein, als du dein Haus verlassen hast, oder war noch etwas anderes mit dir darin?"

Drugs Substanz begann, nervös zu zittern. „Herr, … erst war ich allein, dann befand sich plötzlich etwas mit mir im Haus. Es war klein und schrie unerträglich, da habe ich das Haus verlassen."

Neugierig fragte ich: „Wenn du es in deinem Haus nicht dulden wolltest, warum hast du es nicht getötet?"

„Ich weiß es nicht, Herr, ich war hungrig und wollte hinaus. Es war *wichtig* hinauszugelangen."

„Hm", knurrte ich. Seine Antworten waren genauso unbefriedigend, wie die des ersten Asura, den ich befragt hatte. War es möglich, dass all jene, die sich in ihren Häusern eingeschlossen hatten, nicht mehr allein waren, wenn sie es verließen? Während Drug vor mir stand und ergeben darauf wartete, dass ich ihn entließ, überlegte ich, ob ich Varun nicht doch über die Vorfälle in Kenntnis setzten sollte. Ich entschied mich dagegen, zunächst würde ich weitere Asura befragen und nach den kleinen Wesen Ausschau halten.

In den kommenden Tagen erfuhr ich wenig Neues, doch eines wurde zur Gewissheit: Jeder Asura, der sein Haus verließ, war nicht mehr allein. Ich beschloss zunächst, zum Palast zurückzukehren. Varun würde ich jedoch nicht über die Vorfälle informieren, dafür erschienen sie mir nicht wichtig genug. Die Wächter an den Toren waren in ein Spiel vertieft und schenkten mir wenig Beachtung. Das ärgerte mich. „Ihr sollt den Durchgang bewachen, nicht spielen!", schnauzte ich sie an. Erschreckt zuckten sie zusammen, unterbrachen ihr Spiel und erhoben sich.

Zufrieden ging ich an ihnen vorbei, weiter an der Mauer entlang, bis eine Bewegung im Schatten meine Aufmerksamkeit erregte. Ich wandte mich ihr zu und sah … nichts. Hatte ich mich getäuscht? Ich setzte meinen Weg fort, um kurz darauf wieder ein Huschen am Rande der Wahrnehmung, zu bemerken. Etwas Kleines bewegte sich im Schatten, so als wolle es nicht entdeckt werden. Ich blieb stehen und blickte starr in eine Richtung, wobei sich meine Aufmerksamkeit gespannt auf die Peripherie meines Blickfeldes richtete. Da sah ich es wieder, wandte den Kopf und hechtete zu der huschenden Gestalt. Ich suchte in den Ritzen des Mauerwerks und sah in jede Spalte hinein, doch konnte ich nichts entdecken.

Enttäuscht brach ich meine Suche ab und setzte meinen Weg fort. Der Palastgarten war bereits nahe, als ich wieder etwas sah. Ein kleiner Vogel saß auf der Mauer und starrte mich an. Meine Substanz zog sich angespannt zusammen, als er zu mir sprach: „Ich habe dich schon seit mehreren Tagen im Gericht vermisst, Harkandas", sagte er.

Es war das erste Mal, dass mein Herr durch seinen Boten zu mir sprach. Die ungewohnte Situation machte mich nervös. Zögernd antwortete ich: „Ich habe in den Randgebieten einen langen Kontrollgang durchgeführt, … Herr."

„So? Und hast du mir etwas zu berichten?"

„Einige Asura die sich eingeschlossen hatten, haben endlich ihre Häuser verlassen."

„Ah! Gut, schließlich können sie sich nicht für immer darin bleiben, nicht wahr?"

„Ja, Herr." Das Wissen, dass die Asura beim Verlassen ihrer Behausungen nicht mehr allein waren, behielt ich für mich. Von etwas Kenntnis zu haben, von dem mein Herr nichts ahnte, gab mir ein Gefühl von Macht, das mich tief befriedigte.

„Noch etwas?", fragte der Vogel und starrte mich forschend an.

„Nein."

„Gut, dann hast du jetzt sicher Zeit, für eine Partie Pinyin?"

Natürlich hätte ich ablehnen können, doch das wagte ich nicht, also stimmte ich zu.

„Wir treffen uns vor dem Gericht", sagte er noch, bevor der Vogel verschwand.

Als ich dort ankam, waren die Tore noch verschlossen. Geduldig wartete ich davor, denn ich wagte es nicht, die laufende Gerichtsverhandlung zu stören. Schließlich traten die Gerichtsdiener heraus. Mein Herr war nicht unter ihnen. Ich spähte durch das nun offenstehende Tor und sah Varun mit einem Pinyin-Brett in der Hand. Sobald er mich sah, trat er auf mich zu und sagte: „Ah! Da bist du ja. Komm herein und schließ die Tür."

Ein mulmiges Gefühl beschlich mich. Warum wollte er mit mir alleine sein? Mein Herr ließ sich auf den Boden nieder und forderte mich auf, mich zu ihm zu setzten."

Ich tat es, und er schob die weißen Steine zu mir hinüber. „Du fängst an!"

So aufgefordert setzte ich den ersten Stein auf das Spielbrett. Mein Ehrgeiz war geweckt, nur ein einziges Mal war es mir bisher gelungen, Varun im Pinyin zu schlagen. Ich wollte ihm beweisen, dass mir das auch ein weiteres Mal gelingen konnte. Eine Zeit lang spielten wir schweigend und konzentriert, bis Varun die Stille durchbrach: „Die weißen und die schwarzen Steine im Pinyin, symbolisieren die Gegensätze im Leben. Alles hat erst einen Wert durch diesen Kontrast. Stimmst du mir da zu?"

Ich war verwirrt und fühlte seinen beunruhigenden Blick auf meiner Substanz, er brannte. „Herr?"

„Nie kommt ein Asura zur Ruhe, ständig kämpfen wir gegeneinander. Ich kann verstehen, warum einige von uns sich für so lange Zeit zurückgezogen haben."

„Ja, Herr", bestätigte ich und hoffte das Gespräch damit beenden zu können, doch ich irrte mich.

Varun fuhr fort: „Auch bei einer Partie Pinyin sind wir Gegner und versuchen den anderen zu besiegen. Sag mir, was ist dir lieber, das Spiel oder ein Zweikampf?"

Meine Gedanken überschlugen sich und meine Substanz begann, nervös zu vibrieren. Erwartete er eine Antwort oder war seine Frage eine Drohung? Angespannt sagte ich: „Ich bevorzuge das Spiel, Herr."

„Genau wie ich. Ich bin der vielen Kämpfe müde. Durch Pinyin wollte ich den Asura zeigen, dass man Dinge auch anders regeln kann, als nur mit Gewalt. Nicht den mächtigsten und stärksten Asura wollte ich zu meinem Stellvertreter ernennen, sondern den besonnensten und klügsten. Durch das Spiel erfährt man viel von seinem Gegenüber, auch wenn der nicht viel spricht. Habe ich recht?"

„Ja, Herr."

„Bisher bin ich sehr zufrieden mit meiner Entscheidung, dich zu meinem Stellvertreter ernannt zu haben und ich hoffe, dass das so bleibt." Varun setzte einen Stein und umschloss eine Reihe. Die eingeschlossenen Spielsteine nahm er vom Brett.

Verwirrt sah ich auf das Spielfeld. Meine Konzentration war dahin, tausend Gedanken schossen mir durch den Kopf.

Unbeirrt fuhr Varun fort: „Welche Bedeutung hätten Siege, wenn man nicht auch verlieren könnte?"

„Ich weiß es nicht, Herr."

„Du bist Zweiter in der Hierarchie. Bist du mit deinem Platz zufrieden, Harkandas?"

Es gab keinen Zweifel, Varun kannte jedes Wort der Unterhaltung, die ich auf dem Weg zum Tempel mit der Seele geführt hatte. „Ja Herr, ich bin zufrieden, ich will nicht herrschen", versicherte ich ihm hastig.

„Gut, man ist nicht unbedingt zufriedener, nur weil man andere dominiert. Zufriedenheit erlangt man, wenn man will, was man tut und nicht, wenn man tut, was man will."

Die Worte, die Varun sagte, verstand ich nicht und wusste auch nicht, was ich darauf erwidern sollte, doch etwas gab es, was ich sagen konnte: „Herr, als die Asuras ihre Häuser verließen, waren sie nicht mehr allein."

„Das soll heißen?"

„Als ich erkannte, dass ein Asura im Begriff war, sein Haus zu verlassen, habe ich davor gewartet. Aus der Öffnung sprang mir etwas entgegen. Es gab dabei einen Laut von sich, der mich schmerzte. Es war klein und blitzschnell, sodass ich es sofort aus den Augen verloren habe. Erst nach diesem Wesen verließ der Asura sein Haus. Er war ausgezehrt und hungrig."

„Woher weißt du, dass es davon mehrere gibt, hast du weitere dieser Wesen gesehen?", forschte Varun nach.

„Nein, nur dieses eine, doch ich befragte die Asura, die ihre Häuser bereits verlassen hatten. Etwas war bei ihnen gewesen, als sie ihre Häuser öffneten. Das erzählte jeder von ihnen."

„Seltsam", Varun blickte auf das Spielbrett herab, setzte aber keinen Stein. Er schien auf etwas zu lauschen. Ich wartete geduldig, bis er schließlich sagte: „Ich möchte, dass du das näher untersuchst. Finde eines dieser Wesen, fang es ein und bring es zu mir."

„Ja, Herr."

Er setzte seinen Stein auf das Spielfeld und fuhr fort: „Dieses Spiel kannst du nicht mehr gewinnen, doch das ist meine Schuld, meine Worte haben dich verwirrt."

‚Seine Schuld?' Was meinte er damit? Irritiert sah ich kurz zu ihm auf. „Herr?"

„Wir werden diese Partie abbrechen und zu einem anderen Zeitpunkt neu beginnen". Varun erhob sich. „Ruf mich, sobald du eines dieser Wesen eingefangen hast", forderte er noch einmal, bevor er verschwand.

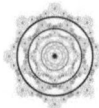

Alepou im Bardo

Alepou spürte, wie er erneut einen Körper hinter sich ließ, als er dem weißgoldenen Licht entgegenschwebte. Hell und fließend bewegte er sich durch einen langen Tunnel. Je näher er dem Licht kam, umso größer war das Wohlbehagen, das er empfand. Als er das Ende des Tunnels erreichte, sah er weit unter sich eine herrliche blaue Weltkugel im All schweben, auf die er sich zubewegte.

Er sah auf ein tiefblaues Meer und schimmernd bunte Kontinente herab. Der Anblick war das Herrlichste, was Alepou je gesehen hatte. Schlagartig wusste er, dass er diese Welt kannte, denn er hatte das Gefühl heimzukehren, nach einer langen und beschwerlichen Reise. Vollkommene Ruhe umgab ihn, als er sanft auf einer blühenden Wiese landete und ein Brausen und Rauschen erklang. Es war wie Musik, bei der alle Töne gleichzeitig tanzten. Der Klang wies ihm die Richtung, Alepou wandte sich ihm zu und folgte. Von Weitem erkannte er Menschen, die wie Lichtgebilde wirkten und ihm entgegen kamen. Sie hießen ihn willkommen und begrüßten ihn, wie einen lang vermissten Freund.

Alepou war überwältigt von dieser Erfahrung, er fühlte unbändige Freude und glühte förmlich vor Glück. Ohne zu zögern, folgte er den Seelen, denn er wusste, dass er zu Hause war.

* * *

Jeng legte die Tafel beiseite. „Ich kann ihn nicht finden."

„Wahrscheinlich hat er unseren Einflussbereich verlassen", vermutete Varun.

„Ja, das wird es wohl sein", seufzte Jeng. „Was sollen wir jetzt tun?"

„Ich werde mit meinem Kundschafter nach ihm suchen", schlug Varun vor.

„Nirva ist groß, da kann es Ewigkeiten dauern, bis wir ihn entdecken. Es wäre einfacher, Indra[1] zu fragen. Auf seiner Tafel müsste er erscheinen."

Varun knurrte grollend: „Ich möchte ihn nicht schon wieder um eine Gefälligkeit bitten. Das würde ich gerne vermeiden. Vielleicht haben wir ja Glück, wenn mein Kundschafter ihn findet, brauchen wir seine Hilfe nicht."

---

[1] Indra: König der Devas. Hinduistische Gottheit, Gott der Krieger und des Sturmes.

„Je mehr Zeit vergeht, umso größer ist die Wahrscheinlichkeit, dass er uns nicht mehr erkennt."
„Das ist mir klar."

Harkandas

Ich kehrte zu den Randgebieten zurück und ging dort von einem verschlossenen Haus zum nächsten. Vor jedem verharrte ich und lauschte, bis ich bei einem von innen Schab- und Kratzgeräusche vernahm. Geduldig wartete ich und ließ dabei den Eingang nicht aus den Augen.

Gesteinssand rieselte herab, der Verschluss aus Basalt würde gleich fallen. Meine Substanz spannte sich an. Ich machte mich bereit, das, was mir entgegen kam, einzufangen. Dann endlich fiel der Pfropf zu Boden. Ich beugte mich vor und spähte in die entstandene Öffnung hinein. Etwas kreischte unerträglich schrill im Inneren und kam mir entgegen. Obwohl darauf vorbereitet, wich ich instinktiv zurück.

Im gleichen Moment schnellte ein kleiner Schatten so flink an mir vorbei, dass ich ihn nicht zu fassen bekam. Ich hetzte ihm nach. Wieder schrie es, wurde dabei jedoch nicht langsamer und hastete zielstrebig auf die Mauer zu. Wohl um sich in einer der vielen Spalten zu verstecken. Das kleine Biest drohte zu entkommen. Mich packte der Zorn. Mit spitzen Klingen stach ich wütend nach ihm. Geschickt wich es aus. Um es nicht aus den Augen zu verlieren, jagte ich auf allen Vieren hinter ihm her. Dabei stieß ich immer weiter zu, bis ich schließlich unverhofft traf. Einen kläglichen Ton gab es noch von sich, bevor es sich vor meinen Augen in Rauch auflöste und starb. Über den Misserfolg verärgert richtete ich mich auf und hieb wutentbrannt mit Wucht auf die Mauer ein. Gesteinsbrocken brachen krachend heraus und flogen nach allen Seiten davon. Nur mühsam gelang es mir, mich zu beruhigen. So einfach, wie ich es mir zuvor dachte, war es offenbar nicht, diese Geschöpfe einzufangen.

Ich wandte mich von der Mauer ab und dem nächstbesten Asura zu. „Du da, komm zu mir!" Der Asura gehorchte und sah dabei unterwürfig zu Boden. „Fertige mir einen Kasten, mit einem Schiebeverschluss an. Etwa so groß." Ich bildete die gewünschte Größe mit meiner Substanz nach.

Ohne zu antworten, eilte er davon, um meinem Befehl Folge zu leisten.

Während ich wartete, kehrte ich zu den Häusern meiner Brüder zurück und lauschte erneut an jeder versiegelten Öffnung. Es dauerte lange, bis ich ein weiteres fand, dessen Bewohner im Begriff war, seine Behausung bald zu verlassen. Gestein rieselte bereits aus der Öffnung zu Boden. Ungeduldig sah ich mich nach dem Asura um, der mir die Kiste fertigen sollte, doch konnte ich ihn nirgends entdecken. Ich gab einen verärgerten Ton von mir und machte mich für einen erneuten Versuch bereit, das Wesen ohne Hilfsmittel einzufangen. Basaltbröckchen fielen zu Erde, der Verschluss wackelte.

„Herr?"

Gereizt wandte ich meine Aufmerksamkeit dem Asura zu, der neben mir stand und dessen Kommen ich nicht bemerkt hatte. Er hielt mir einen Kasten hin. Eilig nahm ich ihn an mich, um ihn gerade noch rechtzeitig dem entgegen zu halten, was mir aus der Öffnung entgegen sprang. Es kreischte, als ich den Deckel hinter ihm schloss. Triumphierend richtete ich mich auf und war froh, meinem Herrn so bald schon einen Erfolg vorweisen zu können.

Der Asura, der die Kiste gebracht hatte, stand noch immer neben mir. Gereizt schnauzte ich ihn an und befahl: „Reparier die Mauer, sofort!" Ohne Widerspruch drehte er sich um und ging davon.

Nur kurz sah ich ihm nach, dann zog ich meine Tafel aus der Substanz heraus, um Varun über meinen Erfolg zu informieren.

Ich brauchte nicht lange zu warten, da flimmerte die Luft neben mir und Varun erschien aus dem Nichts. Noch nie zuvor hatte ich dieses Phänomen aus der Nähe beobachten können. Brennender Neid erfüllte mich. Alles hätte ich dafür gegeben, um zu erfahren, wie ihm das möglich war.

Mein Herr sah mich an, ich senkte den Blick.

„Du warst also erfolgreich und das so schnell?"

„Ja, Herr. Es ist in dieser Kiste", antwortete ich stolz und hielt sie ihm entgegen

„Das hast du gut gemacht", lobte Varun.

Seine Worte freuten mich. Er nahm die Kiste an, öffnete vorsichtig den Schiebeverschluss einen kleinen Spalt und späte hinein. Sofort erklang ein durchdringendes Kreischen aus dem Inneren. Über die Substanz meines Herrn liefen spitze Dornen hinweg. Er gab einen verärgerten Laut von sich und schloss die Kiste wieder. Amüsiert beobachtete ich das Geschehen und war gespannt, was er tun würde.

„Dieses Geschrei ist unerträglich", stellte er fest.

„Ja, Herr. Soll ich veranlassen, dass alle Wesen eingefangen und vernichtet werden? Sie sind flink, doch sterben tun sie ganz leicht." Ich spürte seinen Blick auf meiner Substanz brennen.

„Nein Harkandas, erst will ich sie mir genauer ansehen, danach werde ich entscheiden, was ich mit ihnen tun werde." Varun schob den Verschluss erneut beiseite, zog seine Substanz über die entstandene Öffnung und bildete ein feines Netz aus. *Clever*, dachte ich bewundernd.

Wieder begann das gefangene Geschöpf unerträgliche Laute von sich zu geben. Varun wich nicht zurück. Ein tiefer, angenehm beruhigender Ton erklang. Verwundert stellte ich fest, dass Varun ihn erzeugte. Das Wesen verstummte.

„Komm zu mir Harkandas, sieh es dir an", forderte er mich auf.

Vorsichtig trat ich näher und sah in die Kiste hinein.

Das Geschöpf war klein, formlos und schwarz. Es kauerte in einer Ecke und rührte sich nicht.

„Was glaubst du, ist das?", fragte er mich.

„Ich weiß es nicht, Herr."

„Ein Asura baut ein Haus und schließt sich darin ein. Nach mehreren Monaten verlässt er es und ist nicht mehr allein. Hast du wirklich keine Idee, um was es sich handeln könnte?"

„Nein, Herr", erwiderte ich ratlos.

„Ich erinnere mich nicht daran, wie ich entstanden bin, und ich denke, dass es all meinen Brüdern so geht wie mir, doch ich vermute, dass dieses Wesen ein junger Asura ist."

„Herr?"

„Es ist ein junger und deshalb sehr kleiner Asura", erklärte Varun noch einmal.

Ich wagte zu widersprechen: „Das kann nicht sein, Herr. Einen so kleinen Asura habe ich noch nie zuvor gesehen."

„Nun, ich auch nicht, dennoch bin ich überzeugt, dass es so ist. In ihren Häusern sind die Asura zur Ruhe gekommen. Vielleicht brauchten sie diese Ruhe, um Nachwuchs hervorzubringen. Das mag auch der Grund sein, warum wir zuvor nie solche Wesen gesehen haben, denn kein Herr vor mir erlaubte den Bau von Häusern."

Vorsichtig wagte ich eine Frage: „Aber Herr, müssen dann nicht auch wir so entstanden sein?"

Und Varun antwortete: „Ja, das stimmt, doch jeder von uns wurde im Himmel geboren und erst später von den Devas[1] hierher verbannt. Mühelos konnten wir uns dort aus dem Weg gehen. Sollte einer das Bedürfnis verspürt haben, sich in einen Bau zurückzuziehen, konnte er das tun, ohne andere um Erlaubnis zu fragen. Dort waren wir frei."

„Ja, Herr", bestätigte ich und fragte mich gleichzeitig, warum ihm so viel an den Wesen lag. Was sollte ihm das nützen? Es mochte sein, dass es tatsächlich junge Asura waren, so wie er glaubte. Doch sie waren klein und schwach und damit bedeutungslos und zu nichts nütze.

Mein Herr unterbrach meinen Gedankengang und sagte: „So klein und flink, wie sie sind, werden sie viele Asura dazu reizen, sie zu jagen. Wir müssen sie beschützen, wenn sie wachsen sollen."

Vorsichtig wagte ich es, die Frage, die sich mir aufdrängte auszusprechen: „Warum kümmert Euch das?"

---

[1] Deva: (Sanskrit, देव, deva, [devə]) ist eine indische Bezeichnung für die „Gott dienenden" Götter. Die Himmlischen oder die Leuchtenden. Sie befinden sich auf höheren Ebenen als die Menschen. Deva kann mit „Götter", „Halbgötter" oder auch „überirdische Wesen" übersetzt werden. Als Himmlische stehen sie nicht außerhalb des Kreislaufs der Wiedergeburten (Samsara), sondern sind darin integriert. Sie spielen im Hinduismus, Buddhismus und Jainismus eine Rolle. (Quelle: Wikipedia)

Bereitwillig gab Varun Antwort: „Viele von uns sind im Krieg gegen die Götter gefallen, den Mahisha uns aufgezwungen hat. Dieser Nachwuchs ermöglicht es uns, unsere Verluste auszugleichen."

Das war es also? Er wollte sein Heer vergrößern? Plante Varun einen neuen Angriff gegen die Götter? „Wir sind noch immer viele", gab ich zu bedenken.

„Das ist wahr Harkandas. Doch sind Asuras nicht unsterblich, so wie es die Götter sind. Daher ist es gut, wenn unsere Reihen aufgefrischt werden."

„Das mag sein, Herr", bestätigte ich, doch insgeheim verstand ich die Begründung nicht.

„Ich verlange, dass jedes einzelne Junge aufgespürt und eingefangen wird. Bring sie in den Palastgarten, damit wir sie besser beobachten und schützen können. Sag jedem, das man sie nicht töten darf." Nach diesem Befehl verschwand Varun und nahm den Kasten mit sich.

Yama

Varun materialisierte im Palastgarten und fragte Jeng etwas ratlos: „Was soll ich mit diesem hier machen?"

„Lass es frei! Beobachten wir, was es tut", schlug Jeng vor.

Daraufhin öffnete Varun den Schiebeverschluss und trat rasch zurück. Zunächst geschah nichts. Er wollte bereits nachsehen gehen, als er eine Bewegung am Rand der Kiste bemerkte. Dünne, spinnenartige Tentakel tasteten vorsichtig daran entlang, so als könne das

Wesen nicht glauben, dass es sein Gefängnis endlich verlassen konnte. Schließlich sprang es heraus, um sofort mit erstaunlichem Zielbewusstsein zum Palast zu hasten. Varun folgte, mit einigem Abstand und ließ das Geschöpf nicht einen Moment aus den Augen. Dort angekommen schmiegte sich der junge Asura an eine der Lichtadern, die den Palast durchzogen. So verharrte es und machte keinerlei Anstalten mehr, sich zu bewegen.

„Mir scheint, es braucht Licht", stellte Varun trocken fest.

„Ja, es sieht ganz danach aus", bestätigte Jeng. „Wir wissen nichts über die Bedürfnisse der Asurakinder. Mir macht das ein wenig Sorgen."

„Wieso?"

„Menschenkinder benötigen andere Nahrung als Erwachsene. Sie brauchen die Milch ihrer Mütter. Vielleicht ist das bei Asuras ähnlich. In eurer ursprünglichen Heimat scheint die Sonne und dort gibt es vielfältiges Leben. Die Unterwelt ist selbst für einen ausgewachsenen Dämon nicht besonders lebenswert. Was, wenn euren Kindern hier etwas Wichtiges fehlt, das sie für ihre Entwicklung brauchen?"

Varun lachte über die absurde Vorstellung. „Ein Asura wird sich sicher nicht um seinen Nachwuchs kümmern. Vielmehr ist es erstaunlich, dass sie die Nachkommen nicht gleich in ihrem Haus umbrachten."

„Ich meinte damit auch nicht, dass die Asura mütterliche Instinkte entwickeln. Aber es könnte sein, das eure Nachkommen vielleicht etwas benötigen, was sie hier in der Unterwelt nicht finden. Wie zum Beispiel das Licht. Siehst du, wie es sich an die Lichtader schmiegt? Das Licht ist viel schwächer als das in eurer ursprünglichen Heimat."

„Hm." Varun betrachtete nachdenklich das kleine Geschöpf. Er unternahm nichts, um es aufzuscheuchen, vielmehr stand er still und wartete ab, was geschehen würde. Schließlich ließ es die Lichtader los und begann geschäftig nach etwas zu suchen.

Er sah zu, wie es Gestein und Geröll beiseiteschob. „Was sucht es?"

„Das weiß ich auch nicht. Doch was immer es auch sein mag, hier wird es das bestimmt nicht finden, da bin ich mir sehr sicher", sagte Jeng überzeugt.

„Hm", knurrte Varun noch einmal. „Ich werde die Sache beobachten. Wenn sie hier nicht gedeihen können, werde ich eines von ihnen mit nach Nirva[1] nehmen, dann werden wir sehen, ob es ihm dort besser geht."

* * *

Tage später waren bereits einige Asurakinder eingefangen und zum Palast gebracht worden. Varun stand neben Harkandas und betrachtete sie besorgt. „Sie werden von Tag zu Tag schwächer", stellte er fest.

„Ja Herr", bestätigte Harkandas. „Sie scheinen nach etwas zu suchen."

„Und es nicht zu finden", führte Varun den Satz fort. „Dieser da ist schon ganz grau und bewegt sich kaum noch." Varun trat näher an das graue Wesen heran. Es gab keinen Laut von sich, kroch aber langsam von ihm fort. Varun nahm es vorsichtig in seine Substanz auf und fühlte dabei sein schwaches Vibrieren.

„Dieses hier werde ich in den Himmel bringen und sehen, ob es sich dort erholt", erklärte er Harkandas und sprang gleich danach fort.

---

[1] Nirva: eine andere Bezeichnung für die Welt der Devas

Kaum auf Nirva angekommen ließ er das Geschöpf zu Boden gleiten und sah zu, was es tat. Zunächst lag es nur still da. Schließlich regte es sich und wandte sich der Sonne zu. Seine graue Substanz wurde langsam dunkler.
„Es scheint ihm besser zu gehen", bemerkte Jeng.
„Ja."
Kurz darauf begann es, geschäftig nach etwas zu suchen. Für Varun war es leicht, dem Wesen zu folgen. Zwischen grünem Gras und bunten Blumen war es gut zu erkennen. Es war, als bewegte sich ein schwarzes Loch durch die herrliche Landschaft. Insekten und Feenwesen, die seinen Weg kreuzten, flogen auf und flohen, sodass man es kaum aus den Augen verlieren konnte. Zwei Stunden verfolgte Varun es geduldig, dann sagte er: „Was auch immer es sucht, scheint es auch hier nicht finden zu können."
„Es sieht ganz danach aus. Vielleicht sind wir am falschen Ort?", vermutete Jeng.
„Das glaube ich nicht, Asura waren auf ganz Nirva verbreitet. Das, was es sucht, müsste es also überall geben."
„Dann weiß ich auch nicht weiter. Wir könnten Indra um Rat fragen", schlug Jeng vor.
Varun war wenig begeistert und lehnte ab. „Indra, was hat der damit zu tun? Das ist allein *meine* Angelegenheit."
„Möchtest du zusehen, wie die Nachkommen deines Volkes zugrunde gehen? Nur deines Stolzes wegen? Im Laufe der Zeit haben die Devas viel Wissen erworben. Sie könnten uns vielleicht sagen, was den Asurakindern fehlt."
Varun betrachtete nachdenklich das Geschöpf, das seine ergebnislose Suche schließlich eingestellt hatte

und nun reglos im Gras saß. Zögernd zog er die Tafel aus seiner Substanz. „Es widerstrebt mir, ihn um Hilfe zu bitten. Ich möchte nicht erneut in seiner Schuld stehen." Trotz seiner Bedenken gab er das Audienzgesuch in seine Tafel ein und sandte die Anfrage ab.

Indra

Er duckte sich gerade noch rechtzeitig. Sirrend pfiff die Trainingswaffe über seinen Kopf hinweg und verfehlte ihn nur um Haaresbreite. Geschickt wirbelte er herum und blockte den nächsten Schlag ab.

Die Schaulustigen, die am Rand der Übungshalle standen, applaudierten und jubelten ihm zu: „Gut gemacht, Sakra Vajri[1]."

Indra grinste und attackierte seine Freund Matali mit einem Stasisnetz. Matali wich zurück, um gleich darauf erneut anzugreifen. Der Schweiß lief Indra in Strömen am Körper herab. Er wirbelte um die eigene Achse, um Matali seitlich zu treffen. Der duckte sich weg und lachte: „Du bist viel zu langsam mein Freund."

„So bin ich das?" Blitzschnell machte Indra einen Ausfallschritt und stand mit einem Mal neben ihm. Er fasste sein Handgelenk und entwaffnete ihn geschickt mit einer einzigen fließenden Bewegung.

Lauter Jubel und Beifallrufe erklangen. Indra schlug mit der entwendeten Übungswaffe nach seinem Freund. „Gibst du auf?", fragte er.

---

[1] Mächtiger Donnerer

„Noch nicht." Ein greller Lichtblitz explodierte vor Indras Augen. Er kniff sie geblendet zusammen und taumelte zurück. Matali nutzte Indras Orientierungslosigkeit, trat rasch hinter ihn, warf ihn zu Boden und entwand ihm nun ebenfalls die Waffe aus den Händen. „Rechne immer mit dem Unerwarteten. Waren das nicht deine Worte?", sagte er triumphierend.

Indra lag am Boden und lachte laut auf. „Das ist richtig mein Freund. Ich ergebe mich." Als Geste der Kapitulation kreuzte er seine Arme auf der Brust.

Matali half ihm auf und klopfte ihm auf die Schulter. „Das war ein guter Kampf", lobte er.

Zustimmend nickte Indra und ging zu dem Tisch, auf dem gekühlte Erfrischungsgetränke bereitstanden. Jemand reichte ihm ein Handtuch. Er nahm es dankend an. Die hohen Fenster in der Übungshalle waren rundum geöffnet worden, weiße Vorhänge blähten sich davor wie Segel im Wind. Es war ein heißer Frühlingstag.

Während sich Indra das schweißnasse Gesicht abtrocknete, fiel sein Blick auf seine Tafel, die stumm blinkte und damit signalisierte, dass jemand ihn zu sprechen wünschte. Er nahm sie auf und las, was dort geschrieben stand.

Matali sah ihm neugierig über die Schulter. „Was ist los, Sakra? Du siehst aus, als hätte dich gerade ein Wibat[1] angepisst."

„Yama bittet mich um eine Audienz", erwiderte Indra und runzelte die Stirn.

„Was kann er von dir wollen?"

„Das steht da nicht, also habe ich nicht die geringste Ahnung."

---

[1] Wibat: Ein, auf Nirva häufig vorkommendes Nagetier, das seinen Urin zur Verteidigung einsetzt, da der penetrant stinkt.

„Und? Wirst du sie ihm gewähren?"

„Sicher, wieso nicht? Ich werde die guten diplomatischen Beziehungen, die ich zu ihm aufgebaut habe, nicht dadurch gefährden, dass ich ihn jetzt abweise."

„Ich kann mir *Beziehungen* zu einem Asura nur schwer vorstellen. Aber ich bin neugierig und würde Yama gern kennenlernen, darf ich dich begleiten?"

„Nicht heute, Matali." Indra schmunzelte, „doch ich kann dir versichern, Yama ist in jeder Beziehung alles andere, als ein gewöhnlicher Dämon."

* * *

Die Luft flimmerte. Schwärze bereitete sich im Audienzsaal aus und verdichtete sich zu einer Gestalt deren Körper das ihn umgebene Licht schluckte. Nur das Blau der Augen stach deutlich aus der Schwärze hervor. Die Substanz, aus der Indras Gast bestand, formte Hörner aus, die denen eines Wasserbüffels ähnlich sahen.

Obwohl er Yama inzwischen gut kannte, schauderte Indra innerlich. Er erhob sich von seinem Stuhl und ging ihm entgegen. „Willkommen Yama, es freut mich, dich hier als Gast begrüßen zu dürfen. Was führt dich zu mir?"

Yama starrte ihn an, zog seine Substanz jedoch nicht zurück, um Jeng freizugeben, so wie Indra es erwartet hätte. „Ich habe ein Problem, das ich nicht allein lösen kann. Deshalb komme ich zu dir, in der Hoffnung, dass du vielleicht Rat weißt oder aber ein anderer Deva."

Es war leicht zu erraten, das es Varun war, der mit ihm sprach. Um darauf schließen zu können, reichte die fehlende Begrüßung schon aus. Indra blieb freundlich:

„Natürlich Varun, wenn ich dir helfen kann, werde ich das gerne tun. Worum geht es denn?"

„Ich habe es den Asura erlaubt, sich Behausungen zu bauen und allen verboten sie in diesen Häusern zu stören, wenn sie sich dorthin zurückgezogen haben."

„Wie überaus großzügig von dir", erwiderte Indra und schmunzelte insgeheim.

Varun fuhr unbeirrt fort: „Einige haben sich daraufhin eingeschlossen und sind monatelang nicht mehr herausgekommen. Inzwischen verlassen sie ihre Bauten wieder, doch jetzt sie sind nicht mehr allein."

Indra zog eine Augenbraue hoch. „Das soll heißen?"

„Ich werde es dir zeigen." Varun ging zu einem Tisch, Indra trat neben ihn. „Sieh her!", forderte Varun ihn auf und öffnete seine Substanz. Ein kleines Geschöpf purzelte auf den Tisch.

Neugierig betrachtete Indra es. Zunächst saß das Wesen nur da und schaute sich um. Der Gott beugte sich vor. Plötzlich stieß es einen freudig klingenden Laut aus und sprang ihn unvermittelt an. Mit einem verblüffend kräftigen Ruck riss es das Amulett ab, das um seinen Hals baumelte, und eilte damit blitzschnell dem Ausgang entgegen. Überrascht von der Attacke, wich Indra zurück. Als er sich fing, wandte er sich verärgert an seinen Gast: „Verdammt Varun, was soll das?"

„Ich habe keine Ahnung, warum es das gemacht hat", erwiderte der, offenbar genauso ratlos, wie der Gott selbst.

Indra ließ ihn stehen und rannte dem Geschöpf hinterher, das mühelos durch eine schmale Spalte am Eingangstor geschlüpft war und den Audienzsaal verlassen hatte.

„Das Amulett will ich wiederhaben", rief er seinem Gast noch zu, bevor er das Tor öffnete und dem Wesen nachjagte. Nur kurz zögerte Varun, dann folgte auch er.

Gerade noch sah er etwas Schwarzes um die Ecke huschen und rannte ihm nach, den langen Gang entlang, durch die Flure des Palastes, ohne das Geschöpf auch nur eine Sekunde aus den Augen zu lassen. Langsam holte er auf.

Kurz vor den privaten Gärten ließ es das Amulett fallen, um gleich darauf durch die offene Tür in den Garten zu flüchten. Indra stoppte. Er hob das Schmuckstück auf und wollte dem Wesen anschließend folgen, als Schreie und laute Kampfgeräusche ihn zusammenschrecken ließen. *Yama!*

Er wirbelte herum und sah, dass fünf Devawachen seinen Gast einkreist hatten. Er fluchte innerlich. Yama hatte er komplett vergessen. In der Hoffnung, dass Schlimmste noch verhindern zu können, eilte er zu ihm. Zu spät. Ohne Vorwarnung griffen die Wachen an und gingen als Team gegen ihn vor. Yama blockte den ersten Schlag und wich mühelos einem Stasisnetz aus, das ein anderer in seine Richtung schleuderte. Er verschwand und materialisierte sich gleich darauf hinter dem Wächter, packte ihn und warf ihn mit einer geschickten Bewegung durch das bunte Glasfenster am Ende des Ganges. Klirrend und krachend splitterte Glas, der Wächter schrie.

„Yama, stell sofort alle Kampfhandlungen ein!", rief Indra ihm von Weitem zu.

„Sag das doch denen. Ich habe nicht zuerst angegriffen." Yama parierte den nächsten Schlag und nutzte dabei geschickt die Wucht des Angreifers aus. Der Deva taumelte und fiel. Varun wandte sich einem anderen zu und entwand ihm beinahe mühelos die blau schimmernde Götterwaffe aus der Hand. „Im Gegensatz zu ihnen kämpfe ich nur mit stumpfen Waffen", informierte er nebenbei Indra und warf die Waffe beiläufig aus dem zerbrochenen Fenster.

„Schluss damit, hört auf! Yama ist mein Gast", rief Indra jetzt so laut er konnte den Wachen zu. Die hörten ihn nicht. Der Flur war lang. Indra warf einen Blitz zwischen die Streitenden. Die Luft begann, bedrohlich zu knistern.

Den entwaffneten Deva stieß Yama zurück. Er prallte mit Wucht an die Wand. Gesteinsbrocken lösten sich aus dem Mauerwerk. Der Deva sackte bewusstlos zusammen. Eine Wächterin spannte den Bogen, darauf erschien ein Pfeil aus Licht.

Indra schrie: „Tu das nicht, Jana!" Erleichtert sah er, wie die Devi den Bogen senkte. Die Waffen der anderen Beiden zuckten nervös in ihren Händen, doch auch sie stellten die Kampfhandlungen ein.

Aufgebracht wandte sich einer von ihnen Indra zu und zeigte dabei auf Yama. „Der Asura hat Rani und De An verletzt."

„Die erholen sich schon wieder", warf Yama gelassen ein.

Zornig holte der Deva erneut zum Schlag aus. Indra fiel ihm in den Arm und hinderte ihn daran, zuzuschlagen. „Ich sagte, das reicht jetzt, Rali." Für einen kurzen Moment regte sich Widerstand in dem Deva, doch dann steckte er seine Waffe weg.

„Wie sollten wir wissen, dass er Euer Gast ist? Der Alarm wurde ausgelöst", verteidigte sich die Devi.

Zerknirscht gab Indra zu: „Ich habe den Audienzsaal verlassen und nicht mitbekommen, dass Yama mir folgt. Geht jetzt, sperrt den Flur und gebt Entwarnung. Danach kümmert euch um Rani und De An."

Die Devi[1] beugte sich über den Bewusstlosen, der stöhnte und langsam zu sich kam. Sie half ihm auf,
dann musterte sie misstrauisch Indras Gast und fragte dann Indra: „Seid ihr sicher, dass ihr unsere Hilfe nicht braucht?"

„Ganz sicher Jana", bestätigte er.

Nur widerwillig zogen sich die Wachen aus dem Gang zurück und ließen Indra und Yama allein. Nachdem sie außer Sicht waren, bemerkte Varun: „Ein seltsames Verständnis von Gastfreundschaft habt ihr hier."

„Das Gastrecht gilt nur in der Audienzhalle, du hättest mir nicht folgen sollen", sagte Indra vorwurfsvoll und betrachtete die Verwüstung, die der Kampf hinterlassen hatte. Der Flur war ein einziges Trümmerfeld, das kostbare Mobiliar und die Wandgemälde zerstört.

„Darauf hättest du mich hinweisen müssen, bevor du mich einfach in der Halle hast stehen lassen."

„Das hätte ich getan, wenn dein *Mitbringsel* mich nicht angegriffen hätte", sagte Indra lauter, als er es beabsichtigt hatte.

„Es hat dich nicht angegriffen, sondern nur etwas entwendet, wie mir scheint", stellte Yama fest und deutete auf das Amulett in Indras Hand. „Wie ich sehe, hast du es bereits wieder."

„Das Geschöpf hat es fallen gelassen, bevor es im Garten verschwand." Indra betrachtete das Schmuckstück genauer. „Es fehlt der Soma-Samen, der in der Mitte eingefasst war."

„Lass uns nachsehen, ob wir es finden können."

Yama wollte zum Garten gehen, doch Indra hielt ihn auf. „Zuerst erkläre mir bitte, um was für ein Geschöpf es sich handelt und warum du es zu mir gebracht hast."

---

[1] **Devi**: Göttin

„Es ist ein Nachkomme meines Volkes, ein Asura-Kind."

„Ein Kind?", wiederholte Indra skeptisch.

„Ja, alle Asura, die sich in ihre Häuser zurückgezogen haben, brachten Nachkommen hervor. Doch diese Kinder können in der Unterwelt nicht gedeihen. Sie sterben. Etwas, das sie für ihre Entwicklung brauchen, scheint ihnen zu fehlen. Deshalb brachte ich dieses zu dir, in der Hoffnung, dass du oder ein anderer Deva etwas darüber weiß."

„Ich habe zuvor noch nie einen Asura-Nachkommen gesehen." Indra schmunzelte, „und frage mich gerade, wie sie zustande kommen. Jedenfalls denke ich, dass ich dir bei diesem Problem nicht helfen kann."

„Hm! Ich werde nachsehen, wo der Abkömmling geblieben ist." Yama eilte den Gang hinunter und ließ Indra stehen.

Indra folgte und schloss zu ihm auf. „Wenn du schon in meinem Palast herumlaufen musst, solltest du wenigstens an meiner Seite bleiben, um weitere Zwischenfälle zu vermeiden."

Yama gab ein Grollen von sich; ohne ihm zu antworten, betrat er den Garten.

Als die Apsaras[1] Yama sahen, stießen sie entsetzte Schreie aus. Indra entdeckte seine Tochter Surya mitten unter ihnen. Laut versuchte er zu beruhigen: „Keine Angst, es ist alles in Ordnung, Yama ist mein Gast."

Surya befreite sich energisch aus dem schützenden Griff der Apsara und kam furchtlos auf ihn zu. „Sucht

---

[1] **Apsaras**: Himmlische halbgöttliche Tänzerinnen, die man mit den Nymphen der griechischen Mythologie vergleichen kann.

ihr den kleinen Asura?" Sie schaute Yama an und fragte: „Ist es dein Baby?"

„Nein", antwortete er, „aber ein Kind meiner Art. Hast du ihn gesehen? Weißt du, wo es ist?"

„Ja." Sie fasste die Hand ihres Vaters und zog ihn mit sich. „Komm Papa, ich zeig ihn euch."

Sie folgten ihr, vorbei an üppigen Blumenrabatten und heiteren Wasserspielen, in einen etwas abseits gelegenen Teil des Gartens. „Ich hab es hereinkommen sehen und bin ihm gefolgt", erzählte Surya und blieb stehen. Sie deutete auf ein schwarzes Gebilde. „Siehst du, da ist es. Es wurde ganz starr, als es hier ankam. Schau, es schillert in allen Regenbogenfarben." Sie strahlte ihren Vater an. Der trat näher, um es genauer betrachten zu können. Nichts erinnerte mehr an das quirlige Asura-Kind, das ihn angesprungen hatte. Das Gebilde vor ihm ähnelte eher einer Pflanze, die ihr einziges trichterförmiges Blatt der Sonne entgegen reckte. Das Blatt war schwarz und schillerte in allen Farben.

„Es ist hübsch und passt gut in unseren Garten. Darf ich es behalten Papa?" Surya warf ihrem Vater einen flehentlichen Blick zu.

„Ich fürchte nein, Liebes." Indra strich ihr liebevoll durchs Haar und lächelte.

Neugierig beugte sich Yama zu dem Gebilde hinab, das Blatt begann zu zittern.

„Du machst ihm Angst", stellte Surya vorwurfsvoll fest und sah ihn dabei mit olivgrünen Augen ernst an. Sie sah ihrem Vater sehr ähnlich. Schwarze Haare rahmten ihr Gesicht ein und die rötliche Haut schimmerte kupfern in der Sonne.

Yama entfernte sich ein Stück von dem jungen Asura und entgegnete: „Mag sein, dass er sich fürchtet, doch ich werde ihm nichts tun." Dann wandte er sich Indra zu.

„Jetzt ist klar, warum es nicht finden konnte, was es braucht. Offenbar benötigt es einen Soma-Samen, um zu gedeihen."

„Wenn das so ist, kann ich dir nicht helfen, denn wie du weißt, sind die Soma-Bäume schon seit Langem ausgestorben."

Surya mischte sich ein: „Aber Samen haben wir noch ganz viele, das stimmt doch Papa?"

Indra seufzte: „Ja, Samen haben wir noch genug", bestätigte er. „Und wir haben uns lange darum bemüht sie zum Keimen zu bringen, um daraus neue Bäume zu züchten. Bisher waren all unsere Bemühungen vergeblich, doch das heißt nicht, dass wir bereit sind, die Samen an euren Nachwuchs zu verfüttern."

Yamas Substanz entfaltete sich zu voller Größe. „Soll das heißen, du willst die Nachkommen meines Volkes verhungern lassen?"

„Ich wollte damit nur sagen, dass Somasamen kostbar sind. Solange noch Hoffnung besteht, sie zum Leben zu erwecken, werden wir sie nicht hergeben. Vielleicht gibt es eine andere Möglichkeit, ihnen zu helfen, bei der Suche danach werde ich dich unterstützen."

„Es ist ganz offensichtlich, dass dieses hier gefunden hat, wonach es suchte. Wozu also weiter suchen, wenn die Lösung des Problems klar vor uns liegt?"

„Das ist nicht so einfach, wie du es dir denkst", erwiderte Indra.

„Nicht einfach? Bist du nicht ihr Herr?"

„Nicht so, wie ein Asura es verstehen würde. Zwar nennt man mich König der Devas, doch bin ich nicht ihr Herr. Mein Titel beruht ausschließlich auf der Achtung, die ich in meinem Volk genieße, und auf den Verdiensten und Entscheidungen, die ich Sinne der Gemeinschaft traf. Die Somasamen gehören den Devas.

Ich kann daher nicht alleine über sie verfügen und sie dir nicht einfach überlassen."

„Du nennst dich König und kannst nicht allein entscheiden?"

„Das ist richtig."

„Dann ist euer Staat eine Demokratie und du ihr gewählter Herr?", fragte Varun.

„Nicht ganz, aber so ähnlich. Wie in einer Demokratie stimmen wir über wichtige Entscheidungen ab. Unsere Gemeinschaft gründet sich vor allem auf Vertrauen, jeder Deva steht für den anderen ein. Wir sind Gleiche unter Gleichen." Yama stand still. Indra vermutete deshalb, dass er mit sich einen inneren Dialog führte.

Schließlich unterbrach Yama die Stille: „Was soll deiner Meinung nach jetzt geschehen?"

„Wenn du erlaubst, werde ich jemanden zurate ziehen." Indra gab eine Nachricht in seine Tafel ein.

„Jemand, der sich mit den Nachkommen meines Volkes auskennt?", erkundigte sich Varun.

„Ich glaube nicht, dass ein Deva darüber mehr weiß als du. Ich werde jemanden fragen, der sich mit Pflanzen auskennt. Eine Vegetationsgöttin, wenn du sie so nennen möchtest."

„Wie würdest du sie bezeichnen?"

„Als Botanikerin." Indra grinste und sah auf die Tafel. „Sie kommt hier her. Darf ich dir in der Zwischenzeit eine Erfrischung anbieten?"

Yama

Indra hatte seine Tochter und auch die Apsaras fortgeschickt. Die angebotene Erfrischung hatte Varun abgelehnt, und so standen sie da und warteten. Zeit verstrich. Insekten summten, flogen von Blüte zu Blüte und sammelten Nektar. Vögel sangen, und das Wasser der Springbrunnen tanzte im Sonnenlicht. Als sich endlich die Tür zum Garten öffnete, wandten sich beide gleichermaßen erleichtert der Devi zu, die eintrat. Vor Schreck blieb sie stehen, als sie Yama erblickte.

Indra winkte sie zu sich: „Keine Sorge Orb, komm ruhig näher. Yama ist mein Gast."

Unsicher lächelnd kam sie auf sie zu. „Es tut mir leid, ich war nur etwas ... überrascht. Es freut mich Euch kennenzulernen, Yama."

„Die ist ja süß", bemerkte Jeng, als er die Devi durch Varuns Augen sah.

Irritiert erwiderte der: *„Süß? Wie kannst du unter meiner Substanz und aus dieser Entfernung wissen, wie sie schmeckt?"*

„Mit süß meine ich ihr Aussehen. Diese rotgoldenen Haare, die grünliche Haut und die Sommersprossen darauf, finde ich sehr schön."

„So? Na von mir aus."

„Begrüß sie, sei freundlich!"

Laut sprach Varun: „Ich bin auch erfreut, Euch kennenzulernen."

Indra wandte sich der Devi zu: „Bevor ich dir erkläre, warum ich dich hierher gebeten habe, möchte ich dich ganz offiziell meinem Gast vorstellen. Dies ist Orb Ria. Sie ist eine Devi, die sich ganz auf die Erforschung von Pflanzen spezialisiert hat und eine Spezialistin für Soma ist."

„Hm", grollte Varun.

„Verdammt, Varun, lass mich mit ihr sprechen."

„Wieso?"

„Du machst einen ganz schlechten Eindruck auf sie."

„Es hat dich doch auch nicht interessiert, welchen Eindruck ich auf Indra mache."

„Natürlich nicht, Indra kennt uns, sie jedoch nicht."

„Wie dem auch sei, das ist meine Angelegenheit und mir ist es ganz egal, welchen Eindruck ich bei ihr hinterlasse." Jeng seufzte innerlich und schwieg.

In einigen knappen Worten erklärte Indra ihr den Grund, warum er sie zu sich gerufen hatte und führte sie danach zu dem Asuranachwuchs, der unverändert im Garten stand.

„Siehst du, da ist es. Ich würde von dir nun gerne wissen, ob man ihnen anstelle der Somasamen etwas anderes anbieten kann? Gibt es andere Arten, die vielleicht mit Soma verwandt sind und sich daher als Ersatz eignen?"

„Es gibt einige mit Soma verwandte Arten, ja, aber lass mich diesen zunächst genauer ansehen." Sie stellte eine Tasche neben dem Asura ab. Er begann zu vibrieren. Freundlich sagte sie zu ihm: „Ruhig mein Kleiner, ich tu dir ja nichts." Sie nahm ein Instrument aus ihrer Tasche und aktivierte es. Ein feiner Lichtstahl tastete die Substanz des Asuras ab. Die Devi sah auf ihre Tafel.

„Und was sagst du?", fragte Indra.

„Ich bin mit meiner Untersuchung noch nicht fertig, also stör nicht!" Sie legte das Instrument zurück und setzte sich neben dem Asura ins Gras. Mit den Fingerspitzen berührte sie leicht das Blatt und schloss die Augen.

„Was tut sie denn jetzt?", fragte Varun. Indra legte den Zeigefinger an den Mund und deutete ihm so an, zu schweigen.

„Ach, das ist Zeitverschwendung, warum geben sie uns nicht einfach, was die Nachkommen brauchen? Indra ist nur zu geizig, sein kostbares Soma mit uns zu teilen."

„Varun, du bist undankbar, du siehst doch, er versucht, uns zu helfen."

„Hmf, was tut sie da so lange?"

„Ich denke, sie versucht durch Versenkung in das Problem eine Lösung zu finden."

„Hä?"

„Sie denkt nach."

„Ah! Sag das doch gleich."

Die Devi schlug die Augen auf, ihre Gesichtszüge erhellten sich. Sie erhob sich, eilte durch den Garten und kam bald darauf mit einer Gießkanne zurück. Wie Regen prasselte das Wasser auf den Asura herab, das geöffnete Substanzblatt schloss sich. Orb wandte sich zu Indra und Yama um und strahlte sie an.

„Ich denke nicht, dass es den Samen verdaut. Vielmehr glaube ich, dass es sich hier um eine Symbiose handelt. Das könnte der Grund sein, warum niemand bisher die Samen zum Keimen bringen konnte."

„Was ist eine Symbiose?", erkundigte sich Varun.

„Darunter versteht man das Zusammenleben von zwei unterschiedlichen Arten, zum gegenseitigen Nutzen", erklärte Orb Ria.

„Was für einen Nutzen sollte es für die Abkömmlinge haben, den Somasamen zum Keimen zu bringen?", fragte er weiter.

„Das weiß ich auch noch nicht genau. Zunächst müssen wir abwarten. Falls der Samen keimt, habe ich mit meiner Vermutung recht. Und wenn es so ist, heißt das, wir können Soma wiederbeleben. Dann werden wir es bald wieder im Überfluss haben." Die Freude über ihre Entdeckung war der Devi deutlich anzusehen.

Indra fiel ihr ins Wort: „Wenn deine Vermutung stimmt, bedeutet das aber auch, dass wir die Nachkommen der Asura hierher bringen müssen. Damit züchten wir nicht nur Soma, sondern auch neue Asura heran. Ich glaube kaum, dass das auf große Gegenliebe stoßen wird."

„Soll das heißen, dass du den Nachwuchs *meines* Volkes verrecken lassen willst?", empörte sich Varun.

„Das soll heißen, dass ich über eine Frage von solcher Tragweite nicht alleine entscheiden kann. Ich bin mir sehr sicher, dass einige Devas es nicht gutheißen werden, wenn wir eine neue Asuraarmee heranzüchten."

„Ich züchte keine Armee und habe auch nicht vor gegen euch Krieg zu führen", brüllte Varun.

„Und ich habe nicht vor, die Kinder deines Volkes umzubringen", gab Indra verärgert zurück. „Ich sage nur, dass ich das nicht hinter den Rücken *meines* Volkes entscheiden kann."

„Aber ich kann", warf Orb Ria ein.

„Was meinst du damit?", fragte Indra.

„Ich habe den Auftrag *alles* zu tun, um Soma wiederzubeleben. Ich kann also selbst entscheiden, welche Maßnahmen dafür notwendig sind und brauche mich vor niemanden zu rechtfertigen. Du kannst dich ruhig raushalten. Soma liegt allein in meiner Verantwortung."

"Varun, frag bitte nach, warum Soma für die Devas so wichtig ist", bat Jeng.

Laut wiederholte Varun die Frage: „Warum ist Soma so wichtig für euch?"

Indra und Orb Ria sahen sich an. Indra antwortete: „Der Genuss von Soma erleichtert uns Devas den Zugang zu den höheren Bereichen des Himmels, außerdem potenziert er unsere naturgegebenen Kräfte. Uns ist der Somatrank heilig. Er fördert das Gute in jedem Wesen und unterdrückt das Schlechte.

Dabei wirkt er sowohl auf den Körper als auch auf das Innere Wesen und den Geist ein."

„Ihre Kräfte potenzieren sich. Durch Soma nimmt ihre Macht also zu", fasste Jeng das Gesagte noch einmal zusammen.

„Ja, als sie dir Soma zu trinken gaben, um mich zu wecken, habe auch ich diese Wirkung gespürt. Ich fühlte mich deutlich gestärkt."

„Und sie gaben mir nur eine winzige Menge. Was wird sein, wenn ihnen Soma wieder in rauen Mengen zur Verfügung steht?"

„Jedenfalls ist ihnen der Trank so wichtig, dass sie dieser da erlauben alles zu tun, was in ihrer Macht steht, um die Pflanzen wiederzubeleben. Bisher wollte ich nur verhindern, dass die Asurakinder sterben, doch jetzt frage ich mich, ob ich nicht weit mehr verlangen kann als das."

„Spüre ich da eine gewisse Gier?"

„Gier? Ja. Ohne unsere Nachkommen kein Soma. Ich werde mich von ihnen nicht über den Tisch ziehen lassen."

Varun wandte sich an Indra: „Mir scheint, ihr Devas habt ein starkes Interesse am Soma. Und nur meine Nachkommenschaft kann dafür sorgen, es zurückzubringen. Sehe ich das richtig?"
Indra seufzte: „Im Moment wissen wir noch nicht mal, ob die Samen keimen werden."
„Und wenn sie das tun?", forschte Varun nach.
„Dann bekommen wir die Pflanzen und ihr erhaltet die Nachkommen eurer Art."
„Das scheint mir ein sehr schlechtes Geschäft zu sein. Ich verlange die Hälfte des Somas für mich."
„Varun du übertreibst."
„Das kommt nicht infrage", brüllte Indra aufgebracht. „Ich bin bereit dir entgegenzukommen, um deinem Volk zu helfen, doch auf Soma hast du kein Anrecht."
„Ohne die Kinder meines Volkes wird es kein Soma geben", sagte Varun gelassen.
„Und ohne Somasamen wird der Nachwuchs sterben."
„Die Asura wird das kaum kümmern."
Vor Ärger biss Indra die Zähne zusammen. Kaum wahrnehmbar zuckten Blitze über seine Haut, die Luft begann zu knistern.
Orb Ria mischte sich ein: „Mit Verlaub, ihr streitet um Dinge, die noch völlig unklar sind. Ich halte einen Anteil an Soma durchaus für angemessen, doch bis wir es wieder herstellen können, wird noch viel Zeit vergehen. Das heißt, nur falls die Samen keimen. Aber ob und wie viel Soma wir an Euch abtreten, können weder Indra noch ich selbst entscheiden. Das muss dann tatsächlich im Rat besprochen werden. Wenn Ihr also auf einen

Anteil besteht, werden wir eine Versammlung einberufen.

Seid Euch aber darüber im Klaren, dass eine solche Debatte lange dauern wird. Erst in ein paar Tagen werde ich wissen, ob meine Vermutung stimmt, bis dahin solltet ihr Euch gedulden. Ich könnte Eure Abkömmlinge auf einem brachliegenden Versuchsfeld unterbringen, das sehr abgelegen ist. Niemand außer uns muss davon erfahren."

„Mir scheint, sie will uns betrügen", vermutete Varun.
„Lass es mich herausfinden."
„Nein, wir warten erst die nächsten Tage ab, bis wir sicher sind."

„Nun gut", sagte Varun laut. „Ich gebe diesen da in eure Obhut." Varun deutete auf den kleinen Asura. „Ruft mich, falls der Same keimt. Dann reden wir weiter." Er verschwand ohne ein weiteres Wort.

Indra

Nachdem Yama verschwunden war, sagte Orb Ria: „Bisher habe ich nie einem Asura gegenübergestanden oder mit einem von ihnen gesprochen. Aber man sagte mir immer, dass man mit ihnen nicht vernünftig reden kann. Dieser hier war zwar unfreundlich, doch reden konnte man mit ihm."

„Yama kann man mit seinen Vorgängern nicht vergleichen, er ist ... anders", entgegnete Indra.

„Wie anders?"

„Das spielt jetzt keine Rolle. Seine unverschämte Forderung hat mich doch sehr geärgert, dabei bin ich ihm entgegengekommen."

Die Devi zuckte mit den Achseln: „Was erwartest du? Er ist ein Asura. Sobald er begriffen hat, was für einen Nutzen Soma auch für ihn haben könnte, waren ihm die Nachkommen seines Volkes herzlich egal. Aber ich sehe das gelassen, sagen wir ihm einfach was er hören will. Es wird noch viel Zeit vergehen, bis die ersten Früchte reifen und Tränke daraus hergestellt werden können. Wenn wir erst wieder im Besitz von Soma sind, werden uns die Asura nicht mehr gefährlich werden können."

Indra runzelte die Stirn und sah Orb missbilligend an. „Du sprichst von Betrug, doch ich möchte den Frieden zwischen ihnen und uns bewahren. Mit Yama kann man verhandeln, das hast du gerade selbst festgestellt. Ich bin zuversichtlich, dass wir uns einigen werden."

Orb zuckte mit den Achseln. „Wie du meinst." Sie nahm einen Spaten und ein Gefäß aus dem Schuppen.

„Was hast du jetzt vor?", erkundigte sich Indra.

„Diesen hier nehme ich mit. Er kann ja nicht in deinem Garten bleiben." Sie stach neben dem Asura mit dem Spaten in die Erde ein, was dieser mit ohrenbetäubendem Kreischen beantwortete. Orb ließ den Spaten fallen und presste beide Hände an die Ohren. „Verdammt", fluchte sie.

Indra schmunzelte: „Es sieht harmlos aus, trotzdem ist es bereits ein unerträgliches kleines Biest."

Lächelnd nickte sie und ging noch einmal zum Schuppen, um gleich darauf mit zwei Gehörschützern zurückzukehren. Einen reichte sie an Indra weiter und setzte sich selbst den anderen auf, dann stieß sie erneut den Spaten in die Erde und verpflanzte den Asura kurzerhand in einen Topf. Anschließend lüftete sie vorsichtig den Gehörschutz. „Du kannst ihn absetzten, der Asura ist still."

„Hä?"

Orb verdrehte die Augen und nahm ihm den Gehörschutz ab. „Er kreischt nicht mehr."

„Ah! Gut."

Die Devi nahm das Pflanzgefäß auf: „Ich nehme ihn mit in mein Haus und stelle ihn in den Garten. In spätestens einer Woche werde ich wissen, ob meine Theorie stimmt."

„Gut, ich begleite dich noch hinaus."

Sie verließen den Garten und gingen schweigend den langen Flur entlang, bis zu der Stelle, an der die Wächter Yama attackiert hatten.

Überrascht blieb Orb Ria stehen und betrachtete die zerstörten Wandgemälde und das zerbrochene Fenster. „Was ist denn hier passiert?"

„Die Wachen haben Yama angegriffen, als er mir zum Garten gefolgt ist."

„Ist dabei jemand zu Schaden gekommen?"

„Nicht ernsthaft, viel schlimmer wäre es gewesen, wenn Yama zu Schaden gekommen wäre, schließlich war er mein Gast."

Orb zuckte mit den Achseln. „War das Fensterbild nicht sehr alt?", erkundigte sie sich.

„Ja, fast fünfhundert Jahre."

Sie lächelte: „Ich habe es nie gemocht."

Orb Ria

Ein sanfter Schimmer umgab den Samen. Winzige, kaum wahrnehmbare Lichtfunken tanzten und zuckten um ihn herum. Soma erwachte zum Leben.

Orb lächelte und legte das Instrument beiseite, das es ihr ermöglicht hatte, durch die Substanz des Asuras hindurchzusehen.

Endlich, nach so langer Zeit waren ihre Bemühungen erfolgreich. In langen und zermürbenden Jahren hatte sie vergebens versucht, die Samen zum Leben zu erwecken. Beinahe wäre sie an dieser Aufgabe verzweifelt. Jetzt konnte sie ihr Glück kaum fassen. Schon bald würde ihr die Anerkennung zuteilwerden, nach der sie sich so lange sehnte. Durch sie würden die Devas ihren alten Glanz und ihre Macht zurückerhalten.

Innerlich jubelte sie, auch wenn sie die guten Neuigkeiten noch für sich behalten musste.

Alle Bedenken oder Befürchtungen, die die Devas eventuell haben könnten, schlug sie in den Wind. Soma war viel zu wichtig, als das man darauf verzichten konnte. Und falls die jungen Asura tatsächlich ein Problem darstellten, konnte man sie noch immer vernichten, sobald sie für die Entwicklung der Bäume nicht mehr notwendig waren. Darin sah sie kein Problem.

Drei Tage später kontaktierte sie Indra und informierte ihn über das positive Ergebnis. Woraufhin er Yama und sie sofort zu einer Audienz einlud.

* * *

Orb betrat die Audienzhalle viel früher als notwendig. Irritiert sah Indra von seinem Schreibtisch auf. „Du bist zu früh", bemerkte er und beugte sich wieder über seine Papiere.

„Ich weiß, ich bin einfach zu aufgeregt, um noch länger zu warten. Entschuldige bitte."

Er nickte und sagte amüsiert: „Ich kann gut verstehen, dass du einen solchen Erfolg am liebsten herausschreien möchtest. Doch leider wirst du damit noch länger warten müssen. Alles, was gleich in diesem Raum besprochen wird, muss unter uns bleiben."

„Das versteht sich von selbst. Ich bin sicher nicht an diesen endlosen Debatten im Rat interessiert. Dafür ist Soma viel zu wichtig." Orb setzte sich in einen Sessel und wippte ungeduldig mit dem Fuß.

Indra zog eine Augenbraue hoch und sah sie ernst an. „Es geht nicht allein um Soma, auch wenn das für dich Priorität besitzt. Der brüchige Frieden, der zwischen uns und den Asura besteht, ist mir wichtig. Darüber solltest du dir im Klaren sein."

Die Devi wischte seine Bemerkung mit einer Handbewegung beiseite. Leichthin sagte sie: „Mit Soma braucht uns das nicht mehr zu kümmern. Es wird noch viel Zeit vergehen, bis die Bäume groß genug sind, um Früchte zu tragen, bis dahin können wir Yama mühelos hinhalten und ihm versprechen, was wir wollen."

„Ich fürchte du unterschätzt ihn."

Sie zuckte mit den Achseln, schlug die Beine über die Armlehne und griff nach den bereitgestellten Früchten. „Jeder weiß doch, dass Asura nicht besonders clever sind. Es ist nicht schwer, sie zu hintergehen."

„Und genau da täuscht du dich. Ich kenne Yama inzwischen recht gut. Die Begegnungen mit ihm haben meine Vorurteile gegen Asura stark ins Wanken gebracht. Er ist mehr als das, was du zu sehen glaubst."

Orb seufzte: „Mag sein, dass du ihn besser kennst als ich." Sie setzte sich gerade hin und sprang auf.

„Verdammt wie lange dauert das noch", sagte sie und begann hin und her zu laufen.

„Er wird schon kommen, schließlich geht es um die Nachkommenschaft seines Volkes."

Sie schnaufte verächtlich. „Als ob *die* einem Asura tatsächlich am Herzen liegen würde. Dämonen sind nicht gerade für ihre *Mütterlichkeit* bekannt."

„Genau genommen wissen wir recht wenig über sie. Nicht einmal wie sie sich fortpflanzen, wie wir jetzt feststellen mussten. Unter Mahishas Herrschaft hätten sich die Asura jedenfalls nicht vermehren können. Erst Yama hat ihnen das ermöglicht. Allen anderen Asura, wären die Nachkommen herzlich egal, nur ihm nicht. Ohne Yama würden alle Abkömmlinge in der Unterwelt sterben. Und ohne ihn, wüssten wir noch immer nicht, warum die Samen nicht keimen wollten."

„Du tust gerade so, als wäre das Yamas Verdienst, dabei handelt es sich nur um eine Aneinanderreihung von Zufällen, nicht mehr."

„Glaubst du?"

„Jedenfalls hätten weder du noch Yama auf eine Symbiose zwischen den Asura und der Somapflanze geschlossen", sagte Orb stolz.

„Das ist wohl wahr. Das ist dein Verdienst, diese Ehre gebührt dir allein", bestätigte Indra anerkennend.

Ein leiser Piepton erklang. Indra nahm seine Tafel zur Hand und atmete geräuschvoll ein. „Er wird gleich hier sein", informierte er Orb.

Die Luft begann zu flimmern. Tiefschwarzer Rauch verdichtete sich. Pechschwarz waren die Flügel, die sich im Raum entfalteten. Blaue Augen fixierten Orb.

Verblüfft riss die Devi die Augen auf und trat einige Schritte zurück.

Indra dagegen wirkte gefasst: „Ich grüße dich, Yama und heiße dich erneut in meiner Audienzhalle Willkommen."

„Ich freue mich, wieder bei dir zu Gast zu sein und wünsche einen guten Abend", erwiderte Yama freundlich, dann wandte er sich Orb zu. „Ganz besonders freue mich Euch hier zu sehen, Orb Ria. Ihr seht sehr schön aus in diesem Kleid."

Sprachlos stand Orb einfach nur da und starrte Yama irritiert an. Indra sprang ein: „Wie ich dir schon mitgeteilt habe, ist der Same gekeimt:"

„Das sind gute Neuigkeiten", erwiderte er. „In der vergangenen Woche sind fast ein Dutzend Asurakinder gestorben, daher bitte ich um eine möglichst schnelle Lösung des Problems."

Orb räusperte sich: „Ich habe ein abgelegenes Versuchsgelände für Eure Kinder vorbereitet. Dorthin können wir die Samen und die Nachkommenschaft bringen. Sie können sich dort ungestört entwickeln, ohne von anderen Devas entdeckt zu werden. Zumindest ist die Gefahr dafür an diesem Ort sehr gering."

„Ich bin einverstanden. Wo befindet sich dieses Feld?"

Orb zückte ihre Tafel und zeigte Yama eine Karte. „Es ist hier." Sie deutete auf die Stelle. „Es liegt sehr nahe am Territorium der Naga[1]. Das Versuchsfeld ist von hohen Mauern umgeben und daher von außen nicht einsehbar und gut geschützt. Die Asurakinder können

---

[1] Naga: Schlangenwesen der indischen Mythologie.

sich ungestört entwickeln, ohne jedoch nach ihrer ersten Entwicklungsphase in die Freiheit entkommen zu können."

Yama nickte zufrieden. „Zu ihrer Sicherheit möchte ich zehn Asura als Wachen auf dem Feld platzieren."

„Kommt nicht infrage", warf Indra ein. „Ausgewachsene Asura werde ich auf Nirva nicht dulden."

Yama wandte sich ihm zu. „Und ich werde die Nachkommenschaft nicht unbewacht in die Hände der Devas geben."

Verärgert biss Indra die Zähne zusammen und gab nach. „Mit zwei wäre ich einverstanden."

„Vier."

„Also gut, meinetwegen vier. Doch du musst mir versprechen, dass sie ausschließlich das Feld bewachen, ohne Schaden anzurichten."

„Dieses Versprechen ist leicht zu halten, du hast mein Wort."

„Moment", warf Orb beunruhigt ein. „Wie soll ich die Entwicklung der Samen überwachen, mit vier ausgewachsenen Asura in meiner Nähe?"

„Sie werden Euch nichts tun. Ich werde ihnen befehlen, nur dann anzugreifen, wenn jemand die Nachkommen bedroht."

„Ihr glaubt, das reicht?", fragte sie zweifelnd.

„Das reicht", bestätigte Yama und fragte: „Wie sollen die Nachkommen zu diesem Feld gelangen?"

„Durch ein Portal, das unsere beiden Welten miteinander verbinden wird. Ich errichte eines auf dem Versuchsfeld und ihr stellt das andere in der Unterwelt auf. Sobald sie aktiviert sind, kann man ganz einfach von einem Ort zum anderen gelangen."

„Wie erhalte ich ein solches Portal?", fragte Yama weiter.

Indra durchquerte den Raum und zog ein Tuch von einem hohen Gebilde, das an der rechten Wand stand. Der Gegenstand ähnelte einem Torbogen. „Dieser hier ist für dich bestimmt. Sobald er aktiviert wird, entsteht eine Verbindung zwischen diesem und dem auf dem Feld. Man kann dann wie durch eine Tür hindurchschreiten und mühelos von einer Welt in die andere gelangen."

Interessiert betrachtete Yama das Portal von allen Seiten. „Ich nehme an, dass es nur von Euch aktiviert werden kann?"

„Ganz recht", bestätigte Indra. „Nur eine kleine Vorsichtsmaßnahme, die du mir sicher nachsiehst."

„Verstehe."

Orb Ria trat zu ihnen. „Sobald die Somabäume Früchte tragen und wir den ersten Göttertrank herstellen können, werden wir Eurer Forderung entsprechen. Selbstverständlich steht Euch die Hälfte des Ertrages zu."

Missbilligend runzelte Indra die Stirn und warf ihr einen verärgerten Blick zu. Yama dagegen sah sie durchdringend an. Schweiß trat Orb auf die Stirn. Ihre Haut begann zu kribbeln und jedes Haar an ihrem Körper stellte sich auf, als der Blick sie traf. Sie war erleichtert, als er sich wieder von ihr abwandte.

„Ihr braucht mich nicht zu belügen, Orb Ria", sagte Yama ruhig. „Ich weiß sehr wohl, dass meine Forderung übertrieben war, und möchte mich dafür bei Euch und Indra entschuldigen. Zwar halte ich einen kleinen Anteil an Soma für angemessen, doch zunächst ist das zweitrangig. Ich denke, es wird noch viel Zeit vergehen, bis die Bäume Früchte tragen, nicht wahr?"

Schamesröte stieg Orb ins Gesicht. Vor Verblüffung brachte sie kein Wort hervor.

Indra sprang ein: „Das siehst du ganz richtig. Und wir können dir auch keinen Anteil am Soma versprechen. Wenn mein Volk wüsste, was wir vorhaben, wären viele von ihnen empört. Sie würden eine Ratsdebatte fordern, was eine Entscheidung hinauszögern würde. All das kostet Zeit, die dein Nachwuchs nicht hat. Daher muss unsere Abmachung solange wie möglich geheim gehalten werden. Sobald die Pflanzen für die Entwicklung der Asura nicht mehr notwendig sind, werden wir unser Volk über alles informieren. Die Freude über die Wiederbelebung des Soma wird so groß sein, dass niemand sich mehr daran stören wird, wie das Ergebnis zustande gekommen ist, da bin ich mir sehr sicher."

„Ich danke dir für deine Ehrlichkeit, Indra", erwiderte Yama.

„Das versteht sich von selbst, unsere guten Beziehungen möchte ich nicht durch Lügen zerstören." Indra sah Orb an. „Und ich hoffe, dass jeder das einsehen kann."

Verärgert wollte sie spontan etwas erwidern, doch dann besann sie sich und schluckte ihren Stolz hinunter. „Ich möchte mich bei Euch entschuldigen, Yama. Ich befürchtete nur …"

„Eine Entschuldigung ist nicht nötig. Ich verstehe durchaus, warum Ihr mich täuschen wolltet. In Euren Augen bin ich nichts weiter als ein Asura, den man spielend leicht hinters Licht führen kann. Das sehe ich doch richtig, nicht wahr?" Orb schwieg und senkte beschämt den Kopf. Yama wandte sich Indra zu und wechselte das Thema. „Du sagtest bei unserem letzten Treffen, dass euer Staat einer Demokratie ähnelt. Das interessiert mich sehr, erklärst du mir euer Staatssystem genauer?"

„Sehr gern, setzen wir uns", bot Indra an. Er ging zu einer gemütlichen Sitzgruppe und nahm in einem Sessel Platz. Yama folgte und tat es ihm gleich, nur Orb blieb verwirrt zurück.

„Komm Orb, setz dich zu uns", forderte Indra sie freundlich auf. Zögernd kam sie der Aufforderung nach.

„Also", begann Indra. „Unsere Gesellschaft gründet sich auf gegenseitige Achtung und Gleichheit. Für jeden gelten die gleichen Grundfreiheiten. Das heißt, für all jene, die sich unserem Staat zugehörig fühlen und diese Regeln akzeptieren."

„Sind nicht auch Devas individuell verschieden und die Begabungen ungleich verteilt? Wie kann es da Gleichheit geben?", fragte Yama skeptisch.

„Das stimmt, auch die Devas unterscheiden sich voneinander. Doch diese soziale und wirtschaftliche Ungleichheit versuchen wir durch unsere Gesellschaftsregeln auszugleichen. Der erzielte Wohlstand *muss* auch den am meisten Benachteiligten möglichst viele Vorteile bringen. In unserem Staat herrscht faire Chancengleichheit. Prinzipiell stehen *alle* Güter *jedem* offen. Denn was für alle das Beste ist, ist auch gerecht. Wir setzen auf Eigenverantwortlichkeit und vertrauen darauf, dass jeder Deva nur das Beste für die Gemeinschaft will."

„Und das funktioniert?"

„Oh ja, sogar sehr gut. Es gibt kaum Kriminalität oder Gewalt in unserem Reich. Unserem Verständnis nach ist eine Gesellschaft nur dann gerecht, wenn *jeder* ihren Regeln zustimmen kann, auch ohne zuvor zu wissen, welchen Platz er darin einnehmen wird."

„Interessant", sagte Yama. „Doch auch Devas haben unterschiedliche Begabungen, nicht wahr? Daher muss es auch bei euch soziale Ungleichheit geben. Der eine ist tüchtiger oder begabter als ein anderer oder hat einfach mehr Glück, und schon gehört dem einen mehr und dem anderen weniger."

„Ja", bestätigte Indra, „das lässt sich leider nicht ganz vermeiden."

„Aber diese Ungleichheit ist akzeptabel", warf Orb ein. „Jeder erhält die gleichen Chancen, in unserem Staat seinen Platz zu finden." Sie stand auf. „So, ich werde mich jetzt verabschieden, denn ich muss noch einige Vorbereitungen treffen. Morgen früh erwarte ich Euch auf dem Versuchsfeld."

Yama und Indra erhoben sich ebenfalls. „Woran erkenne ich, dass das Portal offen ist?", erkundigte sich Yama.

„Das ist recht leicht festzustellen. Im Moment wirkt das Portal stumpf, doch wenn der Durchgang aktiviert wurde, wird er durchscheinend und man kann den Ort erkennen, zu dem man reisen möchte", erklärte Orb.

„Gut, dann werde ich veranlassen, dass man die Nachkommenschaft zusammentreibt und einfängt."

Orb nickte. „Also bis morgen", sagte sie noch und wandte sich dem Ausgang zu.

„Ich wünsche Euch einen schönen Abend, Orb Ria, und habt vielen Dank für Eure Unterstützung."

Die Devi drehte sich zu Yama um und sah ihn irritiert an. Unschlüssig biss sie sich auf die Lippen. Schließlich sagte sie: „Das wünsche ich Euch auch, Yama, und auch dir Indra. Auf Wiedersehen."

Yama

Indra sah Orb Ria nach und grinste über beide Ohren, nachdem die Devi den Audienzsaal verlassen hatte. „Du hast sie ganz schön in Verlegenheit gebracht, Jeng."

„Ich weiß." Die Substanz Varuns zog sich zurück und kleidete die Gestalt darunter in eine elegante Abendrobe. Mit einem schelmischen Grinsen sah Jeng ihn selbstbewusst an.

Indra griff nach einer Karaffe, die neben seinem Sessel stand und goss den Inhalt in zwei Gläser. „Darf ich dir noch etwas zu trinken anbieten, bevor du gehst?"

„Sehr gern." Jeng nahm das Glas entgegen, das Indra ihm reichte.

„Zunächst möchte ich mich bei dir entschuldigen. Ich hoffe, du glaubst mir, dass ich mit Orbs Täuschungsversuch nichts zu tun hatte."

„Keine Sorge, das weiß ich. Ich weiß aber auch, dass Varuns Forderung überzogen war und dass du dich darüber sehr geärgert hast. Dafür möchte ich mich bei dir entschuldigen. Dennoch halte auch ich einen kleinen Anteil am Soma für angemessen."

„Einen prozentualen Anteil am Göttertrank kann ich dir nicht versprechen. Was ich dir aber schon jetzt zusichern könnte, wäre ein Anteil an meinen Privatvorräten, sobald diese aufgestockt werden können."

„Das ist großzügig von dir, danke."

Indra lächelte gequält und nippte an seinem Glas, bevor er fortfuhr: „Ich muss zugeben, diese ganze Heimlichtuerei belastet mich. Mir ist nicht wohl bei der Sache. Es fühlt sich an, als würde ich mein eigenes Volk hintergehen."

„Ich weiß, und ich wollte dich nie in eine solche Lage bringen." Jeng drehte das Glas in seinen Händen. Eine bedrückende Stille breitete sich in der Halle aus, bis Jeng sie schließlich durchbrach: „Ich beneide euch Devas. Nichts würde ich mir mehr wünschen, als zu eurer Gemeinschaft zu gehören. Du weißt sehr gut, dass ich unter Varuns Substanz in Wahrheit nackt bin. Er ist es, der mich kleidet. Ich finde das seltsam, denn ganz egal wo ich hingehe, immer und überall fühle ich mich falsch angezogen." Eine einzelne Träne lief seine Wange hinab, er wischte sie fort. „Eure Welt ist schön, so voll von Liebe. Es tut mir weh, nicht Teil davon sein zu können."

„Kann ich irgendetwas für dich tun, damit du dich besser fühlst?", fragte Indra betroffen.

„Ja, da gäbe es etwas. Vor einigen Monaten ist ein Freund von mir gestorben. Ich bin sicher, dass er sich jetzt auf Nirva befindet. Ich habe nach ihm gesucht, leider ohne Erfolg."

Indra nahm seine Tafel zur Hand. „Wie lautet sein Name?"

„Alepou aus Athen."

Er gab den Namen ein und sagte: „Er ist in einem Dorf der Seligen, das nahe an der Goldküste liegt. Das Dorf heißt Menos."

„Danke."

„Dir brauche ich sicher nicht zu sagen, dass Verstorbene in ihrer ganz eigenen Welt leben. Möglicherweise wird er dich nicht mehr erkennen."

„Ich habe versprochen, ihn in der Nachwelt zu besuchen. Ich werde mein Wort halten, auch wenn er mich nicht mehr erkennen sollte."

Verständnisvoll nickte Indra. „In Ordnung", sagte er.
„Ich bin dir sehr dankbar für alles was du für mich getan hast und noch tun wirst. Bist du morgen dabei, wenn ich die Asura auf das Versuchsfeld bringe?"
„Nein, das wäre zu auffällig. Ich werde meinen üblichen Verpflichtungen nachgehen. Ich überlasse es Orb und dir, sich um die Asura und das Soma zu kümmern."
Jeng erhob sich und ging zu dem Portal, das an der Wand stand. Während er ging, breitete sich die Substanz um ihn aus und hüllte ihn vollständig ein. Er nahm das Portal an sich und wandte sich dann zu Indra um.
„Ich weiß, wir sind keine Freunde, dennoch würde ich dich gerne ab und zu auch in meinem Haus als Gast willkommen heißen."
Indra atmete hörbar ein: „Ich hatte viel zu tun in letzter Zeit", entschuldigte er sich, „doch ich denke, dass es wegen der neuesten Ereignisse notwendig sein wird, in Kontakt zu bleiben."
„Notwendig?"
Eine Gefühlsregung konnte Indra nicht erkennen, da Jengs Gesicht bereits verborgen war, doch wusste er genau, dass seine Worte ihn gekränkt hatten.

* * *

„Dieser aufgeblasene Pfau, was bildet der sich eigentlich ein?", empörte sich Varun gleich, nachdem sie in ihrem Haus materialisierten.
„Er ist nur ehrlich. Es ist für ihn kein Vergnügen, zu uns zu kommen. Jeder Besuch fällt ihm schwer."
„Bah! Natürlich, es muss eine echte Qual für ihn sein, auf unser Niveau herabzusinken." Varuns Substanz begann, zornig zu vibrieren. „Allein wenn man sich in

seinem Audienzsaal umsieht, weiß man schon alles. Diese verschnörkelten Möbel und all die überladenen Verzierungen. Protz und Prunk, wohin man nur schaut."

„Du bist neidisch", stellte Jeng trocken fest. „Viel schlimmer als all den Prunk finde ich, dass sie die ganze Schönheit, von der sie umgeben sind, nicht einmal zu schätzen wissen. All das ist selbstverständlich für sie."

Varun stellte das Portal an der Wand ab und fragte: „Möchtest du jetzt etwas essen, bevor ich Harkandas über unser Vorhaben unterrichte?"

„Ja, das wäre gut, ich bin hungrig."

Varun zog sich zurück, und Jeng suchte die Küche auf.

Eine Weile sah Varun nur zu, wie Jeng das Essen für sich zubereitete, dann sagte er: „Jetzt konntest du dich selbst davon überzeugen, wie recht ich hatte. Wenn es ihnen nützt, werden die Devas nicht zögern, uns zu betrügen. Du hast es selbst in ihren Augen erkannt, diese Devi würde nicht einmal davor zurückschrecken, die Nachkommen zu töten."

„Nur, wenn sie ihrer Meinung nach ein Problem darstellen und nur, nachdem sie für die Entwicklung des Somas nicht mehr nötig sind. Sie ist ausgesprochen ehrgeizig und will ihren Erfolg nicht gefährdet sehen. Viel erschreckender fand ich es zu erkennen, was sie über uns denkt. In ihren Augen sind wir nur Monster und nicht mehr als ein notwendiges Übel, mit dem man sich eine Zeit lang arrangieren muss."

Fett spritzte und zischte, als Jeng eine Dorade in die Pfanne legte. Ein feiner Geruch nach Gewürzen und Kräutern breitete sich in der Küche aus. Jeng lief das Wasser im Munde zusammen. Ihm knurrte der Magen, da er seit dem Frühstück nichts mehr gegessen hatte.

„Ihre schöne heile Welt schließt uns nicht mit ein. All ihre Moral und ihre Gesetze sind ausschließlich auf ihr eigenes Volk bezogen. Andere sind davon ausgeschlossen. Ohne schlechtes Gewissen würden sie uns betrügen oder die Kinder der Asura ermorden."

„Du bist ungerecht, Varun. Es ist nicht wahr, was du sagst. Genau wie Menschen fürchten sie sich vor dem, was sie nicht verstehen und dem, was ihnen fremd ist. Außerdem weißt du genau, dass ihre Einstellung zu den Asura nicht ganz falsch ist. Und was uns betrifft, naja, da wird wohl noch viel Zeit vergehen, bis sich ihr Bild, von uns verändert." Jeng legte den gebratenen Fisch auf einen Teller und riss sich ein Stück Brot ab. Damit ging er zum Hauptraum, setzte sich an den Tisch und begann zu essen.

„Ich habe keine große Lust an dem falschen Bild, das sie von uns haben, etwas zu ändern", sagte Varun. „Am liebsten würde ich die Nachkommen ignorieren, nur um den Devas ihr kostbares Soma vorzuenthalten."

„Ich weiß, dass du das nicht ernst meinst", erwiderte Jeng gelassen.

„Nein, aber du musst zugeben, dieser Handel nützt ihnen mehr als uns."

„Da wäre ich mir gar nicht so sicher."

Harkandas

Missmutig streifte ich um den Palast herum. Das ständige Gekreische zehrte an meiner Substanz. Überall sah ich kleine flinke Schatten huschen, die, wenn man ihnen zu nahe kam, unerträglich schrien. Wäre es nach mir gegangen, hätte ich jedes von ihnen bereits töten lassen. Doch es ging nicht nach mir. Mein Herr wollte sie lebend, nur warum, war mir ein Rätsel. So klein und unbedeutend waren sie nutzlos und ich fühlte mich unwohl in ihrer Nähe. Jedes Mal, wenn ich eines von ihnen entdeckte, reizte es mich, es zu jagen. Es fiel mir schwer, diesen Trieb zu unterdrücken. Sie um mich zu wissen, machte mich aggressiv.

Der Palast begann, heller zu strahlen. Ich blickte zum Turm hinauf und wusste, dass mein Herr gerade jetzt dort weilte. Wie schön musste es für ihn sein, so hoch oben und so weit entfernt von seinen Brüdern zu wohnen.

Auch ich sehnte mich nach Ruhe und war fest entschlossen, mich für einige Zeit in mein Haus zurückzuziehen. Ich beeilte mich deshalb, meinen Rundgang zu beenden.

Auf meinem Weg dorthin entdeckte ich Drug, der, als er mich sah, eilig davonhastete. Es erfüllte mich mit Stolz zu sehen, wie er mir aus dem Weg ging. Inzwischen wusste Drug genau, dass ich ihm überlegen war.

An meinem Haus angekommen, sah ich mich noch einmal nach ihm um, erst dann trat ich ein und schloss die Tür hinter mir. Dunkelheit und Stille umfingen mich, erleichtert legte ich meine Tafel beiseite. Die Anspannung der letzten Tage fiel von mir ab, und meine Substanz entspannte sich. So lag ich in meiner Mulde und ließ die Gedanken treiben.

„Harkandas komm raus!"

Meine Substanz zog sich unangenehm zusammen, als ich den unerwarteten Ruf meines Herrn von außen vernahm. Was konnte er von mir wollen?

Als ich die Tür öffnete, erschrak ich. Er stand direkt vor dem Eingang.

„Habe ich dich gestört?", fragte er und sah mich unverwandt an.

Demütig senkte ich den Blick. „Herr?", fragte ich und hasste mich für diese kläglich Antwort. Varun erwartete mehr, *er* liebte es zu reden.

„Ich habe Neuigkeiten", erklärte er mir. „Inzwischen kenne ich den Grund, warum der Nachwuchs in der Unterwelt nicht gedeihen kann."

„So?", sagte ich laut und dachte: ‚*Das ist mir egal.*'

„Die Nachkommen benötigen den Samen der Somapflanze zum Wachsen."

„Hier gibt es kein Soma."

„Richtig", bestätigte Varun. „Deshalb habe ich mit den Devas verhandelt. Sie sind bereit, uns zu helfen."

‚*Uns? Zu helfen?*'

Varun fuhr fort: „Ich möchte, dass so viele Nachkommen wie möglich bis morgen eingefangen sind. Wir bringen sie nach Nirva, wo die Devas für jeden von ihnen einen Samen bereitstellen."

Ohne darüber nachzudenken, entrang sich mir eine Frage: „Warum helfen sie uns?"

„Unsere Nachkommen bringen die Somapflanzen zum Keimen. Soma und die jungen Asura benötigen sich gegenseitig, um zu wachsen. Nach dieser Entwicklungsphase erhalten die Devas das Soma und wir bekommen die jungen Asura."

Aufregung ließ meine Substanz vibrieren. „Herr, wenn die Devas Soma bekommen, werden sie uns vernichten."

„Ich kann deine Bedenken verstehen. Doch ich glaube nicht, dass sie uns vernichten wollen. Sie brauchen uns hier, und solange wir unseren Platz kennen, werden sie uns in Ruhe lassen. Ihre Gier nach Soma bietet uns eine gute Verhandlungsbasis."

Wieder verwirrten mich seine Worte, vorsichtig fragte ich: „Was bedeutet das?"

„Ich habe nicht vor, wie Mahisha mit Gewalt gegen die Devas vorzugehen. Ein Krieg verspricht keinen Erfolg. Die Devas sind Meister der Worte. Wenn wir in unsere Heimat zurückkehren wollen, müssen auch wir das Spiel beherrschen lernen, das sie Diplomatie nennen."

„Ist das ein Spiel wie Pinyin?", fragte ich.

„Nein, es ist viel komplizierter."

* * *

Einfangen? Als wäre das so leicht. Zwar gab ich den Auftrag weiter, doch war das Problem damit für mich nicht gelöst. Das Gekreisch und Geschrei rund um den Palast schwoll an und zehrte an meiner Substanz. Dazu kam, dass ich immer mehr Asura dabei erwischte, wie sie nach den Nachkommen stachen, anstatt sie zu fangen. Mein Unmut wuchs von Minute zu Minute. Mein einziger Trost war das wissen, dass sie bald fortgeschafft wurden.

Ich hatte keine Ahnung, wie viele sich inzwischen im Palastgarten aufhielten, doch es mussten viele sein. Überall sah ich sie huschen. Am leichtesten ließen sich noch die einfangen, die an den Lichtadern klebten oder bereits zu schwach waren, um sich noch schnell zu bewegen. Die Agilen bekam man aber kaum zu fassen. Äußerst gereizt setzte ich meinen Weg fort, nur um kurz darauf wieder einen Asura zu entdecken, der einem Jungen nachhetzte und nach ihm schlug.

Ich schrie ihn an: „Einfangen sollst du sie!"

Er hörte nicht auf mich. Der Abkömmling wich den Schlägen aus und raste in panischer Hast auf mich zu. Ich stellte mich ihm in den Weg, bereit ihn einzufangen. Er schrie gellend. Der Schrei schnitt mir schmerzvoll in die Substanz. Instinktiv stach ich zu und sah, wie er sich vor meinen Augen auflöste.

Zorn überkam mich und unkontrollierbare Wut. Ich vibrierte wie rasend und richtete mich zu voller Größe auf. Langsam wandte ich mich dem Asura zu, der den Nachkommen in meine Richtung getrieben hatte, und griff ohne Vorwarnung an. Der andere blockte den ersten Schlag und wich meinem nächsten aus. Offenbar konnte es mein Gegner durchaus mit mir aufnehmen. Doch sein Widerstand versetzte mich in Raserei. Ich sprang ihn an und bohrte meine scharfen Krallen in seine Substanz. Mein Gegner taumelte zurück. Geschickt drehte er sich und schüttelte mich so ab. Mit spitzen Dornenklingen wirbelte er nun seinerseits auf mich zu, sodass ich es war, der jetzt zurückweichen musste. Ich sprang und schlug Saltos, so konnte ich ihn in Schach halten. Gleichzeitig suchte ich nach einer Lücke in seiner Verteidigung, als ich sie fand, stieß ich erbarmungslos zu. Der Asura heulte auf, als meine Substanz in ihn eindrang und seine zerfetzte. Sofort versuchte er mich mit einer Geste der Unterwerfung zu besänftigen, doch half ihm das nicht. Meine Wut war zu stark. Hasserfüllt stürzte ich mich auf meinen geschwächten Gegner. Ich riss, zerrte und zerfetzte seine Substanz, ohne auf sein Klagen zu achten. Nur langsam beruhigte ich mich und ließ endlich von ihm ab.

„Fang sie ein!", befahl ich ihm noch einmal.

„Ja Herr", entgegnete er unterwürfig, dann kroch er fort. Ich sah ihm noch lange nach, bevor ich mich schließlich abwandte. Nach diesem Sieg fühlte ich mich keineswegs besser. Wie seltsam- obwohl ich wusste, dass Varun nichts von diesem Vorfall erfahren würde, war mir so, als hätte ich ihn verraten.

Schon früh am nächsten Morgen rief mich Varun zu sich. Er beachtete mich nicht weiter, denn er war mit einem seltsamen Gebilde beschäftigt, das wie ein Torbogen aussah. So stand ich da und wartete. Erst einige Zeit später sah er auf. „Ah, Harkandas, da bist du ja. Sind alle Abkömmlinge eingefangen?"
„Die meisten, Herr."
„Gut. Viele Häuser sind noch immer verschlossen. Es werden also noch einige mehr hinzukommen."
„Ja, Herr", bestätigte ich.
„Bring die Eingefangenen jetzt hierher."
Ich wandte mich von ihm ab, um seinem Befehl nachzukommen, und sandte einen Ruf aus. Vier Asura kamen und stellten Kisten vor mir ab."
„Weißt du, wie viele es sind?", erkundigte sich Varun.
„Nein, Herr."
„Naja, das ist auch egal." Varun trat nahe an den seltsamen Bogen heran. „Sieh her Harkandas!" Ich trat näher. „Dieses Tor verbindet unsere Welt mit Nirva. Sobald es aktiviert ist, kann man von einem Ort zum anderen gelangen."
Erstaunt über diese Erklärung betrachtete ich das Gebilde genauer. Mir drängte sich eine Frage auf, die ich nicht laut zu äußern wagte. Doch das war auch nicht notwendig, da mein Herr sie gleich darauf selbst beantwortete.
„Die Devas haben mir das Tor zur Verfügung gestellt. Nur sie können es von Nirva aus öffnen."
Ein hohes, kaum wahrnehmbares Summen erklang. Der Torbogen begann zu flimmern. Gleich darauf konnte

man ein blühendes Feld erkennen, das von einer hohen Mauer umschlossen wurde.

„Der Durchgang steht offen. Wir können die Kisten jetzt nach Nirva bringen. Vier Asura sollen die Nachkommen bewachen", erklärte Varun. Er rief Drug, Baka, Suran und Nimbarka zu sich und forderte: „Nehmt die Kisten auf." Widerspruchslos folgten sie seinem Befehl.

„Und jetzt geht durch das Tor!"

Vorsichtig trat Drug näher an den Durchgang heran und streckte seine Substanz danach aus. *Dieser Feigling,* dachte ich voll Verachtung.

„Geh da durch!", befahl Varun noch einmal, diesmal lauter. Drug gehorchte, die anderen folgten. Kurz danach verschwand auch mein Herr. Kaum war er fort, trat ich näher an das Gebilde heran und blickte neugierig auf die andere Seite. Varun und auch die anderen konnte ich erkennen und sah noch eine Devi, die auf sie zukam, bevor das Bild verschwand.

Orb Ria

Das Himmelsschiff landete noch vor Sonnenaufgang auf der Ebene nahe des Versuchsfeldes. Orb trat aus der Luke heraus. Sie entlud die Ausrüstung und brachte alles zu einer windschiefen Hütte, die am Rande des Feldes lag. Die Eingangstür klemmte. Mit aller Kraft stemmte sie sich dagegen, bis es knirschend und knacksend nachgab. Im Inneren roch es modrig, schon lange war niemand mehr hier gewesen. Spinnweben hingen von der Decke, Staub und Dreck hatten sich mit der Zeit angesammelt. Orb seufzte. Sie nahm einen Besen zur Hand und begann den Raum auszufegen und von den vielen Spinnennetzen zu befreien. Staub wirbelte auf und tauchte den Raum in einen grauen Schleier, legte sich auf Haare und Kleider. Sie achtete nicht darauf, verbissen fegte sie weiter den Dreck zur Tür hinaus. Anschließend brachte sie ihre Werkzeuge hinein und stellte einige dicke Fachbücher in ein altersschwaches Regal.

Zwar war die Hütte alt und verwittert, doch das Dach war noch dicht. Sie würde ihren Zweck erfüllen.

Als sie hinaustrat, ging gerade die Sonne am Horizont auf und tauchte das Feld in orangeroten Glanz.

Orb wischte sich den Schweiß von der Stirn und hinterließ darauf eine graubraune Spur.

Die ersten Insekten summten von Blüte zu Blüte, Tau glitzerte im Gras und hing an unzähligen Spinnennetzen, wie Perlen an einer Schnur. Vögel begannen mit ihrem Konzert, und laute Rufe hallten vom nahen Dschungel herüber. Sie strich sich eine Strähne ihrer widerspenstigen Locken aus dem Gesicht und betrachtete nachdenklich das Pflanzgefäß, das sie mitgebracht hatte. Der Asura darin war noch immer unbeweglich und ahmte die Gestalt einer Pflanze nach. Sie beugte sich zu ihm hinab, um zum wiederholten Male den Somasamen in seinem Inneren zu untersuchen. Er befand sich nicht mehr in der Mitte, sondern war zu Boden gesunken. Die kleine durstige Wurzel des Keimlings drang in feuchte Erde ein.

Ihr Herz jubelte. Die vielen Jahre, in denen sie vergeblich versucht hatte die Samen zum Keimen zu bringen, waren vergessen. Nun musste sie nur noch herausfinden, was genau es war, das die Keime von den Asurajungen brauchten.

War es der vollkommene Licht- und Luftabschluss? Nein, das hatte sie schon zuvor versucht. Das allein konnte es also nicht sein. Ihre Messungen hatten ergeben, dass der Asura unentwegt Töne in tiefen Frequenzen von sich gab, die für die Ohren der Devas nicht wahrnehmbar waren.

Vielleicht war es das? Sobald sie es wusste, würde sie die optimalen Keimbedingungen künstlich herstellen können, dann würden die Asura überflüssig für die Entwicklung des Soma sein.

Orb war begabt und schon früh von Pflanzen fasziniert gewesen. Sie hatte sich deshalb ganz auf sie spezialisiert. Pflanzen sprachen zu ihr. Es fiel ihr leicht, sich in sie hineinzuversenken. Nur Soma blieb stumm und sie konnte sich nicht erklären, warum das so war.

Sie holte den Spaten aus der Hütte, setzte vorsorglich den Gehörschutz auf und begann damit, ein Loch für den Keimling auszuheben. Auch mit dem Schallschutz konnte sie die durchdringenden Schreie des Asura noch hören, als sie ihn aus dem Topf zog und verpflanzte. Vorsichtig drückte sie die Erde um ihn herum an und wässerte ihn anschließend. Er verstummte. Zufrieden richtete sie sich auf und blickte über das Feld. Alles war vorbereitet. Eine leichte Beklemmung machte sich in ihr breit, als sie den Spaten zurückstellte. Bald würde sie ausgewachsenen Asura allein gegenüberstehen. Orb atmete tief ein und versuchte sich so zu beruhigen, dann ging sie zum Himmelsschiff zurück, um das Weltenportal auf das Feld zu bringen.

Nachdem sie es mit einigem Abstand zur Hütte aufgestellt hatte, stand sie unentschlossen da. Orb zögerte, das Portal zu aktivieren. Stattdessen sah sie den Grashalmen zu, die sich sanft im Wind wiegten, und grübelte. Plötzlich erklang neben ihr eine Melodie, wehmütig und schön. Jäh aus ihren Überlegungen gerissen, sah sie auf und entdeckte einen schwarzen Vogel auf der Mauer. Das Lied, das er sang, war so komplex, dass es unmöglich von einem Tier stammen konnte. Der Vogel beobachtete sie und schien auf etwas zu warten. Ein Schauder lief ihr über den Rücken. Kein Tier hatte einen so durchdringenden Blick. Mit mulmigem Gefühl wandte sie sich von ihm ab und wieder dem Portal zu. Es half ja nichts, auch wenn sie sich fürchtete, sie musste die Vereinbarung einhalten.

Noch einmal atmete sie tief ein, bevor sie es aktivierte, danach wartete sie. Zunächst geschah nichts. Der Durchgang schimmerte dunkel und unheimlich. Was dahinter lag, konnte Orb nicht erkennen. Doch dann trat der erste Asura aus dem Durchgang heraus, ein Zweiter folgte und ein weiterer materialisierte sich vor ihr wie aus dem Nichts. Sie erkannte Yama an seinen imposanten Stierhörnern und ging zögernd auf ihn zu. Gleichzeitig schloss sie hastig das Portal. Wer konnte sagen, ob sich Yama an die Vereinbarung hielt?

Die Asura stellten ihre Kisten ins Gras und beachteten sie nicht weiter. All ihre Aufmerksamkeit galt ihrem Herrn, der sich ihr zuwandte.

„Guten Morgen Orb Ria", begrüßte er sie. „Fällt in dieser Gegend Staub vom Himmel?"

„Was?", fragte sie verwirrt und sah an sich herab. Ihre staubbedeckte Kleidung hatte sie bisher nicht beachtet, umso erstaunter war sie, dass Yama das auffiel.

„Ich habe die Hütte ausgefegt", erklärte sie, während sie hektisch versuchte den Staub abzuklopfen.

„Verstehe", erwiderte er und wechselte das Thema. „In den Kisten befindet sich der Asuranachwuchs, jedenfalls alle, die wir bisher eingefangen konnten. Habt Ihr die Samen dabei?"

„Ja, sie sind in der Hütte." Orb sah nervös zu den vier Asura hinüber.

„Geht vor", forderte Yama sie auf.

Zögernd drehte sie ihm den Rücken zu und ging zur Hütte zurück. Die Asura folgten wortlos und warteten davor, als sie die Tür öffnete und eintrat. Nicht lange danach kam sie wieder heraus und hielt einen Sack und eine flache Schale in den Händen. Beides legte sie vor sich ins Gras. „Ich wäre so weit. Der Nachwuchs wird sich sicher selbst geeignete Stellen auf dem Feld suchen, sobald sie die Samen haben. Doch falls nicht, werde ich sie verpflanzen." Orb schüttete den Inhalt des Säckchens in die Schale und sah Yama auffordernd an.

„Öffne die Kisten, Drug", befahl der.

Widerspruchslos kam der angesprochene Dämon dem Befehl nach und trat anschließend zurück. Gespannt sah Orb zu, was weiter geschah.

Vorsichtig, so als könnten sie nicht glauben, dass sie frei waren, tasteten spinnenartige Substanzärmchen den Rand ihres Gefängnisses ab. Dann sprang eines der kleinen Wesen mutig heraus und sah sich vorsichtig um. Als es die Samen entdeckte, gab es einen freudigen Ton von sich und sprang darauf zu.

Als hätte der Erste einen Damm gebrochen, folgten weitere. Wie eine Flut strömten die schwarzen Leiber aus den Kisten heraus und stürzten sich auf die Schale. Sie hüpften und sprangen übereinander weg, schnappten hastig nach den Samen und rannten davon, sobald sie einen ergattert hatten.

Manche von ihnen stritten sich, Orb war der Grund dafür nicht klar. Andere sah sie, die bereits einen Samen erbeutet hatten, die aber nach kurzer Zeit zu der Schale zurückkehrten, um sorgsam einen neuen zu wählen.

‚Manche scheinen nicht keimfähig zu sein', dachte Orb. Wie sie vermutet hatte, verteilten sich die jungen Asura auf dem Feld und hielten dabei gebührenden Abstand zu dem Nächsten ihrer Art. Überall entfalteten sich ihre schwarzen Leiber, die wie eine Pflanze ein einzelnes Blatt dem Himmel entgegenreckten. Ruhe kehrte ein. Orb spähte in die Kisten. „Es sind noch einige darin", stellte sie fest.

„Ja, die die zu schwach sind, um sie zu verlassen." Yama nahm eine Kiste auf und kippte sie kurzerhand um. Graue Leiber fielen ins Gras und blieben lethargisch liegen.

„Sie sind dem Tode näher, als dem Leben", stellte Yama trocken fest.

Orb griff in die Schale und hielt den Samen einen von ihnen hin. Mit letzter Kraft kroch es darauf zu und zog es langsam in seine Substanz ein.

„Diese sind zu schwach um sich selbst eine gute Stelle zum Wachsen zu suchen", stellte sie fest. „Falls sie sich erholen, werde ich sie umpflanzen müssen."

„Gut, ich gebe den Nachwuchs meines Volkes vertrauensvoll in deine Hände", erwiderte Yama, dann wandte er sich den Asura zu und sagte: „Dies ist Orb Ria. Sie wird das Wachstum der Nachkommen überwachen. Ihr werdet ihr keinen Schaden zufügen und auch denen nicht, die sich in ihrer Begleitung befinden. Jeder andere, der sich dem Feld nähert, muss vertrieben werden. Ihr müsst die Abkömmlinge bewachen und beschützen. Wer ihnen Schaden zufügen will, ist ein Feind. Habt ihr das verstanden?"

„Ja Herr", klang es wie aus einem Munde.

„Dann geht jetzt und tut eure Pflicht." Die Dämonen wandten sich daraufhin von ihrem Herrn ab und verteilten sich auf dem Feld.

Orb trat zu Yama und sah ihnen nach. „Ich glaube nicht, dass eine Bewachung notwendig sein wird. Dafür ist dieses Feld zu abgelegen", sagte sie.

„Und ich denke, dass vier Asura zu wenig sein werden, *falls* jemand dieses Feld entdeckt."

Naga[1]

Dunstiges Zwielicht lag in silbrigen Schichten über dem Dschungel. Die Nagaspäherin sah zu den grünen Hügeln hinüber, dass an das Territorium ihres Volkes angrenzte, Grasland, zu trocken für eine Naga- Deva Gebiet. Hoch oben im Baum konnte sie das fremde Gelände gut überblicken. Daher hatte sie das Himmelsschiff sofort bemerkt, als es nahe beim verlassenen Versuchsfeld landete. Seitdem beobachtete sie die Vorgänge auf dem Feld mit größter Aufmerksamkeit. Die Devi, die mit dem Schiff gekommen war, schien allein zu sein. Offenbar bereitete sie das Feld für eine neue Bepflanzung vor. Sie entfernte Sträucher und Büsche, die sich dort in der langen Zeit in der das Feld brachgelegen hatte, angesiedelt hatten.

Die Naga lebten seit langem mit den Devas in friedlicher Koexistenz, doch pflegten sie kaum Kontakt zueinander. Deshalb befürchtete die Späherin, dass die Anwesenheit der Devi nichts Gutes verhieß.

---

[1] **Naga:** bezeichnet in der indischen Mythologie ein Schlangenwesen oder eine Schlangengottheit. Es gibt verschiedene Darstellungsformen: Entweder mit vollständiger Schlangengestalt, als Mensch mit Schlangenkopf oder mit menschlichem Körper, der in einer Schlangengestalt ausläuft. Häufig sind auch Darstellungen mit mehrköpfigen Schlangen.

Drei Tage später erschien das Himmelsschiff erneut. Die Devi trat heraus und richtete sich in der kleinen Hütte ein, die auf dem Gelände stand. Anschließend entlud sie ein größeres Gebilde und brachte es auf das vorbereitete Feld. Die Späherin kniff die Augen zusammen, als die Devi es aufstellte. *Ein Portal!*, schoss es ihr durch den Kopf. Was hatte das zu bedeuten?

Gespannt beobachtete sie, wie die Devi das Weltentor öffnete, und sah zu, wie tiefschwarze Gestalten durch das Tor traten. Sie konnte kaum glauben, was sie da sah, es waren …. Asura.

Yama

Feinster Pyritsand glänzte in der Sonne und erweckte den Anschein, der Strand würde aus purem Gold bestehen. Kraftvoll brandeten Wellen an Land. Sie wirbelten den Sand auf und ließen das Katzengold im azurblauen Wasser Funkensprühen.

Jeng ging auf eine durchscheinende Gestalt zu, die auf einem Felsen saß und auf das Meer hinausblickte. Er setzte sich neben sie. Ein verträumtes Lächeln lag auf dem Gesicht seines Freundes. Alepou schien ihn nicht zu bemerken, deshalb sprach er ihn an. „Wie geht es dir?"

Ohne den Blick ihm zuzuwenden, antwortete Alepou: „Es ist nur noch Freude in mir. Nie vorher war mir so leicht. Nie bin ich glücklicher gewesen, als ich es jetzt bin. Du fragst, wie es mir geht? Darauf kann ich nur antworten: hervorragend. Ich fühle mich frei, ich fühle mich wunderbar."

Danach schwieg Alepou, und auch Jeng blieb stumm. Gemeinsam, im stillen Einverständnis, saßen sie beisammen und sahen aufs Meer hinaus. Dabei lauschten sie dem Klang der Wellen, die an den Strand brandeten.

Zeit verstrich. Jeng wartete geduldig, bis Alepou schließlich doch seinem Freund die Aufmerksamkeit schenkte, die er sich erhoffte. „Ich kenne dich", sagte er und der verträumte Blick wich dieser plötzlichen Erkenntnis. „Du bist vor langer Zeit mein Freund gewesen."

„Ich war es und bin es noch", bestätigte Jeng. Ein zärtliches Lächeln huschte über sein Gesicht. „Und so lange, wie du glaubst, ist das noch gar nicht her."

„Ja", bestätigte Alepou. „Das mag sein. Jegliches Zeitgefühl ist mir verloren gegangen."

„Ich versprach dir, dich in der Nachwelt zu besuchen. Erinnerst du dich?"

„Ich erinnere mich und ich versprach, dich nicht zu vergessen. Mein Herz wird dich erkennen, sagte ich zu dir, nicht wahr?"

„Ja, das stimmt", bestätigte Jeng.

„Und ich habe dich erkannt." Alepou sah ihn an und lächelte.

Wieder schwiegen sie, während die Sonne langsam im Meer versank. Warme Gelb- und Rottöne mischten sich mit einem sanften Violett zu einem beeindruckenden Farbenspiel. Allmählich brach die Nacht herein und erste Sterne erschienen am Himmel. Alepou stand auf. „Ich werde zum Dorf zurückgehen. Möchtest du mich begleiten?"

„Ein anderes Mal, mein Freund."

Ohne ein weiteres Wort drehte Alepou sich um und ließ den Strand hinter sich. Jeng sah ihm noch lange nach.

Manassa

Ungehalten trommelte Manassa mit spitzen Nägeln auf die Armlehne ihres Throns. Ihre ebenmäßigen Züge verhärteten sich. Die Nagakönigin galt als schön und war sich dessen sehr wohl bewusst. Goldene Ketten umspielten den nackten Oberkörper und klimperten leise, als sie sich vorbeugte. Die geschlitzten Pupillen fixierten die Späherin vor ihr, die ehrerbietig ihr Haupt gesenkt hatte. „Was sagst du da, Nissa? Die Devas haben Asura in ihr Reich geholt?"

„Ja, erleuchtete Königin. Ich habe es mit eigenen Augen gesehen", wiederholte die Naga. „Eine Devi öffnete ein Weltenportal und heraus kamen fünf Asura. Sie trugen Kisten bei sich. Ich konnte allerdings nicht erkennen, was sich darin befand."

Manassa richtete ihren Schlangenleib würdevoll auf. „Das ist ungeheuerlich! Seit wann machen Devas mit Dämonen gemeinsame Sache? Was mag das zu bedeuten haben?"

„Ich weiß es nicht, oh erhabene Schönheit der Welt."

Die Königin entblößte nadelspitze Giftzähne, zu einem Lächeln. „Nun gut, ich möchte, dass du es herausfindest. Die Devas sind uns schon lange nicht mehr so nahe gekommen. Was immer sie auch planen, es scheint gefährlich zu sein, sodass sie es nur weit entfernt von ihren Siedlungsgebieten durchführen möchten."
Während sie überlegte, beschrieb ihr Unterleib einen

anmutigen Bogen. „Oder aber sie wollen, dass nicht *jeder* davon weiß." Ihr Schwanzende zuckte nervös, ein Rasseln erklang und hallte bedrohlich durch den Raum.

„Ich werde Euch nicht enttäuschen", sagte die Späherin und verbeugte sich ehrerbietig.

„Du darfst dich entfernen." Manassa entließ die Naga mit einer beiläufigen Handbewegung.

* * *

Nissa verließ den Thronsaal und schlängelte sich an den Wächterinnen vorbei, die am Eingang Wache hielten. Der Palast befand sich hoch oben in den Baumkronen. Dächer und Wände des Bauwerkes bestanden aus geschickt verflochtenem Geäst, deren Blattwerk den Regen abhielt. Manassas Wohnsitz war groß und erstreckte sich über mehrere miteinander verbundene Baumriesen, die man in ihrer Sprache Kada-Ru nannte, was so viel wie „himmlische Wohnstadt" bedeutete.

Die Späherin wand sich die langen gewundenen Gänge hinab und fühlte, wie der Untergrund leicht im Wind schwankte. Blätter raschelten. Äste knackten. Der Palast war lebendig.

Je tiefer sie kam, umso dunstiger und feuchter wurde es. Bald drangen die vertrauten Geräusche des Dschungels immer lauter an ihre Ohren. Nissa atmete erleichtert auf, als sie endlich ins Freie gelangte. Zwar war Manassa eine kluge und gütige Herrscherin, die nur das Beste für ihr Volk wollte, dennoch fühlte sich Nissa in der Nähe ihrer Macht nicht wohl.

Sie entfernte sich rasch von der hektischen Geschäftigkeit, die rund um den Palast herrschte, und tauchte in den Regenwald ein. Wie ein Nebelhauch schlüpfte sie über den feuchten sumpfigen Untergrund, zielstrebig auf die Grenzen des Nagaterritoriums zu. Bis auf ein leises Rascheln der Blätter verursachte sie dabei kaum ein Geräusch. Schillernde, schwirrende Insekten flogen um sie herum, die sie beiläufig mit einer Handbewegung vertrieb. Tiere flohen, wenn sie in die Nähe ihre Verstecke kam, doch war sie nicht auf der Jagd, und so schenkte sie ihnen keine Beachtung.

Bald hatte sie das Siedlungsgebiet hinter sich gelassen. Am großen Smaragdsee schlängelte sie sich dicht am Ufer entlang. Das Grenzgebiet war jetzt nicht mehr fern.

Als sie am Waldrand ankam, erklomm sie den höchsten Baum, auf dem sich ihr Spähposten befand, und wartete darauf, dass die Sonne unterging.

Orb Ria

Orb saß in der verwitterten Hütte an einem wackligen Tisch und gab die Messergebnisse des Tages in ihre Tafel ein. Einhundertdreiundsechzig Asuranachkommen hatten sich auf dem Feld verteilt. Jeden von ihnen untersuchte sie gewissenhaft und alle Messdaten stimmten miteinander überein. Die Samen wiesen im Inneren die gleichen Temperaturen auf und die Substanz der Asura schloss jeden äußeren Einfluss aus. Dabei erzeugten die Nachkommen einen konstant tiefen Ton in nicht hörbaren Frequenzen. Dies musste also relevant für die Entwicklung der Samen sein. Diese Bedingungen künstlich herzustellen, sollte für sie kein Problem darstellen.

Sie legte die Tafel beiseite und trat aus der Hütte heraus. Es dämmerte bereits, trotzdem wollte sie noch ein letztes Mal einen Blick auf die geschwächten

Exemplare werfen, bevor sie sich in das Himmelsschiff zurückzog. Nervös sah sie zu den Asura hinüber, die um das Feld herum patrouillierten. Zwar hatte es bisher keinen Anlass zur Beunruhigung gegeben, trotzdem fühlte sie sich durch die Anwesenheit der Dämonen auf dem Feld unwohl. Nur zögernd wandte sie den Blick von ihnen ab und ging zu den geschwächten Asurajungen hinüber. Ihre Substanz wirkte noch immer nicht so schwarz und schillernd wie die der anderen, dennoch war deutlich zu erkennen, dass sie sich erholt hatten. Orb lächelte zufrieden. Morgen würde sie einen geeigneten Standort suchen, um sie zu versetzen.

Sie stand auf und beschloss zum Himmelsschiff zurückzukehren, um sich ein Abendessen aus dem mitgebrachten Proviant zuzubereiten. Anschließend wollte sie im Schiff übernachten.

Entlang der Mauer ging sie bis zu dem Tor aus zweckmäßigem Edelstahl, entriegelte es und drückte dagegen. Es klemmte. Nur mit Mühe gelang es ihr, es aufzuschieben. Laut quietschend gab es nach. Plötzlich bemerkte sie eine Bewegung, jemand war hinter ihr. Orb erstarrte. Ihre Haut begann zu kribbeln, und die Kopfhaut zog sich zusammen. Sie wirbelte herum. Alle vier Asura standen da und starrten sie an. Vor Schreck wich sie einige Schritte zurück, bevor sie sich fing. „Was ... was tut ihr hier?", stammelte sie.

Sie bekam keine Antwort. Ohne sie zu beachten, drängten sie sich an ihr vorbei, wohl um sich außerhalb des Feldes umzusehen.

Orb eilte ihnen nach. „Ihr sollt das Feld bewachen, so lautet die Vereinbarung, die wir mit Yama getroffen haben.", rief sie ihnen zu. Die Asura hörten nicht auf sie. Hilfloser Zorn stieg in ihr auf.

Ein Dämon ging zielstrebig auf ihr Himmelsschiff zu, offenbar in der Absicht es zu untersuchen.

„Bleib da weg!", schrie sie wutentbrannt. „Das ist Eigentum der Devas." Er ignorierte sie und versuchte stattdessen in das Innere zu gelangen. „Weg da!", rief sie noch einmal. Zornestränen liefen über ihre Wangen, als sie sah, wie der Asura mit scharfen Krallen über die Außenhaut kratzte.

Plötzlich erklang eine Stimme hinter ihr. „Baka, Nimbarka, Drug, Suran, zu mir!"

Orb fuhr bei den Worten zusammen und wirbelte herum. Yama stand vor ihr und starrte sie an.

‚Wie kann er so schnell hier erscheinen?', fragte sie sich überrascht. *‚Und wie kann er wissen, dass die Asura das Feld verlassen haben?'*

Der Herr des Totenreiches duldete keinen Widerspruch. Die Dämonen gehorchten und kamen auf ihn zu. Mit einem Mal war Orb von ihren nachtschwarzen Leibern umringt.

Die Stimme Yamas klang drohend, als er sich den Asura zuwandte. „Habe ich euch erlaubt, das Feld zu verlassen?"

„Nein Herr."

„Warum seid ihr dann hier?"

„Ihr habt es nicht ausdrücklich verboten, Herr", erwiderte Drug und hielt dabei den Blick gesenkt.

Ein Knurren erklang, volltönend und kraftvoll. Orb spürte es tief in der Magengrube.

„Dann sage ich es jetzt *deutlich*. Ihr dürft das Feld nicht verlassen, solange dies nicht der Verteidigung dient. Habt ihr verstanden?"

„Ja Herr", bestätigten sie, dann drehten sie sich um und kehrten auf das Feld zurück.

Yama wandte sich Orb zu, seine Mimik war unergründlich, sie wirkte starr und kalt, doch seine Stimme klang freundlich. „Ihr seid vollkommen sicher, Orb Ria. Euch werden sie nichts tun. Es besteht kein Grund, sich zu fürchten."

„Ich fürchte mich nicht", erwiderte sie und reckte trotzig das Kinn vor.

„So?", sagte er. „Dann wünsche ich Euch jetzt eine gute Nacht." Von einem Moment auf den anderen war er verschwunden.

Erleichtert legte Orb eine Hand auf die Außenhaut des Himmelsschiffes. Die Luke öffnete sich geräuschlos und gewährte ihr Einlass. Noch immer spürte sie die Aufregung in ihren Knochen, deshalb setzte sie sich und versuchte sich zu beruhigen.

Erst geraume Zeit später stand sie auf, um sich aus dem mitgebrachten Proviant ein Abendessen zuzubereiten. Das Gericht schmeckte fade, sie aß es ohne großen Appetit. Anschließend griff sie geistesabwesend in ihre Tasche, um einen Blick auf ihre Tafel zu werfen, doch die war nicht da. *Sie liegt in der Hütte*, schoss es ihr durch den Kopf. Fluchend stand sie auf, öffnete die Luke und sah hinaus. Wolken zogen sich über ihr zusammen. Der Wind kündigte baldigen Regen an. Es war stockfinster.

Geräuschvoll atmete sie ein, dann holte sie eine Schwebelampe, aktivierte sie und trat in die Nacht hinaus. Die Lampe folgte dicht hinter ihr und beleuchtete die nähere Umgebung um sie herum. Hinter dem Lichtkegel lag Schwärze. Orb beschleunigte ihren Schritt. Bis zum Tor war es nicht weit. Dort angekommen entriegelte sie es hastig. Der Ton, den sie verursachte, als sie es beiseiteschob, schallte über das

Feld. Die Asura konnte sie in der Dunkelheit nicht erkennen und doch wusste sie genau, dass jetzt vier Augenpaare auf sie gerichtet waren. Ihre Fantasie beschwor grausige Schreckensbilder herauf. Sie spähte um sich und versuchte die Dämonen, die in der Nacht lauerten, zu erspähen, doch nichts war zu erkennen. Beklommen ging sie an der Mauer entlang weiter auf die Hütte zu. Yamas Worte kamen ihr in den Sinn: „Ihr habt nichts zu befürchten, Orb Ria", hatte er gesagt. Konnte man seinen Worten trauen?

Sie hörte es leise rascheln und wandte den Blick. Ein Schatten bewegte sich in der Nacht, sie spürte förmlich seine Nähe. Ihr Herz klopfte wie rasend, sie hielt den Atem an und lauschte. Da, wieder ein Geräusch, kein Rascheln diesmal, sondern ein leises Knirschen.

Orb zwang sich weiter zu gehen, die Hütte war nicht mehr weit. Der Wind verstärkte sich. Erste Tropfen fielen vom Himmel. Sie erreichte die Hütte und trat ein. Erleichtert schloss sie die Tür hinter sich, obwohl sie genau wusste, dass sie für einen Asura kein Hindernis darstellte.

Mit zitternden Händen griff sie nach der Tafel und steckte sie ein, dann spähte sie durch das staubige Fenster in die Nacht hinaus. Stille, Dunkelheit, sonst nichts. Orb nagte an ihrer Unterlippe, während sie überlegte, ob sie sich dazu überwinden konnte, zum Himmelsschiff zurückzugehen. *‚Ich bin nicht in Gefahr'*, redete sie sich zu. *‚Ich bin doch kein Kind, das sich im Dunkeln fürchtet.'* Sie riss sich zusammen und trat hinaus. Sie eilte den gleichen Weg zurück, den sie gekommen war. Das Feld schien ihr entsetzlich leer zu sein. Obwohl sie genau wusste, dass die Asura dort waren, konnte sie keinen von ihnen entdecken. Dennoch fühlte sie ihre drohenden Schatten über sich und hatte

Angst. Als sie ans Tor gelangte und es hastig hinter sich schloss, spürte sie ihre Erleichterung fast körperlich. Sie stürzte dem Himmelswagen entgegen, dessen Luke noch immer offen stand, und zog sie hastig hinter sich zu.

Ihre Hände zitterten, sie setzte sich und schluchzte. Dann saß sie da, mit leerem Blick. Wie lange? Sie wusste es nicht. Ein solches Gefühl hatte sie zuvor noch nie gekannt. Es war interessant. Sie fühlte sich wie eingefroren. Wie ein Baum im stürmischen Eiswind.

Nur langsam lockerte die Angst ihren Griff. Doch erst das Piepen der Tafel riss sie ganz aus der Erstarrung heraus. Sie griff nach ihrer Tasche, zog die Tafel heraus und las Indras kurze Frage, die darauf geschrieben stand: „Geht es dir gut?"

Rasch gab sie eine Antwort ein: „Ja, alles in Ordnung."

„Ich habe schon einmal versucht dich zu erreichen, doch du hast dich nicht gemeldet."

„Es geht mir gut, ich hatte nur meine Tafel in der Hütte vergessen. Gerade wollte ich mich hinlegen."

„Ich bin erleichtert und wünsche dir eine gute Nacht."

Naga

In der Dämmerung schlich Nissa näher. Sie war sich sicher, dass niemand ihr Kommen bemerken würde, denn die Asura hielten sich ausschließlich auf dem Gelände auf und dort nahm ihnen die hohe Mauer die Sicht.

Als sie die Mauer erreichte, glitt sie daran entlang, bis zu einem Baum, der daran angrenzte. Geschickt wand sie sich den Stamm hinauf und erklomm dessen Äste. Wie vermutet, hatte sie von dort einen guten Blick über das Gelände. Vier Asura patrouillierten auf dem Feld. Vom Fünften, der die anderen in der Größe weit überragte, war nichts zu sehen, und die Devi war offenbar in ihr Schiff zurückgekehrt. Bereits von ihrem Spähposten aus hatte sie schwarze Flecken im Gras erkennen können, doch hatte sie keine Ahnung, um was es sich dabei handeln könnte. Jetzt, aus der Nähe, sah sie sich die Gebilde genauer an. Waren es Pflanzen, die ihr einzelnes trichterförmiges Blatt dem Himmel entgegen streckten? Vergleichbares hatte sie noch nie gesehen.

Die Nacht brach herein, und es begann zu regnen. Die Naga begrüßte die kühlende Feuchtigkeit auf ihrer Haut und beschloss, sich noch weiter vorzuwagen. Über einen Ast schlängelte sie sich mutig näher an die Mauer heran. Er bog sich unter der Last ihres Körpers und neigte sich der Mauerkrone zu. Als sie sich darauf niederließ, schnellte er geräuschvoll zurück. Dadurch aufmerksam geworden, kam ein Asura direkt auf sie zu. Reflexartig legte sich Nissa flach auf die Mauer. Ihr Herz klopfte wie rasend. Hatte er sie bemerkt? Jeder Muskel im Körper spannte sich an. Sie machte sich bereit zur Flucht, als plötzlich das Tor laut hörbar beiseitegeschoben wurde. Alle vier Asura wandten sich dem Tor und der Devi zu, die an der Mauer entlang zur Hütte ging. Erleichtert atmete Nissa auf. Sie folgte ihr vorsichtig. Gestein löste sich und rieselte herab. Die Devi stoppte und starrte ängstlich in die Nacht hinein, die Lichtkugel, die ihren Weg erhellte, verhinderte jedoch, dass sie sie sah.

‚*Sie hat Angst*', erkannte Nissa. ‚*Doch nicht vor mir, denn mich kann sie nicht sehen. Sie fürchtet sich vor den Asura auf dem Feld*', schloss sie. Die Dämonen befanden sich ganz in ihrer Nähe, hielten sich aber, genau wie sie selbst, außerhalb des Lichtkegels auf. Die

Devi betrat die Hütte und sah kurz darauf aus dem Fenster. Es verging einige Zeit, bis sie wieder herauskam und sich umsah. Dann eilte sie hastig den Weg zurück, den sie gekommen war, schloss das Tor hinter sich und verschwand im Himmelschiff.

Die ganze Nacht hindurch beobachtete Nissa das Feld. Als die Sonne aufging und es langsam heller wurde, zog sie vorsichtig ein Aufnahmegerät aus ihrer Tasche und machte Bilder von den Asura und auch von den seltsamen Gebilden, über die sie wachten. Zuguterletzt machte sie noch ein Bild von der Devi, die aus ihrem Himmelsschiff getreten war. Dann glitt sie von der Mauer herab und eilte auf den Dschungel zu, um Manassa Berichtzuerstatten.

Orb Ria

Draußen war es noch dunkel. Orb hatte keine Ahnung, wie lange sie geschlafen hatte, deshalb warf sie einen Blick auf die Borduhr. Es war Viertel vor sechs, bald würde die Sonne aufgehen. Sie schlug die Decke beiseite, stand auf und reckte sich. Besonders bequem war ihre Liege nicht gerade. Nachdem sie sich ein schnelles Frühstück zubereitet hatte, erwartete sie sehnsüchtig den Sonnenaufgang. Draußen regnete es noch immer. Während sie aß, hörte sie den Regentropfen zu, die auf die Außenhaut prasselten. Langsam zeigten sich erste Silberstreifen am Horizont. Sie machte es sich mit einer Tasse Tee gemütlich und beobachtete, wie die Sonne langsam höher stieg. Mit dem zunehmenden Licht verschwanden auch die Gespenster der vergangenen Nacht und ihr Tatendrang kehrte zurück.

Sie zog eine Regenjacke an und trat hinaus. Der Morgen war recht kühl, böiger Wind riss die Körperwärme mit sich. Orb beeilte sich, zum Tor zu kommen, öffnete es und schloss es hinter sich sofort wieder. Acht Augen wandten sich ihr wachsam zu, doch am Tage hatten die Asura all ihren Schrecken verloren. *‚Sie tun genau das, was ihnen aufgetragen wurde'*, erkannte sie. *‚Sie bewachen das Feld.'* Furchtbar albern kam Orb sich vor, als sie an die vergangene Nacht zurückdachte.

Sie ging zur Hütte, griff sich den Spaten und trat wieder hinaus. Die schwachen Asurakinder hatten sich in der Nacht deutlich erholt, jetzt wollte sie sie versetzen. Vorsorglich setzte sie sich den Schallschutz auf und stach danach in die Erde ein. Die Schreie hörte sie trotzdem.

Noch bevor sie den Ersten in ein Pflanzgefäß umsetzten konnte, sah sie sich plötzlich von allen vier Asura umringt. Wortlos und still standen sie da. Orb brach ihr Vorhaben ab. Jedes einzelne Haar stellte sich auf und sie erklärte: „Es besteht kein Grund zur Sorge. Ich versetze die Nachkommen nur an einen anderen Ort. Hier stehen sie zu dicht beieinander."

Die Asura blieben stumm und starrten sie weiter unverwandt an. Mit einem unguten Gefühl setzte Orb ihr Vorhaben fort und setzte einen nach dem anderen in einen Topf. Dann nahm sie einen von ihnen auf und ging stur an den Dämonen vorbei, die ihr bereitwillig Platz machten und ihr dann folgten. Hilflose Wut stieg in ihr auf, während sie die Nachkommen umpflanzte. Die ungeliebten Verfolger ließen sich nicht abschütteln.

Schließlich reichte es ihr. „Geht weg!", schrie sie. „Bewacht das Feld und lasst mich in Ruhe!"

Die Asura blieben, wo sie waren und wichen keinen Schritt von ihrer Seite. Der Wind wehte und zerrte an ihr. Regen peitschte ihr ins Gesicht. Sie fröstelte und konnte dabei nicht sagen, ob es Wind und Regen war, der sie zittern ließ, oder ihre unheimlichen Begleiter. Nachdem sie auch den letzten Nachkommen verpflanzt hatte, kehrte sie, so schnell sie konnte, zur Hütte zurück und schloss die Tür hinter sich.

Erleichtert, ihren Verfolgern entkommen zu sein, setzte sie sich auf den einzigen Stuhl im Raum, sprang aber kurz darauf wieder auf und schaute aus dem Fenster. Die Asura hatten sich wieder auf dem Feld verteilt. Orb wäre jeder andere Ort auf Nirva in diesem Moment lieber gewesen, als dieses Feld. Sie sehnte sich nach der Gemütlichkeit ihres Hauses und nach der Geborgenheit im Kreis ihrer Familie. Doch sie konnte nicht fort, denn sie wollte eine lückenlose Entwicklungskurve der Samen erstellen und war fest entschlossen, eine Abhandlung darüber zu verfassen. Mit klammen Fingern nahm sie ihre Messinstrumente aus dem Regal, trat hinaus und begann mit der Untersuchung. Auch wenn es noch weit in der Zukunft lag, freute sich bereits darauf, den Devas ihre Forschungsergebnisse präsentieren zu können.

Im Laufe des Vormittags ließ der Regen nach. Inzwischen war sie durchnässt bis auf die Haut. Doch erst am Nachmittag kehrte sie in das Himmelsschiff zurück. Sie wechselte ihre Kleider, setzte sich auf die Liege und wickelte sich in eine Decke ein, um sich aufzuwärmen. An diesem Tag würde sie nicht mehr auf das Feld zurückkehren. Sie verbrachte den Abend damit, zu lesen und sich noch einige Notizen zu machen.

Schließlich stand sie auf, löschte das Licht und ging schlafen.

Yama

Yama lehnte mit geschlossenen Augen an der Lichtsäule in seinem Haus und beobachtete das Geschehen auf dem Feld durch die Augen seines Kundschafters.

„Ihre Angst schwebt wie eine Wolke über dem Feld. Kein Wunder, dass sich die Asura davon angezogen fühlen. Es ist fast so, als würde sie ihnen jeden Morgen das Frühstück servieren", dachte Varun amüsiert.

„Sie tut mir leid."

„Leid?"

„Ja."

„Wieso? Sie sucht nach einem Weg, die Somasamen ohne die Hilfe der Abkömmlinge zu züchten. Das hast du selbst erkannt. Sie ist ein Feind."

„Nein."

„Nein? Wir können ihr nicht vertrauen."

„Sie tut das nur, weil sie uns nicht vertraut. Wir sollten ihr helfen, die Asura besser zu verstehen, dann wird sie sich weit weniger fürchten."

„Du willst sie um ihr Frühstück bringen?" Varuns amüsiertes Lachen spürte Jeng als kreisen in seinem Kopf.

„Bitte bleib ernst", bat Jeng. „Sie ist sehr mutig, findest du nicht? So ganz allein, umgeben von Dämonen."

„Bah! Mutig? Sie ist nicht in Gefahr, das habe ich ihr gesagt, nur glauben will sie das nicht."

„Auch ich habe lange gebraucht, dich zu verstehen und noch länger hat es gedauert, bis ich dir vertraute. Erinnerst du dich?"

„Nur zu gut. So viel Zeit haben wir in ihrem Fall aber nicht."

„Nein, aber es reicht vielleicht schon aus, wenn sie sieht, dass wir anders sind, als sie glaubt. Lässt du mir dabei freie Hand?"

„Meinetwegen."

„Danke."

Yama öffnete die Augen und erhob sich. Er ging zu dem Schrank, auf der seine Tafel lag und gab eine kurze Botschaft ein: An Orb Ria.

Dreiundvierzig weitere Nachkommen wurden eingefangen.

Aktiviert bitte das Portal, damit ich sie zu Euch bringen kann.

Yama

Orb Ria

Ihr Schlaf war fest und tief in dieser Nacht. Als sie erwachte, war es bereits hell. Es versprach, ein schöner Tag zu werden. Leichter Morgennebel hing noch über der Ebene. Die ersten Sonnenstrahlen würden ihn schnell vertreiben. Orb wusch sich und band die Haare zu einem Zopf zusammen, um nach dem Frühstück voller neuem Tatendrang auf das Feld zurückzukehren.

Genau wie am Tag zuvor, wandten sich die Asura zu ihr um, als sie das Tor öffnete und geräuschvoll hinter sich schloss. Diesmal jedoch kamen sie nicht auf sie zu. Orb war erleichtert und blickte über das Feld. Alles schien unverändert. Ohne Hast ging sie deshalb auf die Hütte zu, doch als die dort ankam, erschrak sie. Inmitten der grünen Landschaft entdeckte sie eine Lache, kreisrund wie ein schwarzes Loch. Orb beschleunigte ihren Schritt. Erst als sie näherkam, wurde ihr klar, dass es der junge Asura sein musste, den sie aus Indras Garten hierher versetzt hatte. Die Substanz lag flach ausgebreitet im Gras. Sie eilte zu ihm und legte sich flach auf den Bauch, um ihn aus der Nähe betrachten zu können. Im Zentrum der Schwärze, klein und zart, reckte ein Spross seine Keimblätter der Sonne entgegen. Ergriffen betrachtete sie dieses Wunder.

Soma!

Die Freude, die sie beim Anblick des zarten Pflänzchens empfand, ließ sie all die Jahre vergessen, in denen sie erfolglos versucht hatte, den göttlichen Samen zum Leben zu erwecken.

‚*Der Asura unterdrückt jeglichen Fremdbewuchs um ihn herum'*, erkannte sie erstaunt und verwundert zugleich. ‚*Er schafft für ihn ideale Wachstumsbedingungen.*'

Sie sprang auf, betrat die Hütte und kehrte kurz darauf mit ihren Instrumenten zurück. Sorgsam notierte sie jede Veränderung. Dabei war sie so glücklich, dass sie am liebsten diese Neuigkeit in die Welt hinausgeschrien hätte. Soma war nach Nirva zurückgekehrt, jeder sollte davon erfahren. Doch natürlich wusste sie, wie unvernünftig das war. Es gab nur einen, den sie von diesem Ereignis in Kenntnis setzen konnte, und an ihn schickte sie nur eine kurze Nachricht: *An Indra, ich habe gute Neuigkeiten. Soma lebt und streckt die ersten Blätter der Sonne entgegen.*

Danach untersuchte Orb routinemäßig auch die übrigen Pflanzen auf dem Feld, genau wie die beiden Tage zuvor.

Erst einige Zeit später wurde sie durch das Piepen ihrer Tafel unterbrochen und las Indras knappe Antwort: *‚Ich freue mich so sehr für dich und gratuliere dir herzlich. Sobald ich Zeit habe, werde ich mir dieses Wunder persönlich ansehen. Gruß Indra.'*

Orb lächelte, zumindest einer freute sich mit ihr. Sie steckte die Tafel wieder ein und setzte ihre Arbeit fort, um kurz darauf noch einmal durch ein Piepen unterbrochen zu werden:

An Orb Ria.

Dreiundvierzig weitere Nachkommen wurden eingefangen.

Aktiviert bitte das Portal, damit ich sie zu Euch bringen kann.

Yama

„Sind das alle?", erkundigte sich Yama, als Harkandas eine Kiste vor ihm abstellte.

„Ja, Herr", bestätigte der.

„Gut, diesmal möchte ich, dass du mich begleitest. Du sollst eine Vorstellung davon bekommen, was auf dem Feld vorgeht."

Harkandas blickte kurz auf. Er wirkte verunsichert. Zumindest vermutete Yama das, denn selbst er konnte die Gemütsverfassung eines Asura nur schwer einschätzen. Als das Portal zu summen begann, wandte er sich um und sah durch es hindurch auf das Versuchsfeld dahinter. An diesem Tag schien die Sonne freundlich auf die Nachkommen herab, doch die Devi konnte er nirgends entdecken. Yama wandte sich wieder seinem Stellvertreter zu. „Geh da hindurch!", befahl er.

Harkandas zögerte. Äußerst vorsichtig trat er an das Portal heran und sah auf die andere Seite.

„Es besteht kein Grund zur Besorgnis", erklärte Yama ihm ruhig. „Es ist nur eine Tür, mit der man von einer Welt in eine andere gelangt." Er drängte sich an ihm vorbei. „Sieh her, ich gehe zuerst und du folgst mir." Ohne Zögern durchschritt er das Portal und drehte sich anschließend zu ihm um. Harkandas nahm daraufhin die Kiste auf und folgte ihm, ebenfalls ohne zu zögern. „Wie du siehst, ist es ganz einfach", kommentierte Yama freundlich.

Orb Ria hatte etwas abseits gewartet und kam jetzt auf sie zu. Gleichzeitig schloss sie den Durchgang hinter ihnen. Sie trug einen grünen Arbeitsoverall, woran Gräser klebten und hatte das Haar zu einem Pferdeschwanz hochgebunden. Sie wirkte dadurch viel jünger, als sie war.

„Yama, warum bringt Ihr diesen da mit?", fragte sie vorwurfsvoll und deutete mit einer flüchtigen Handbewegung auf den hundeköpfigen Dämon neben ihm. „Indra hat nur vier Asura zur Bewachung des Feldes erlaubt, das wisst Ihr doch."

Der Herr des Totenreichs ging nicht auf ihren Vorwurf ein. „Ich wünsche einen guten Morgen, Orb Ria. Ihr seht bezaubernd aus. Der Pferdeschwanz verleiht Euch jugendliche Frische."

„Was?", fragte sie irritiert.

Unbeirrt fuhr Yama fort: „Darf ich vorstellen? Dies ist mein Stellvertreter Harkandas. Er ist nur hier, damit er sich persönlich ein Bild von der Situation von Ort machen kann." Er wandte sich seinem Stellvertreter zu: „Harkandas, dies ist Orb Ria. Sie überwacht die Entwicklung der Somapflanzen. Bei den Devas ist es üblich, sich zu begrüßen, wenn man sich begegnet, also tun wir es ihnen gleich. Wünsche Ihr einen schönen Morgen!" Der Asura sah die Devi über die Kiste hinweg an, sagte aber kein Wort.

Yama seufzte. „Wir sind Gast in dieser Welt und auf Nirva nur geduldet, also passen wir uns ihren Sitten an. Sag Guten Morgen!"

„Guten Morgen", wiederholte Harkandas, sein Gruß klang fast wie ein Grollen.

Verwundert sah Orb von einem zum anderen, dann fing sie sich und erwiderte die Begrüßung.

„Wunderbar", sagte Yama, in offensichtlicher Hochstimmung. „Wo sollen wir die Kiste öffnen?"

„Gleich hier." Orb deutete auf die Schale am Boden, die sie bereitgestellt hatte.

Harkandas schob daraufhin den Verschluss beiseite und entließ die Nachkommen auf das Feld. Schweigend sahen sie zu, wie die jungen Asura nach den Samen griffen und sich anschließend auf dem Gelände verteilten. Als sich nichts mehr rührte, schaute Orb in das Behältnis hinein. Es war leer.

Sie blickte auf: „Das wars, es gibt nichts mehr zu sehen. Soll ich jetzt das Portal öffnen, damit ihr zurückkehren könnt?"

„Harkandas kehrt zurück", antwortete Yama. „Ich werde noch bleiben, wenn Ihr erlaubt. Ich möchte mich noch ein wenig mit Euch unterhalten."

Die Devi sah aus, als hätte sie gerade etwas Widerwärtiges gegessen, dessen Geschmack sie nun nicht mehr loswerden konnte. „Gern", brachte sie hervor und öffnete den Durchgang. Nachdem der Asura hindurchgegangen war, schloss sie ihn sofort wieder und wandte sich danach nervös Yama zu. Ein unsicheres Lächeln huschte über ihr Gesicht. „Worüber möchtet Ihr Euch mit mir unterhalten?", fragte sie.

„Lasst uns zur Hütte gegen, auf freiem Feld redet es sich schlecht." Yama ließ Orb stehen und ging zielstrebig auf die Hütte zu. Perplex stand Orb zunächst nur da, dann folgte sie und beeilte sich ihn einzuholen. Ohne auf sie zu warten, betrat Yama die Hütte. Ärger vertrieb ihre Unsicherheit. Sie stürzte zur Tür herein und sah Yama, mit einem ihrer Bücher in der Hand.

„Stellt das sofort wieder an seinen Platz! Die Bücher gehören mir. Das sind Fachbücher über Botanik, davon versteht ihr nichts."

„Ah! Mir gefallen die Bilder darin, aber natürlich habt Ihr recht, ich verstehe rein gar nichts von Pflanzen." Yama stellte das Buch zurück und trat aus der Hütte ins Freie hinaus. Rasch sah Orb sich im Raum um und vergewisserte sich so, dass nichts entwendet worden war, bevor sie ihm folgte. Inzwischen hatte auch Yama die Veränderung bei dem einen Nachkommen bemerkt und beugte sich zu ihm herab, um ihn genauer betrachten zu können. „Und was ist mit diesem hier?", erkundigte er sich.

„Der Asura hat den Keimling freigegeben und unterdrückt mit seiner Substanz den Pflanzenbewuchs um ihn herum, damit er sich ungestört entwickeln kann."

„Interessant. Das sind gute Neuigkeiten, nicht wahr?"

„Ja", bestätigte Orb und nickte.

„Wie unscheinbar dieser Keim aussieht. Für mich ist es kaum vorstellbar, dass daraus einmal ein großer Baum werden wird."

„Alles Leben fängt klein an."

„Wohl wahr. Sogar bei den Göttern oder Asura." Yama richtete sich auf und sah sie an. „Und Ihr habt euch ganz der Pflanzenwelt verschrieben? Das scheint mir ein recht uninteressantes Gebiet zu sein."

„Uninteressant?", wiederholte Orb, vor Aufregung röteten sich ihre Wangen.

„Ich meine im Vergleich zu Tieren, zum Beispiel."

Empört rümpfte sie die Nase und stemmte die Arme in die Hüften. „Das ist so typisch. Wahrscheinlich fällt es Euch schwer, Pflanzen überhaupt als Lebewesen zu betrachten?"

„Nun ja, ich weiß natürlich, dass sie leben, das bezweifele ich nicht. Aber ansonsten stehen sie nur da und sind jedem Angriff hilflos ausgeliefert."

„So, glaubt ihr?"

„Ist es nicht so?"

„Nein. Im ersten Moment mögen sie für einen Unwissenden diesen Eindruck erwecken. Aber das ist ganz und gar nicht der Fall. So wehrlos, wie Ihr glaubt, sind sie nicht. Sie spüren es, wenn Insekten oder Tiere ihre Blätter fressen und sie wehren sich dagegen."

„Sie wehren sich? Wie?", fragte Yama.

„Zunächst mit Gift, viele Pflanzen produzieren Gifte, wenn sie angegriffen werden. Wenn das nicht hilft, rufen sie um Hilfe."

„So? Und wen?"

„Das ist unterschiedlich. Deshalb nur ein Beispiel, wenn die Sternblumen von Spinnschwärmerraupen angefressen werden, produziert die Blume einen Duftstoff, der Zibawespen herbeiruft, die die Raupen bevorzugt an ihre Brut verfüttern."

„Tatsächlich?", sagte Yama und klang beeindruckt. „Das habe ich nicht gewusst."

„Ich denke, es gibt viel, was Ihr nicht wisst", sagte Orb herablassend. „Pflanzen warnen sich gegenseitig und wehren sich gegen Feinde. Sie kämpfen untereinander um Raum und Licht, ja sogar Lügen können sie. Sie sind nicht die dumpfen und hilflosen Kreaturen, als die sie Euch erscheinen."

„So gesehen hat Soma eine kluge Wahl getroffen, als sie sich mit den Nachkommen verband. Zumindest bisher scheinen die Vorteile ganz bei ihr zu liegen. Ich frage mich: Was haben die Abkömmlinge von dieser Verbindung?"

„Das kann ich auch noch nicht sagen, aber eine Symbiose ist immer zum gegenseitigen Nutzen."

„Ein Nutzen liegt allerdings klar auf der Hand", warf Yama ein, „beide können nicht ohne einander gedeihen."

„Noch nicht", sagte Orb und biss sich im gleichen Moment auf die Lippen.

„Was meint ihr damit?", fragte Yama und sah sie dabei forschend an.

„Ich meinte ..." Sie überlegte rasch. „Da wir ja bereits wissen, dass sie sich in naher Zukunft trennen werden und danach unabhängig voneinander existieren können."

„Ist schon abzusehen, wann das geschieht?"

„Nein, aber ich dokumentiere jeden Entwicklungsschritt. Ich habe vor, eine Abhandlung über den Entwicklungszyklus des Somabaumes zu schreiben für zukünftige Generationen."

„Ich nehme an, dass zuvor noch keine solche Abhandlung verfasst wurde?"

„Nein, es wird die erste sein", sagte sie stolz.

Yama nickte. „Gut. Kommen wir nun zu dem, worüber ich mit Euch sprechen wollte. Wie kommt Ihr mit den Asura zurecht, die ich für die Bewachung des Feldes eingeteilt habe? Gab es Probleme?"

Orb zögerte mit der Antwort und sah zu den Asura hinüber, dann sagte sie: „Nein, es gab keine Probleme, sie haben das Feld nicht mehr verlassen, nachdem ihr sie zurechtgewiesen habt. Nur …"

„Nur was?"

Orb wandte sich Yama zu. „Als ich die Nachkommen versetzte, die zu dicht beieinanderstanden, haben sie geschrien und die Wachen herbei gerufen. Wahrscheinlich waren sie besorgt, denn sie haben mich danach den ganzen Vormittag verfolgt. Ich fühlte mich von ihnen bedrängt und sie ließen sich nicht von mir vertreiben."

„Genauso wie ich nichts über Pflanzen weiß, wisst ihr nichts über die Natur der Asura. Ich kann Euch versichern, dass sie nicht zu Euch kamen, weil sie sich um die Nachkommen sorgten, die interessieren sie wenig."

„Was wollten sie dann von mir?"

Yama antwortete mit einer Gegenfrage: „Haben sie Euch heute auch bedrängt?"

„Nein."

„Gut, dann fragt Euch selbst, was war heute anders, als gestern?"

„Gestern hat es geregnet und heute scheint die Sonne", sagte sie spontan.

Yama lachte. „Das Wetter hat damit, nicht das Geringste zu tun."

„Was dann?", fragte Orb ungehalten.

„Wisst ihr nicht, was Asura für den Erhalt ihrer Substanz benötigen?"

„Nein." Mit einem Mal fühlte sie sich unbehaglich.

„Sie benötigen die Energien von Angst und Leiden. Sie werden davon angezogen und nehmen sie auf, um sich zu stärken. Hattet ihr am gestrigen Morgen Angst?"

Angewidert sah sie Yama an. „Vielleicht", antwortete sie zögernd.

„Wie ich Euch bereits versichert habe, besteht für Euch keine Gefahr. Sie gehorchen mir, deshalb werden sie Euch nichts tun, doch über eins solltet ihr Euch im Klaren sein, Orb Ria. Sie sind hier, um die Nachkommen zu bewachen, nicht mehr. Von Natur aus sind Asura Einzelgänger, die einst frei das Land durchstreiften, dabei gingen sie ihren Artgenossen aus dem Weg. Dann kamen die Devas und haben sie aus Nirva vertrieben. Erst in der Unterwelt waren sie gezwungen, miteinander umzugehen. Mit der Zeit entwickelte sich so eine Hierarchie, die auf dem Recht des Stärkeren gründet. Dem Stärkeren müssen sie sich unterordnen, ihm müssen sie gehorchen. Der Überlegene dagegen darf tun und nehmen, was er will. Ein Asura kennt keine Moral. So war es schon immer. Ihr müsst wissen, jeder von ihnen hasst es, mir zu gehorchen, jeder sehnt sich danach, frei zu sein. Asura brauchen niemanden und hüten ihr Wissen eifersüchtig. Sie tauschen sich nicht aus und geben es auch nicht an andere weiter. Sie pflegen keine Freundschaften oder Beziehungen untereinander und kennen kein Mitgefühl, weder für Ihresgleichen, noch für irgendwen sonst. Bei Gefahr werden sie Euch nicht beschützen und auch nicht herbeieilen, wenn Ihr sie ruft. Sie unterwerfen und folgen nur einem stärkeren Artgenossen. Deshalb ist ein Deva für sie immer ein Feind."

Sie sah ihn an und schwieg. Ihre Augen blickten unruhig über das Feld, sahen zu den Wachen hinüber und streiften über die vielen Abkömmlinge. Sie schauderte. Schließlich drängte sich ihr eine Frage auf:

„Warum seid ihr so anders als sie? Warum kann man mit Euch ganz normal reden?"

„Seht mich an, Orb Ria! Seht mir in die Augen!" Yama trat dicht an sie heran. Unwillkürlich wich sie einige Schritte vor ihm zurück. Sein Blick drang tief in ihre Seele ein. „Habt Ihr jemals solche Augen bei einem Asura gesehen?", fragte er.

Sie schluckte, bevor sie mit bebender Stimme antwortete: „Ich bin einem Asura noch nie so nahe gekommen, wie Euch. Ich weiß nicht, ob es andere gibt, die blauen Augen haben."

„Die gibt es nicht, das versichere ich Euch."

Manassa

Nur die Blätter hörte man im Thronsaal rascheln, während Königin Manassa die Bilder ansah, die die Späherin zu ihr gebracht hatte. Lange schwieg sie, bevor sie ihren Blick hob und Nissa musterte.

„Ich bin mir sicher, dass ich diese Art Pflanzen schon einmal gesehen habe, doch das muss lange her sein. In der Bibliothek werden sich bestimmt Informationen dazu befinden." Manassa erhob sich von ihrem Thron und glitt zu der Späherin herab. „Du hast deine Aufgabe zu meiner Zufriedenheit erfüllt", sagte sie anerkennend und unterstrich ihr Lob, indem sie mit dem Schwanzende über das der Späherin strich.

Nissa verbeugte sich förmlich: „Danke, erhabene Kennerin der Gifte." Bescheiden sah sie zu Boden.

Manassa lächelte freundlich. „Du darfst dich jetzt entfernen."

Kaum hatte Nissa den Saal verlassen, wandte sich die Königin ihren Beraterinnen zu. „Dies hat absolute

Priorität. Bringt die Bilder in die Bibliothek und lasst die Bibliothekare nach diesen … Ach! Was immer das auch ist, suchen."

„Ja, Erleuchtete. Glaubt ihr, dass diese Pflanzen gefährlich sind?", erkundigte sich eine Beraterin, während sie die Bilder entgegen nahm.

„Ich weiß es nicht, aber allein, dass Asura sie bewachen, finde ich beunruhigend. Ich will wissen, was sie da tun und warum die Devas mit ihnen gemeinsame Sache machen, und das so nahe an unserer Grenze."

„Wäre es nicht klüger, sie einfach zu fragen?"

„Wer weiß, ob sie uns die Wahrheit sagen würden." Manassas Augen blitzten und ein verschlagenes Lächeln huschte über ihr Gesicht. „Sobald wir wissen, um was es sich handelt, *werde* ich sie fragen. Dann wird sich zeigen, ob sie ehrlich antworten oder uns täuschen wollen."

Yama

Sie saßen beieinander, Alepou und Jeng. Sahen auf die grünen Hügel hinab und auf das Dorf der Seligen, das Alepous neues Zuhause war. Unwirklich schimmernd traten die Gebäude aus der Landschaft hervor, unwirklich, genau wie Alepou selbst. Eine Lyra erschien in seiner Hand und er begann zu spielen. Tröstende Weisen zunächst, die dem Ohr schmeichelten und das Herz besänftigten. Die Klänge fielen und wirbelten um sie herum, wie Schneeflocken im Wind, wie Gedanken in einer weißen Stille.

Dann sang er mit einer volltönenden klaren Stimme:

„Wie kann es anders sein?
An diesem Ort, in der Wiege aus Grün,
wenn Blätter tanzen im Winde.
Wie kann es anders sein?

Gestern wanderte ich umher,
und trug an des Herzens Last so schwer.
Heut ist mein Kleid aus Licht gewebt,
und der Seele Last hat sich gelegt.

Ein Tropfen, der zurückkehrt ins Meer.
Ein Staubkorn, in der Ewigkeit.
Ein auf dem Feld gesätes Korn,
dessen Saat bald aufgehn wird."

Das Lied endete, doch Alepous durchscheinende Finger ließen die Saiten der Lyra noch immer erzittern. Musik umspülte sie ätherisch und schön. Brennende Tränen traten Jeng in die Augen. Trauer umklammerte sein Herz. So nahe saß er bei seinem Freund und doch, für ihn war er unerreichbar fern.

Die Melodie brach jäh ab. „Du weinst", stellte Alepou betroffen fest.

„Ja."

„Warum, Jeng? Es geht mir gut."

„Ich weiß." Jeng sah zu Boden und wischte die Tränen fort. Er schluckte und sagte, nur um das Thema zu wechseln: „Bisher habe ich Phila nicht besuchen können, aber das werde ich, schließlich habe ich es dir versprochen."

Alepou wandte sich ihm zu. Nachdenklich runzelte er die Stirn und legte ihm einen Arm um die Schulter. Jeng fühlte es nicht. „Weißt du", begann er, „es ist nicht nötig, dass du sie besuchst, wenn es dir so schwer fällt. Ich weiß, wie es ihnen geht. Jedes Mal, wenn ich an sie denke, bin ich bei ihnen. Ich sehe sie und ich sehe auch dich und weiß, wie sehr du dich quälst." Er fasste ihm unter das Kinn. Jeng hob seinen Blick. „Lass mich los, Jeng. Du hast mich in der Nachwelt gefunden, so wie du es versprochen hast. Quäl dich nicht länger, wende dich wieder dem Leben zu."

„Du möchtest, dass ich nicht mehr zu dir komme?", fragte Jeng, seine Frage war eher ein Flüstern. Etwas schnürte ihm den Hals zu.

„Ja, weil es dir nicht gut tut, mich hier zu sehen. Ich kann dir nicht geben, was du dir wünschst, nicht mehr. Aber eins verspreche ich dir: So wie du mich gefunden hast, im Reich der Toten, so werde ich dich finden, wenn ich erneut lebe."

„Das kannst du mir nicht versprechen."

„Doch ich kann, denn ich bin ein Daimon. Meine Gedanken können reisen, zu Phila, zu Dion, zu Temenos und zu dir. Ich kann die Vergangenheit und auch die Zukunft sehen. Und dort sehe ich dich und mich, gemeinsam auf einer Straße, einen langen Weg entlang gehen."

Manassa

Scheinbar endlos lang waren die Gänge der Bibliothek, die sich tief unter der Erde befand. Permanente Durchlüftung sorgte für ein trockenes Klima. Es sorgte auch dafür, dass das gesammelte Wissen der Naga erhalten blieb. Die trockene Luft war Gift für Manassas empfindliche Haut. Schon jetzt spürte sie ein unangenehmes Spannen. Sie eilte an haushohen Regalen vorbei, die bis zur Decke mit Büchern beladen waren, auf den Lesesaal zu, wo die oberste Bibliothekarin auf sie wartete.

Snassa war schon alt und bereits Bibliothekarin gewesen, als ihre Mutter noch herrschte. Dementsprechend groß war Manassas Achtung vor ihr. Die alte Naga trug eine kleine runde Nickelbrille, ihre Schuppen waren blass und das Haar ergraut. Durch die trockene Luft hatten sich tiefe Falten in ihr Gesicht eingegraben. Vertieft in ihre Bücher, nahm die oberste Bibliothekarin das Kommen ihrer Königin nicht wahr. Manassa glitt näher an sie heran, räusperte sich und sagte laut: „Ihr habt mich rufen lassen, ehrwürdige Mutter der Bücher?"

Snassa sah auf. Ein breites, freundliches Lächeln erschien auf ihrem Gesicht. „Manassa, Kindchen, welch eine Freude, dich zu sehen", sagte sie und erhob sich mühsam von ihrem Stuhl. Sie glitt näher und umarmte die Königin herzlich. „Lass dich ansehen, es ist schon so lange her, seit ich dich das letzte Mal sah."

Manassa lächelte: „Ich freue mich auch, Euch zu sehen und tatsächlich ist es schon lange her. Es tut mir leid. Die Regierungsgeschäfte lassen mir kaum Zeit für private Dinge. Man sagte mir, dass Ihr gefunden habt, wonach ich suche?"

„Ja, ja, die Jugend ist immer ungeduldig." Snassa wandte sich von ihr ab und winkte eine Gehilfin herbei. „Bring mir das Buch des Wachstums, aber sei vorsichtig."

Ohne ein Wort zu sagen, eilte die Gehilfin davon. Bald darauf kam sie zurück und legte ein altes, zerschlissenes Buch auf den Tisch.

„Da ist es, Liebes." Snassa schlug es vorsichtig an einer markierten Stelle auf. „Dieses Buch gehört zu den Ältesten in der Bibliothek. Es stammt noch aus der Zeit, bevor die Devas nach Nirva kamen."

Erstaunt betrachtete Manassa es ehrfürchtig. „So alt ist es?" Der wenige Text war in einer kunstvollen Handschrift verfasst, doch hauptsächlich befanden sich Bilder darin. Sie beugte sich vor, um die handgemalten Abbildungen zu betrachten und fragte dann: „Was steht da, Ehrwürdige? Die Schrift kann ich nicht lesen."

„Das ist keine Schande, heutzutage kann das kaum noch jemand." Snassa streichelte sanft über ihre Hand und übersetzte die Worte, die dort geschrieben standen:

„Soll der Soma Samen leben,
musst du ihn dem Dunklen geben.
Asura Kinder schützen dann,
was nicht alleine wachsen kann."

Manassa stutzte: „Ist das alles?"
„Ja", bestätigte die Bibliothekarin, „das ist alles."
„Das hört sich an wie ein Kinderreim", sagte sie enttäuscht.
„Das ist richtig. In den alten Zeiten wurden viele Bücher in einer einfachen Reimform verfasst. Wissen wurde meist durch Bilder weitergegeben, deshalb solltest du mehr auf sie achten. Sieh sie dir an!"

Die Königin beugte sich noch einmal über das Buch und betrachtete nun die Bilder genauer. Das Erste zeigte einen Samen. Es folgte ein Bild von einem Asura, der danach griff und ihn sich im dritten Bild einverleibte. Auf den nächsten beiden Bildern waren Abbildungen zu sehen, die den Pflanzen glichen, von denen die Späherin Aufnahmen gemacht hatte, darauf folgte das Bild eines jungen Somabaumes. Ein aufgeregtes Rasseln ertönte. Manassa sah auf. „Die Devas züchten Soma mithilfe der Asura heran. Sie paktieren mit ihren Feinden, um Soma zu erhalten."

Die Bibliothekarin nickte. „So wird es wohl sein, Liebes."

„Es wächst eine neue Generation von Asura direkt an unserer Grenze", sagte Manassa erzürnt.

„Und sie bringen Soma ins Leben zurück, das solltest du nicht vergessen. Soma ist auch den Devas heilig."

„Bah! Glaubt Ihr etwa, dass sie den Göttertrank mit uns teilen werden?"

„Früher haben sie das getan."

„Sie haben ihn an uns verkauft, ja, doch nur zu horrenden Preisen. Das Wissen um die Herstellung des Göttertrankes haben sie stets für sich behalten. Durch den Trank werden die Devas so mächtig werden, wie sie es in den alten Zeiten waren."

„Die Devas waren nie unsere Feinde, auch nicht in den alten Zeiten", warf Snassa ein.

„Mag sein. Doch Zeiten ändern sich."

Snassa sah sie über ihre Brille hinweg prüfend an. „Was wirst du jetzt tun?", fragte sie.

„Ich werde zu der Devi gehen und sie befragen. Erst dann werde ich entscheiden, was ich tun werde."

Orb Ria

Zwei Wochen später

Am frühen Morgen schlug Orb die Augen auf. Gut gelaunt bereitete sie sich ein schnelles Frühstück zu, setzte sich an den kleinen Tisch und aß. Tags zuvor hatte Indra sie besucht, dem sie stolz das Feld präsentierte. Die Somakeime waren zu kleinen Bäumchen herangewachsen, deren Rinde durch die Substanz der Asura geschützt wurde. Jedes Insekt, das sich auf ihnen niederließ, um sich an den jungen zarten Blättern zu laben, wurde von ihnen vertrieben.

Enthusiastisch hatte sie Indra alles erzählt, was sie bisher über die Entwicklung des Soma herausgefunden hatte. Natürlich war ihr klar, dass er ihre Begeisterung keineswegs teilte. Dennoch, es tat ihr gut, ein vertrautes Gesicht zu sehen, mit dem sie über alles reden konnte, was ihr auf dem Herzen lag.

„Lass doch deine Arbeit für einige Tage ruhen und komm mit mir in die Stadt", schlug er ihr zum Abschied vor.

Sie lehnte ab und erklärte: „Es ist wichtig, jede Veränderung lückenlos zu dokumentieren. Dazu sind tägliche Messungen notwendig. Ich kann hier nicht weg."

Indra nickte nur und umarmte sie zum Abschied. „Ich werde jeden von dir grüßen und sagen, dass du momentan wegen wichtiger Forschungsarbeiten sehr beschäftigt bist", versprach er noch, bevor er nach Meru zurückkehrte.

Orb seufzte und lehnte sich in ihrem Stuhl zurück. In Wahrheit hätte sie ihn gerne begleitet. Sie vermisste ihre Freunde und fühlte sich einsam. Doch das wollte sie nicht einmal sich selbst eingestehen.

Sie zog die Tafel zu sich heran, aktivierte sie und las dann die Nachrichten ihrer Freunde und der Familie, die sich über Nacht angesammelt hatten. Jedem versicherte sie, dass es ihr gut ging. Es war eine Lüge. Noch immer fühlte sie sich unwohl in Gegenwart der Asura, auch wenn ihre Angst inzwischen nachgelassen hatte.

Orb legte die Tafel beiseite, nahm ihre Tasche, stand auf und öffnete die Luke. Sie trat aus dem Himmelsschiff in den Morgen hinaus. Die Luft war kühl. Ein frischer Wind wehte über die Ebene, doch die Sonne würde bald die Luft erwärmen. Aus Richtung des Dschungels nahm sie eine Bewegung wahr. Sie kniff die Augen zusammen und sah eine Gestalt auf sich zukommen. *Das ist kein Tier,* erkannte sie. Die Bewegungen wirkten seltsam wiegend. *Eine Naga,* schoss es ihr durch den Kopf. Rasch schloss sie die Luke hinter sich und ging ihr entgegen. Bemüht, möglichst gelassen zu wirken, strich sie sich die Haare zurück und spürte, dass sie alles andere als gelassen war. Was mochte die Naga von ihr wollen?

Als sie näherkam, konnte sie deutlich den schlangenartigen Unterleib erkennen, dessen grünlich schillernde Schuppen ein feines Muster aufwiesen. Der Oberkörper war der einer anmutigen und schönen Frau, deren gelbe Pupillen Orb mit hypnotischem Blick fixierten. Einen Augenblick lang betrachteten sich beide schweigend, dann trat Orb vor. „Wer seid Ihr?", fragte sie.

„Manassa, Königin der Naga. Mit wem habe ich das Vergnügen?"

Zögernd antwortete sie: „Man nennt mich Orb Ria Dharani, eine Devi aus Meru. Was wollt Ihr hier?"

„Eben das wollte ich Euch fragen", sagte Manassa und lächelte unergründlich. „Was tut *Ihr* so nahe an unserer Grenze?" Sie legte ihren Kopf schief und ließ die Devi nicht aus den Augen.

Orbs Gedanken rasten, während sie nach einer Antwort suchte, die die Nagakönigin zufriedenstellen mochte. Es fiel ihr nichts ein, deshalb sagte sie: „Wir befinden uns auf Devagebiet, und was ich hier tue, geht Euch nichts an."

„So?" Ein leises Rasseln erklang. „Dieses Feld befindet sich *nahe* an der Grenze zu *meinem* Reich. Ich denke, da geht es mich sehr wohl etwas an, meint Ihr nicht auch?"

„Ich züchte seltene Pflanzen zu Versuchszwecken, nichts gefährliches, falls Ihr das glaubt."

„Und warum züchtet Ihr sie so weit entfernt von *Eurem* Siedlungsgebiet, wenn sie nicht gefährlich sind?" Die Pupillen der Naga zogen sich zu schmalen Schlitzen zusammen, während sie die Devi musterte. Orb schwieg und presste ihre Lippen aufeinander.

„Wenn sie so harmlos sind, wie Ihr sagt, erlaubt Ihr sicher, dass ich einen Blick darauf werfe." Die Königin glitt an ihr vorbei und auf das ummauerte Feld zu.

„Nein, ich erlaube es nicht", rief Orb ihr nach. Manassa ignorierte den Ruf. Zornig griff Orb daraufhin in ihre Tasche, holte fünf Samen aus einem Reservoir hervor und warf sie ihr hinterher.

Die Samen keimten, sobald sie den Boden berührten. Schlingarme wuchsen empor und umschlangen Manassas Unterleib. Ein wütendes Rasseln erklang, als sich die Königin gegen die Umklammerung wehrte. Mit einer einzigen kraftvollen Bewegung ihres Schlangenleibes befreite sie sich aus den Fesseln des Gewächses, dann schnellte sie auf Orb zu und spie ihr einen feinen Giftnebel entgegen. Wie ein Schleier legte er sich auf ihr Gesicht und drang in ihre Augen ein. Orb schrie und taumelte zurück. Die Nagakönigin wandte sich ab. Orb sah es nicht. Ihre Augen tränten und brannten wie Feuer. Mit dem Ärmel ihres Overalls wischte sie die Tränen fort. Das half ein wenig. Dennoch nahm die Umgebung nur langsam wieder Form und Farbe an. Sie stieß einen recht undevihaften Fluch aus, biss die Zähne zusammen und versuchte, durch den Schleier ihrer Tränen Manassa zu entdecken. Verschwommen sah sie, dass sie das Feld fast erreicht hatte.

„Wartet! Öffnet nicht das Tor!", schrie sie ihr entsetzt nach, doch Manassa hörte nicht auf sie. Das Tor flog krachend auf. Fast gleichzeitig ertönte ein unheilvolles Geräusch. Nervenzehrend. Grollend. Vier Asura gingen gleichzeitig zum Angriff über. Orb stolperte halb blind, so schnell sie konnte vorwärts und hoffte das Schlimmste noch verhindern zu können. Sie hörte ein Zischen und Rasseln, laute Kampfgeräusche, dann kam Manassa auf sie zu geschnellt, Hals über Kopf fliehend, von den Asura verfolgt, die dicht hinter ihr herjagten. Orb stellte sich ihnen mutig in den Weg, während die Naga an ihr vorbei hastete. „Halt!", rief sie, so laut sie konnte. „Manassa ist mein Gast, sie gehört zu mir." Zuerst befürchtete sie, die Asura würden nicht auf sie hören, doch dann stoppten sie vor ihr, standen da und starrten sie an. Unkontrolliert begannen ihre Muskeln zu zittern. „Geht auf das Feld zurück", befahl sie. Ein Beben lag in ihrer Stimme. Die Asura rührten sich nicht. Orb fielen die Worte Yamas wieder ein. ‚*Sie werden mir nicht gehorchen und sie spüren meine Angst*', erkannte sie. Langsam und mit weichen Knien ging sie an ihnen vorbei, zum Feld zurück. Sie folgten.

Manassa

In großer Hast stürzte Manassa auf den Dschungel zu. Sie floh außer sich vor Zorn und blinder Wut. Die Asura fielen hinter ihr zurück, sodass sie vermutete, dass sie nur vom Feld vertrieben werden sollte. Im Zwielicht des Waldes angekommen, hielt sie inne. „Zu mir!", rief sie.

Blätter raschelten. Die mit den Farben des Dschungels gut getarnten Nagas lösten sich aus der üppigen Vegetation und wurden sichtbar. Manassas Armee war bereit und wartete auf ihren Befehl. Sechs Beraterinnen kamen auf sie zu. „Ihr seid verletzt, Erleuchtete? Hat es die Devi gewagt, Euch anzugreifen?", fragte eine.

„Es ist nur ein Kratzer", erwiderte Manassa und wischte die Hand der Heilerin beiseite, die ihre Wunde versorgen wollte. „Nicht sie hat mich verletzt, sondern ein Asura, der das Feld bewachte. Doch zuvor hat mich die Devi schamlos belogen." Ein Raunen erklang und das zornige Rasseln von allen, die ihre Worte gehört hatten. „Zuerst sagte sie, dass es mich nichts anginge, was sie dort mache, da sie sich auf dem Territorium der Devas befände. Dann behauptete sie dreist, dass sie auf dem Feld nur harmlose Pflanzen zu Versuchszwecken züchtet." Vielstimmig erklang empörtes Zischen um sie herum.

„Was habt Ihr jetzt vor, Erhabene?", erkundigte sich Ginassa, eine ihrer Beraterinnen.

„Wir werden das Feld angreifen. Die Devi muss dumm sein, wenn sie glaubt, dass vier Asura genügen, um uns davon abzuhalten, es einzunehmen."

„Ist es klug, einen Krieg mit den Devas zu riskieren, nur wegen des Feldes?", warf Ginassa ein.

„Ich beginne keinen Krieg. Die Asura haben zuerst angegriffen." Manassa deutete auf die Stichwunde an ihrem Oberarm. „Wir werden dieses Feld erobern und die Devi gefangen nehmen. Wenn das gelingt, verschafft uns das eine gute Verhandlungsposition. Soma gehört den Devas nicht allein. Es steht allen zu, die auf Nirva leben. Ich werde nicht zulassen, dass sie durch den Göttertrank mächtiger werden, als sie es jetzt schon sind. Eher vernichte ich alles, was sich darauf befindet."

Allgemeine Zustimmung erklang.

„Wann greifen wir also an?"

„Am Nachmittag. Soll sich die Devi zunächst in Sicherheit wähnen. Die Mauer versperrt ihr die Sicht auf den Dschungel. Sie wird uns nicht kommen sehen. Doch falls sie uns bemerkt, muss alles sehr schnell gehen. Sie darf keine Gelegenheit bekommen, eine Nachricht abzuschicken, um Hilfe herbeizurufen."

„Und die Asura?"

„Die werden kein Problem sein für unsere Armee. Vorausschauend habe ich schon vor Tagen ein Gift hergestellt, das tödlich für sie wirkt, sobald es in ihre Substanz eindringt. Die Devi allerdings wird dadurch nur das Bewusstsein verlieren."

Orb Ria

Inzwischen hatte sich ihre Aufregung gelegt. Orb hatte niemanden über den Vorfall informiert, auch wenn das Ereignis am Morgen beunruhigend gewesen war. Sie hoffte einfach, dass die Nagakönigin den Streit bald vergessen haben würde. Ihr war nicht klar, wie naiv das war. Politik interessierte sie nicht und auch von Diplomatie verstand sie wenig. Einzig die Arbeit war ihr wichtig.

Am Nachmittag saß sie wie an jedem Tag in der Hütte und überprüfte die gewonnenen Messdaten.

Bumm! Es krachte an der Mauer. Gleichzeitig erklang das bedrohliche Grollen der Asura, gefolgt von ohrenbetäubendem Kreischen. Die Jungen schrien in Todesangst. Orb sprang auf und hastete aus der Hütte ins Freie. Davor erstarrte sie mitten in der Bewegung und traute kaum ihren Augen. Naga ergossen sich wie eine Flut auf das Feld, während die Asura sofort zum Angriff übergingen. Sie stürzten auf die Eindringlinge zu und trampelten dabei die jungen Pflanzen rücksichtslos nieder.

„Halt! Hört auf!", rief Orb verzweifelt. Doch niemand hörte auf sie. Erst als vier Naga Soldatinnen direkt auf sie zukamen, begriff sie, dass auch sie in Gefahr war. Sie tastete hastig nach ihrer Tasche, griff hinein und schleuderte ihnen in einem halbkreisförmigen Bogen einige Wirrdornsamen entgegen.

Rasend schnell wuchs ein Gestrüpp aus spitzen Dornen zu einer Hecke heran und hielt die

Kriegerinnen davon ab, ihr zu nahezukommen. Orb drehte sich um und wollte in die Hütte zurückkehren, um einen Hilferuf an Indra zu schicken, doch dafür war es bereits zu spät. Von ihr unbemerkt, hatten sich zwei weitere Kriegerinnen über das Dach der Hütte genähert. Sie wich noch nach hinten aus, bevor eine ihr einen Dolch in die Schulter rammte und sie beinahe sofort das Bewusstsein verlor.

Manassa

Von der Mauer aus überblickte Manassa das Feld. Alles verlief genauso, wie sie es geplant hatte. Weder die Asura noch die Devi sahen ihre Armee kommen. Manassa schmunzelte innerlich über die Arglosigkeit dieser Göttin. Es war spielend leicht gewesen, sie zu überwältigen. Während vier Kriegerinnen sie frontal angriffen, hatten sich zwei weitere über das Dach genähert. So war sie schnell besiegt. Viel schwieriger als gedacht war es jedoch, die Asura auszuschalten. Während die Kriegerinnen sie einkreisten, beschossen Bogenschützen sie von der Mauer.

Doch die Dämonen waren kampferprobt und wehrten sie sich verbissen gegen die Attacken. Geschickt wichen sie den Pfeilen aus, blockten die Schläge ab und stießen selbst mit ihren Substanzklingen blitzschnell zu. Ein Schrei erklang, den man sogar noch durch das Gekreisch der jungen Asura vernehmen konnte. Eine Naga fiel, dann eine zweite und dritte.

Manassa fluchte, hatte sie doch geglaubt, das Feld ohne eigene Verluste einnehmen zu können.

Gerade war der letzte Schrei verklungen, da begann die Luft mitten auf dem Feld zu flimmern. Ein gewaltiger Asura erschien aus dem Nichts und begann übergangslos mit seinem Angriff. Wie ein Wirbelsturm bewegte er sich über das Gelände, auf die Kriegerinnen zu und teilte mit einer einzigen fließenden Bewegung die erste Angreiferin in zwei Teile. Der Unterleib wand sich noch im Todeskampf, da schwangen seine Substanzklingen bereits in eine andere Richtung, ohne die Gefallene zu beachten.

Manassa zischte aufgebracht und glitt von der Mauer herab. Noch nie hatten die Naga gegen Asura gekämpft. Daher hatten sie keine Erfahrung mit deren wandelbaren Substanzwaffen. „Konzentriert euch auf den Großen da", schrie sie in den Tumult hinein. Doch im Getöse der Schlacht gingen ihre Worte vollkommen unter. Der Asura wandte sich in einem Wirbel aus Dunkelheit weiteren Kriegerinnen zu. Er mähte sie nieder wie Getreide auf einem Acker. Manassa war überrascht von der Schnelligkeit und Wildheit dieses Dämonen. In einer Aufwallung von Angst und Verwirrung schnellte sie an den Kämpfenden vorbei. Mit hämmernden Herzen musste sie zusehen, wie weitere Naga den Attacken des Asura zum Opfer fielen. Die Kriegerinnen umringten ihn von allen Seiten und schlugen aus jedem erdenklichen Winkel zu, bis endlich eine Klinge die Substanz des Gegners durchdrang. Der Asura taumelte einige Schritte zurück, fiel jedoch nicht. Dann dematerialisierte er und erschien gleich darauf hinter der Naga, die ihn getroffen hatte. Spitze, degenartige Auswüchse durchbohrten ihren Leib und sie fiel tot zu Boden.

Manassa spürte, wie ihre Zuversicht verflog. *,Er wurde getroffen, warum stirbt er nicht?'* Sie blickte zu den anderen Asura hinüber und stellte fest, dass sich nur noch zwei auf dem Feld befanden. ,*Die anderen beiden müssen gefallen sein*', vermutete sie. Entschlossen nahm Manassa noch einmal ihren Bogen zur Hand und trat auf die dämonische Gestalt zu. Sie spannte die Sehne und ließ den Pfeil fliegen. Er traf, prallte aber von der Substanz des Asura ab. Manassa lief ein Schauder über den Rücken, als der Dämon sich daraufhin umwandte. Kalte blaue Augen fixierten sie. Ihr Blut gefror. Er kam auf sie zu.

„Schützt die Königin!", befahl jemand hinter ihr. Im Nu sah sie sich von Kriegerinnen umringt, die sich entschlossen und wild auf den Feind stürzten und ihn aufhielten. Gemeinsam gelang es ihnen, ihn zurückzudrängen.

„Die Asura, die das Feld bewachten, sind gefallen", informierte Nissa sie beiläufig. Die Späherin stand direkt neben ihr. „Nur noch diesen müssen wir besiegen."

„Er stirbt nicht durch das Gift, so wie die anderen."

„Er wird fallen", brüllte Nissa ihr zuversichtlich zu, bevor sie dem Dämon entgegenstürzte.

Alle verbliebenen Kräfte umringten die schwarze Gestalt, stachen, hieben und stießen abwechselnd auf ihn ein. Doch der Asura wehrte jeden Hieb mühelos ab. Manassa fluchte, sie spannte den Bogen erneut und ließ den Pfeil fliegen. Er traf und diesmal drang er in die Schwärze ein. Einen endlosen Augenblick lang stand der Asura unbeweglich da, bis er schwankte und fiel.

Manassas Kriegerinnen kamen näher und wollten auf ihn einstechen, um den Asura zu töten.

„Halt, das reicht!", befahl Manassa.

„Aber er ist noch nicht tot, Erleuchtete", warf Nissa ein. „Wenn sie sterben, lösen sich ihre Körper auf."

„Ja, dieser da ist anders als die übrigen Asura auf dem Feld. Das Gift tötet ihn nicht. Er ist nur betäubt, genau wie die Devi. Vielleicht ist er ihr Anführer." Manassa glitt vorsichtig näher an den Dämonen heran. Sie betrachtete ihn genauer und überlegte. Schließlich sagte sie: „Ich möchte ihn gefangen nehmen, gemeinsam mit der Devi. Sperrt sie in die Olivinhöhlen ein. Er beherrscht die Teleportation, doch die natürliche geologische Struktur dieser Höhlen wird ihm ein Entkommen unmöglich machen."

„Wir sollen sie gemeinsam einsperren?", fragte die Späherin überrascht.

„Ja, warum nicht?" Manassa verzog ihr Gesicht zu einem verschlagenen Grinsen. „Schließlich haben sie auch gemeinsam das Feld verteidigt. Vielleicht ist die Devi nach ein paar Tagen mit ihm in einem Höhlenverlies gesprächiger, als sie es vorher war."

„Dann werdet Ihr die Devas über die Vorkommnisse nicht informieren?", erkundigte sich eine Beraterin.

„Jedenfalls nicht sofort. Ich werde abwarten, was mir die Devi diesmal zu sagen hat." Manassa sah sich um. Viele Naga standen verstört auf dem Feld, umarmten sich gegenseitig und weinten. „Wie viele unserer Schwestern sind gefallen?", erkundigte sie sich.

„Zweiundvierzig Herrin."

„So viele?" Manassa sah betroffen in die trauernden Gesichter. Für einen Moment flammte Wut in ihr auf. Mit ganzer Kraft zwang sie sich zur Ruhe, dann sagte sie laut: „Wir werden diesen Heldinnen ein würdevolles Begräbnis bereiten. Kümmert euch um die Toten und die Verletzten." Ihr Blick schweifte über das Feld. Dutzende Somapfanzen waren während der Kämpfe niedergetrampelt worden, einige junge Asura klammerten sich noch verzweifelt an umgeknickte und verletzte Bäumchen. „Auch die jungen Somabäume dürfen wir in unserer Trauer nicht vergessen. Gibt es eine unter uns die sich mit Pflanzen auskennt?"

„Ja, ich." Eine junge Naga trat vor.

Manassa wandte sich ihr zu. „Kümmere dich so gut du kannst um die Pflanzen auf diesem Feld. Soma ist heilig, rette so viele, wie du kannst."

Die Naga verbeugte sich. „Ich werde mein Bestes geben, Erhabene", versicherte sie.

Die Königin wandte sich ab und glitt zu der Devi hinüber. „Sie muss eine Tafel bei sich tragen, habt ihr sie gefunden?"

„Nein, göttliche Königin. Ein solches Instrument hat sie nicht bei sich."

„Hm!" Mit leichten, fließenden Bewegungen schlängelte sie sich auf die Hütte zu, trat ein und entdeckte sofort das Gerät auf den Tisch. Sie nahm es an sich und verließ den kleinen Raum wieder.

Inzwischen hatten die Kriegerinnen die Devi auf eine Trage gelegt und mit Gurten daran festgeschnallt. Den Asura zu transportieren erwies sich als weitaus schwieriger. Eine Trage kam wegen seiner Größe nicht infrage.

„Legt ihn auf ein festes Tuch, dann könnt ihr ihn ziehen", schlug Manassa vor. Einige Naga stürmten hinaus, um das Verlangte zu besorgen und kehrten nach längerer Wartezeit mit einem Karren und einer Plane zurück. Zehn von ihnen mühten sich ab, den Dämonen mithilfe der Plane in den Karren zu befördern. Dabei fiel etwas aus der Substanz des Asura heraus. Eine Nage bückte sich, hob es auf und brachte es Manassa.

„Der Asura trug auch eine Tafel bei sich?", stellte sie erstaunt fest.

„Ja, Herrin."

„Das beweist umso mehr, dass es sich um keinen gewöhnlichen Dämon handelt. Wir tun gut daran, ihn zu verschonen." Nachdenklich drehte sie das Gerät in den Händen. „Bringt die beiden fort! Ich kann nicht sagen, wie lange die Betäubung anhält." Die Naga beeilten sich dem Befehl nachzukommen und verließen mit den Gefangenen das Feld. Einer Eingebung folgend eilte Manassa ihnen nach. „Wartet!" Die Naga drehten sich zu ihr um. „Folgt mir zum Himmelswagen!", befahl sie.

Das schlanke Gefährt der Göttin glänzte silbrig in der Abendsonne. An der glatten Außenhaut waren weder Fenster noch ein Eingang zu erkennen. Manassa fuhr mit der Hand am Rumpf entlang.

„Bringt die Devi hierher!" Dicht vor ihr blieben die Trägerinnen stehen. Die Königin nahm Orbs Hand und drückte sie gegen den Rumpf des Schiffes, woraufhin sich die Luke geräuschlos öffnete. „Jetzt bringt sie weg!" Manassa lächelte zufrieden. Nur kurz sah sie ihnen nach, bevor sie neugierig das Himmelsschiff betrat. Nie zuvor war eine Naga in einem Gefährt der Götter gewesen, entsprechend aufgeregt sah sie sich um. Von außen glänzte das Schiff silbern, sodass man nicht hineinschauen konnte, doch von innen war es zur Hälfte durchsichtig. Sie konnte die Landschaft und den nahe gelegenen Dschungel erkennen. Insgeheim bewunderte sie den Ideenreichtum der Devas, auch wenn ihre Welt fremd und kalt auf sie wirkte. Sie untersuchte die geheimnisvollen Apparaturen an der Front und setzte sich auf einen der Sessel. Er war unbequem und nicht für sie gemacht, daher stand sie schnell wieder auf. Das Schiff war wie ein kleines Haus, indem ein Deva für einige Zeit leben konnte. In der winzigen Bordküche fand sie Proviant. Prüfend klappte sie einen Tisch aus und auch die beiden Stühle daneben. *„Alles ist so* *geordnet und durchdacht in diesem Schiff*', stellte sie verwundert fest.

Sie fand die Aufzeichnungen der Devi und warf einen Blick hinein. ‚*Sie hat Protokoll geführt über die Entwicklung des Soma und auch über die der jungen Asura.*' Manassa nahm das Buch an sich, danach verließ sie das Schiff.

Orb Ria

Ein einzelner Tropfen fiel auf ihre Wange und weckte sie. Orb schlug die Augen auf, konnte aber nichts sehen. Verwirrt blieb sie liegen und starrte in die Finsternis hinein. Ihr Kopf dröhnte und der Untergrund schien zu wanken. Es war feucht und klamm und roch modrig, nach Schlamm und Erde. Tropfen fielen von der Decke und erzeugten ein Geräusch, das entfernt an Musik erinnerte.

Vorsichtig setzte sie sich auf, wobei sich ihr Magen schmerzhaft zusammenzog. Orb würgte und erbrach sich auf den Boden. Sie wimmerte leise und wischte sich über den Mund, während ihre Augen vergebens versuchten, in der Finsternis etwas zu erkennen. Die Dunkelheit blieb undurchdringlich. Mit den Händen tastete sie umher, fühlte glitschigen Schlamm zwischen ihren Fingern und spürte plötzlich etwas Warmes. Sie schauderte, als sie erkannte, dass es ihr eigener Mageninhalt war und kroch von der Stelle fort.

Auf wackeligen Beinen erhob sie sich, starrte in den lichtlosen Raum, in der Hoffnung etwas, und sei es auch noch so wenig, sehen zu können. Konzentriert lauschte sie durch das Konzert der fallenden Wassertropfen hindurch. Waren da nicht Schritte zu hören? Sie sah in die Richtung, von der sie glaubte Geräusche vernommen zu haben und spähte angestrengt in die Dunkelheit, bis sie etwas sah. Eine verdichtete Schwärze, die sich in der Dunkelheit bewegte. War das möglich oder bildete sie sich das ein?

Ein seltsames Strahlen ging von der Erscheinung aus. Nein, das war keine Sinnestäuschung, *etwas* befand sich mit ihr an diesem Ort.

„Hallo! Ist da jemand?" Ihre Frage hallte von den Wänden.

„Ja."

Orb kannte die Stimme. ,*Yama!*' Vor Aufregung begann ihr Herz zu rasen. Empört fragte sie: „Habt Ihr mich in die Unterwelt entführt?", und forderte: „Bringt mich sofort zurück!"

„Ich versichere Euch, die Unterwelt ist ein sehr viel wärmerer Ort als dieser. Ich fürchte, Ihr seid ein Gast der Naga, genau wie ich."

,*Die Naga, sie haben mich mit einem Dolch verletzt*', erinnerte sie sich und griff sich an die Schulter. Die Wunde hatte sich geschlossen, doch sie konnte noch das getrocknete Blut fühlen, das von der Verletzung zeugte. „Wieso seid Ihr hier?", fragte sie misstrauisch.

„Ihr wart nicht auf dem Feld, als die Naga mich angriffen."

„Ich kam, um meine Asura im Kampf zu unterstützen, kurz, nachdem Ihr das Bewusstsein verloren habt."

,*Soll ich das glauben?*' Langsam bewegte sich Orb auf die Stimme zu, hielt dabei ihre Arme tastend ausgestreckt.

„Vorsicht!"

Die Warnung kam zu spät. Sie stieß hart mit dem Kopf gegen Gestein. „Au!" Ihre Hände fuhren hoch und fassten schützend an die schmerzende Stelle, klebriges Blut benetzte ihre Fingerspitzen. Sie fluchte.

„Wir sind in einer Höhle. Von der Decke hängen überall Stalaktiten und am Boden wachsen Stalagmiten empor. Beide sind tückisch, wenn man nicht sehen kann."

„Heißt das, Ihr könnt in dieser Finsternis sehen?"

„Ich bin ein Asura, schon vergessen?" Yama klang amüsiert.

„Findet Ihr das lustig?"

„Keineswegs."

„Wo ..., wo befindet sich der Ausgang aus dieser Höhle?", erkundigte sich Orb.

„Von Euch aus gesehen rechts. Er ist durch eine unsichtbare Barriere verschlossen. Soll ich Euch hinführen?"

„Nein." Orb wandte sich nach rechts und bewegte sich vorsichtig, in die von Yama angegebene Richtung.

„Noch etwas weiter rechts, Orb."

Sie hielt an. ‚*Woher soll ich wissen, dass er mich nicht in die Irre führt? Nur so, zum Spaß?*'

„Der Weg ist frei, geht einfach geradeaus", sagte Yama und unterbrach damit ihren Gedankengang.

Tastend streckte sie die Arme weit von sich, während sie vorsichtig vorwärtsging. Der Untergrund war schlüpfrig, einige Male rutschte sie aus, fiel aber nicht zu Boden.

„Gleich seid ihr da."

Tatsächlich stieß sie kurz darauf gegen ein Hindernis und spürte ein leichtes Kribbeln an den Händen. Yama hatte sie nicht belogen. Sie tastete das Energiefeld ab und schlug probehalber dagegen. Lichtblitze zogen darüber hinweg. „Hallo, hört mich jemand?" Es kam keine Antwort. Hilflose Wut stieg in ihr auf. Sie schrie: „Ich bin eine Devi aus Meru. Lasst mich sofort frei oder ihr werdet es bereuen!" Zorn übermannte sie. Wutentbrannt schlug sie mit ihren Fäusten gegen die Barriere und trat mit voller Wucht dagegen. „Lasst mich hier raus, ihr verdammten, kaltblütigen Ungeheuer. Das könnt ihr mit mir nicht machen."

Als ihre Wut abklang, begann sie zu schluchzen und sank zu Boden. „So dürft ihr mich nicht behandeln", flüsterte sie, während ihr Tränen die Wangen herunter liefen.

Hinter ihr hörte sie Schritte. „Ich glaube nicht, dass Eure Drohungen sie beeindrucken werden. Niemand wird kommen, zumindest nicht so bald. Da bin ich mir sehr sicher", hörte sie Yama sagen.

„Das könnt Ihr nicht wissen. Zumindest Getränke und Essen müssen sie mir bringen. Sie werden mich doch nicht Hunger und Durst leiden lassen."

„Glaubt Ihr?" Wieder klang Yama amüsiert. „Nun, zumindest verdursten werdet Ihr nicht. Durch diese Höhle fließt ein Fluss."

„Wo?"

„Im hinteren Teil. Die Höhle ist recht groß. Ich habe sie mir angesehen, während Ihr bewusstlos wart."

Orb wandte sich der Stimme zu, die ihr jetzt ganz nahe war. „Ihr beherrscht doch die Teleportation, könnt Ihr nicht einfach diesen Ort verlassen und Hilfe holen?"

„Das habe ich versucht, doch ohne Erfolg. Ich bin hier gefangen, genau wie Ihr."

Orb wischte die Tränen fort. „Was sollen wir jetzt tun?", fragte sie resigniert.

„Fliehen."

„Wie?"

„Ich zeige es Euch." Sie spürte eine leichte Berührung an ihrem Arm. „Gebt mir Eure Hand", forderte Yama. Zögernd reichte sie sie ihm. Er half ihr auf, dann spürte sie ein sanftes Ziehen. „Kommt!" Überraschend einfühlsam lenkte er ihre Schritte und wich dabei Hindernissen aus, die nur er sehen konnte. Die Geräusche ihrer Füße hallten durch die Höhle.

„Wohin führt Ihr mich?"

„Zum Fluss."

„Warum? Was sollen wir da?"

„Der Fluss ist der einzig mögliche Weg, der uns hier herausbringen kann."

„Wie meint Ihr das?"

„Er muss irgendwo hinführen, Orb. Ein so großes unterirdisches Gewässer wird früher oder später an die Oberfläche treten. So kommen wir hinaus."

„Seid Ihr da sicher? Was wenn Ihr Euch irrt?"

„Wenn ich mich irre, können wir immer noch hierher zurückkehren." Yama hielt an und ließ sie los. Orb konnte deutlich das Geräusch von fließendem Wasser vernehmen. „Wir sind da, hört Ihr es?"

„Ja." Sie ging auf die Knie und tastete sich vorwärts, bis ihre Hände in das Wasser eintauchten.

„Wollt Ihr mich begleiten?", fragte Yama.

„Das ist doch verrückt. Wer weiß, wohin dieser Fluss führt oder wie groß dieses Höhlensystem ist. Wir könnten beim Versuch zu entkommen ertrinken."

„Wir sind unsterblich, habt Ihr das vergessen?"

„Unsterblich? Ja, aber ich würde unter Wasser bald das Bewusstsein verlieren, falls wir zu lange Strecken tauchen müssten und ich nicht atmen kann. Hier unten wird uns niemand finden. Besser ist es doch abzuwarten und mit den Naga zu verhandeln."

„Die Naga haben die vier Asura getötet, die das Feld bewacht haben und viele Nachkommen meines Volkes. Und ich habe viele von ihnen umgebracht. Ich glaube nicht, dass sie uns wohlgesonnen sind, jedenfalls werde ich nicht abwarten, um zu erfahren, was sie mit uns vorhaben. Hier sind wir ihnen auf Gedeih und Verderb ausgeliefert Orb. Es mag sein, dass sie schon morgen kommen, um uns freizulassen. Es mag aber auch sein, das niemand kommen wird. Ich für meinen Teil werde versuchen, durch diesen Fluss zu entkommen. Was ist mit Euch, begleitet Ihr mich?"

Yama

Orb schwieg und starrte mit weit aufgerissenen Augen in die Finsternis, während Yama auf ihre Antwort wartete.

„Arrr! So ein Blödsinn, warum bestehst du darauf, sie mitzunehmen? Sie wird mich nur behindern", beschwerte sich Varun.

„Wir können sie hier nicht zurücklassen. Wir sind für sie verantwortlich. Außerdem werden wir möglicherweise recht lange nach einem Fluchtweg suchen müssen."

„Ah! Du meinst, sie könnte mir als Proviant dienen?"

Amüsiert antwortete Jeng: *„Daran habe ich nicht gedacht, aber ja, das ist ein angenehmer Nebeneffekt. Zumindest du bräuchtest nicht zu hungern. Aber im Ernst, wie du siehst, kommt sie mit der ganzen Situation* *nur sehr schwer zurecht. Allein in der Dunkelheit wird sie den Verstand verlieren, fürchte ich."*

„Es gibt Schlimmeres als das."

„Sie ist eine Devi, Varun. Bisher hat sie nie etwas so Schlimmes oder gar Schlimmeres erlebt, als dies."

„Yama? Seid ihr noch da?", fragte Orb und unterbrach die Stille.

„Ja, ich warte auf eine Antwort." Varun sah auf die Devi herab und betrachtete sie. Das blassgrüne Schimmern ihrer Aura war für ihn wie das Licht einer Lampe. Tränen liefen erneut ihre Wangen hinab und erweckten in ihm Widerwillen. *„Sie heult schon wieder."*

„Du musst nachsichtig mit ihr sein."

„Bah!"

„Wie soll ich wissen, ob ich Euch vertrauen kann?", fragte Orb.

„Vertraut Ihr den Naga? Dann bleibt. Wenn Ihr mir nur eine Spur mehr vertraut als ihnen, dann kommt mit mir. Entscheidet Euch schnell, denn ich werde nicht länger warten."

Orb schluchzte: „Ich habe Manassa belogen. Ich habe ihr gesagt, es befänden sich nur harmlose Pflanzen auf dem Feld. Das ist alles meine Schuld. Wenn ich sie nicht belogen hätte, wäre es nie so weit gekommen. Was hat sie jetzt mit mir vor?"

„Ihr solltet nicht bleiben, um es herauszufinden."

Orb nickte und stand auf. „Ich werde mit Euch kommen."

Varun trat daraufhin dicht an sie heran und schloss sie in seine Substanz ein. Erschrocken wehrte Orb sich. Er ignorierte es und tauchte in das Wasser ein. Sie schrie und zappelte.

„Ich hab's gewusst. So geht das nicht", sagte er zornig zu Jeng.

„Lass sie los Varun! Zuerst musst du ihr erklären, was du vorhast."

„Arrr!" Varun gab Orb frei. Panisch schlug sie um sich, schnappte nach Luft und schluckte Wasser. „Beruhigt Euch!", schrie er und schüttelte sie an den Schultern.

„Was habt Ihr getan? Was wolltet Ihr mit mir tun?", fragte sie panisch.

„Ich habe Euch in meine Substanz eingeschlossen und wollte danach dem Wasserlauf folgen, so wie ich es zuvor mit Euch abgesprochen habe", erklärte Varun genervt.

„Ihr habt nicht gesagt, dass Ihr Derartiges tun werdet."

„Wie sollte es sonst gehen? Ihr könnt doch nichts sehen."

Orb schwieg, während sie sich langsam beruhigte. Schließlich sagte sie: „Es tut mir leid. Ich war nur so überrascht."

Varuns Knurren brachte das Wasser zum Vibrieren. „Wollt Ihr nun mitkommen oder habt Ihr es Euch anders überlegt?"

„Ich komme mit."

Abermals umhüllte Varun die Devi, tauchte ab, und folgte der Strömung durch das unterirdische Höhlensystem. Diesmal wehrte sie sich nicht gegen ihn. Mit Ausläufern seiner Substanz tastete er sich entschlossen voran.

Jeng staunte immer wieder über Varuns Zielstrebigkeit und Mut. Ohne Frage war er ein Krieger, der sich durch nichts einschüchtern ließ. Doch nur allzu selten hatte Varun diese Talente auch nutzen können, seitdem sie miteinander verbunden worden waren. Fast begierig hatte er sich daher den Naga entgegengestellt und das Feld verteidigt, ohne auch nur einen Moment zu zögern, obwohl die Chance auf einen Sieg gering war.

Gefangen zu sein und sich hilflos zu fühlen, riss in ihm alte Wunden wieder auf. Es wäre nicht klug gewesen, ihn jetzt von einer Flucht abzuhalten. Jeng wusste, der Gnade anderer ausgeliefert zu sein, war unerträglich für seinen Freund.

Langsam zeigte der Sauerstoffmangel Wirkung. *Ich werde bald das Bewusstsein verlieren,* informierte ihn Jeng.

Ich weiß, ich kann es spüren, erwiderte Varun. *Keine Sorge, ich werde rechtzeitig umkehren, falls ich keine Stelle zum Auftauchen finde.*

Unbeirrt zog er sich weiter voran. Schwärme von farblosen Fischen flohen. Schlamm wirbelte auf und erschwerte die Sicht. Der Fluss wurde breiter, weiße Korallenbänke besiedelten die Wände. Varun wand sich an ihnen vorbei, ohne sie auch nur ein einziges Mal zu streifen. Die Zuneigung die er für Jeng empfand, veranlasste ihn zur Vorsicht. Aufgrund des Luftmangels war die Devi genau wie Jeng inzwischen bewusstlos. Umso mehr lag es nun an ihm, für sie einen geeigneten Ort zu finden, an dem beide sich erholen konnten. Immer weiter schwamm er durch den Korallentunnel nach unten, bis er in einiger Entfernung ein helleres Schwarz über sich entdeckte. Freudig schwamm er darauf zu und tauchte auf. Es war eine neue Grotte, viel größer, als die in der sie gefangengehalten worden waren. Varun stieg an Land und legte die Devi ab, die sofort nach Luft zu schnappen begann. Wachsam sah er sich um. Er hörte ein hohes Quieken und das Zirpen von Insekten, die auf dem Boden krabbelten und dessen Umrisse ein schwaches Licht abgaben. So schwach, dass nur die

Augen eines Asura sie wahrnehmen konnten. Erst, als er ganz sicher war, dass keine Gefahr bestand, ließ Jeng vorsichtig zu Boden gleiten und gab ihn frei.

Manassa

„Was soll das heißen, sie sind fort?", fauchte Manassa. Ihr Schwanzende zuckte aufgebracht hin und her und erzeugte ein lautes durchdringendes Rasseln.

Demütig sah die Wächterin zu Boden, bevor sie antwortete: „Zunächst dachten wir, sie hätten sich nur in den hinteren Teil der Höhle zurückgezogen. Doch als wir auch am nächsten Tag keine Wärmespuren von ihnen entdecken konnten, haben wir nachgesehen. In der Zelle waren sie nicht mehr. Wir fanden Spuren am Rand des Flusses und vermuten deshalb, dass sie durch das Höhlensystem entkommen sind."

„Unmöglich! Bevor die Devi in eine andere Höhle gelangen könnte, würden sie durch den Luftmangel das Bewusstsein verlieren."

„Mag sein, göttliche Königin, doch das konnten sie nicht wissen, und ob auch ein Asura Luft zum Atmen braucht, weiß ich nicht zu sagen."

„Das braucht er nicht", sagte Manassa. „Allerdings, soweit ich weiß, können Asura nicht schwimmen." Sie seufzte. „Dass eine Devi ihr Leben einem Dämonen anvertraut, kann ich nicht glauben. Vielleicht hat er sie gewaltsam mit sich gezerrt. Wie dem auch sei, damit hätte niemand rechnen können, ihr Wächterinnen habt daran keine Schuld." Sie schenkte der Wache einen wohlwollenden Blick. „Doch ohne die Devi ist meine

Verhandlungsposition geschwächt. Wenn sie verschollen bleibt, werden die Devas unbarmherzig gegen uns vorgehen."

„Uns ist es unmöglich ihnen zu folgen, um sie zurückzuholen."

„Das weiß ich." Manassa wandte sich einem der Regale zu, die pyramidenförmig mitten in der Halle standen, und kehrte mit einer Karte zurück. „Sieh her!" Die Wächterin trat näher.

„Diese Karte zeigt unser Territorium. Sie werden dem unterirdischen Fluss folgen und hoffen, dass er sie aus dem Höhlensystem herausbringt. Nur wenige Orte gibt es, an denen das möglich sein könnte."

Sie tippte mit dem Finger auf die Karte: „Der Smaragdsee wird durch ein unterirdisches Gewässer gespeist und auch die Quelle des Jadeflusses. Beide sind groß genug, sodass die Flüchtigen dort an die Oberfläche gelangen könnten."

„Was ist mit dem Olivinfluss?", erkundigte sich die Wächterin.

„Unwahrscheinlich, der Zufluss ist zu schmal. Aber gut, an jedem möglichen Austrittspunkt sollen Wächterinnen patrouillieren. Falls sie irgendwo auftauchen, dürfen sie uns nicht entkommen."

Orb Ria

Vor ihren Augen explodierten Sterne. Orb rang um Luft. Ihre Lungen krampften sich zusammen und sie würgte Wasser hervor. Auf allen Vieren kämpfte sie gegen das Gefühl an, zu ersticken. Ihr Herz hämmerte schmerzhaft gegen die Brust, während sie nach Luft schnappte. Langsam ging es ihr besser, und sie beruhigte sich. Um sie herum war es dunkel, genau wie zuvor. Orb lauschte. Zwischen den fallenden Tropfen, die von der Decke fielen, hörte sie ein leises Quieken und das huschende Trippeln von kleinen Füßen. Beunruhigt rief sie in die Finsternis hinein: „Yama, wo seid Ihr?"

Es kam keine Antwort. Hatte er sie allein gelassen? Mit den Händen tastend suchte sie den Boden ab, bis sie nicht weit von sich entfernt, einen Körper berührte. Im ersten Moment wich sie erschreckt davor zurück, rutschte aber bald wieder näher heran. Sie fühlte nackte Haut unter ihren Fingern, Arme und Beine und ... Es war ein Mann, der dort lag. Er atmete nicht. Sie schüttelte ihn. „Hallo, kannst du mich hören?" Röcheln und Gurgeln erklang. Der Mann bäumte sich auf und begann zu würgen. Genau wie sie zuvor, drehte er sich um und versuchte sich, auf allen Vieren, vom Wasser in seinen Lungen zu befreien. Orb klopfte ihm auf den Rücken.

„Danke", brachte er hustend hervor.

„Gern geschehen", sagte sie und fragte: „Wer bist du?"

„Yama, wer sonst?"

„Das kann nicht sein, du bist kein Dämon."

„Das hast du richtig erkannt. Ich habe dich bereits zuvor darauf aufmerksam gemacht, dass ich kein Asura bin. Zumindest versucht habe ich es."

„Was bist du dann?"

„Yama."

„Aber Yama ist ein Dämon."

„So? Du musst es ja wissen."

Sie biss sich auf die Lippen. „Irgendetwas ist in dieser Höhle, ich höre ein hohes Quieken und Pfeifen. Etwas huscht um uns herum in der Dunkelheit. Kannst du sehen, was das ist?"

„Ich höre es auch, warte …" Yama stand auf und sah sich um. „Da sind kleine Nagetiere. Sie sind unbehaart, haben keine Augen, aber dafür ein recht beachtliches Gebiss."

Orb lief ein Schauer über den Rücken. „Glaubt Ihr, sie wollen uns etwas tun?"

„Keine Ahnung. Bitte sprich mich nicht so förmlich an, Orb. Ich denke, dass es in dieser Situation angemessen ist, sich zu duzen." Yama setzte sich neben sie und Orb fühlte die Wärme seines Körpers.

„Du bist nackt", bemerkte sie unnötigerweise.

„Nicht mehr."

Prüfend streckte sie eine Hand nach ihm aus. Tatsächlich bedeckte ihn jetzt etwas, das sich wie Stoff anfühlte. „Das war vorher nicht da. Was ist das?"

„Meine Substanz, ich kann ihr das Aussehen und die Textur von Kleidung geben."

„Nur Asura bestehen aus Substanz", belehrte sie ihn.

„Ich habe die Substanz eines Dämons und den Körper eines Menschen. Ich bin Mensch und Dämon und keines von beidem."

„Das verstehe ich nicht. Wie sollte das möglich sein?"

„Es ist eine lange Geschichte. Frag Indra, er kennt sie."

„Warum erzählst du sie mir nicht?", fragte Orb.

„Vielleicht werde ich das irgendwann, aber nicht jetzt. Zunächst sollten wir uns auf andere Probleme konzentrieren."

„Mir ist kalt und ich habe Hunger", beklagte sie sich daraufhin.

„Im Fluss habe ich Fische gesehen, aber vielleicht schmecken diese Nager ja auch."

Sie hörte, wie Yama aufstand und sich von ihr entfernte. Ein lautes Quieken und die Geräusche von vielen trippelnden Schritten erklangen. Dann kam er zurück und setzte sich wieder zu ihr.

„So, bitte schön, gehäutete Ratte oder was immer das ist." Er klang vergnügt.

Orb verzog angewidert das Gesicht. „Das werde ich auf keinen Fall essen."

„Ratte magst du nicht? Wie wäre es dann mit Fisch?"

„Den kann ich auch nicht essen, wenn er roh ist."

„Doch das kann man. Aber mir scheint, dazu bist du noch nicht hungrig genug."

Orb hörte leise Kau- und Schmatzgeräusche. „Isst du jetzt etwa die Ratte?", fragte sie entsetzt.

„Ja, die schmeckt gar nicht mal schlecht, etwas tranig vielleicht."

„Das ist ekelhaft."

„Du musst ja nicht. Sag Bescheid, wenn ich einen Fisch für dich fangen soll."

Orb schwieg und klapperte mit den Zähnen. Sie war durchnässt und fror erbärmlich. Kurze Zeit später hörte sie ein Platschen, gleich danach stand Yama auf und entfernte sich von ihr.

„Wohin gehst du?"

„Nicht weit, ich muss mal."

Leise plätscherte etwas. Sie erhob sich, denn auch ihr drückte die Blase.

„Machst du einfach so hier hin?", fragte sie.

„Natürlich, eine Toilette wird an diesem Ort kaum zu finden sein."

„Ich muss auch, aber du darfst mir nicht zusehen."

Sie hörte Yama seufzten. „Ich schaue nicht hin."

„Versprichst du es?"

„Ja. Nun mach schon."

Einige Schritte entfernte sie sich von der Stelle, an der sie gelegen hatte, öffnete ihren Overall und hockte sich hin. Doch der Druck in ihrer Blase löste sich nicht.

„Schaust du auch wirklich nicht zu?"

„Nein. Bist du noch nicht fertig?"

„Ich kann nicht", flüsterte sie. „Es hat mir noch nie jemand dabei zugesehen."

„Ich seh doch gar nicht hin."

Orb schloss die Augen und versuchte sich zu entspannen. Es dauerte einige Zeit, bis sich endlich die Blockade löste und ein warmer Strahl aus ihr herausfloss. Erleichtert stand sie danach auf und kehrte zum Lagerplatz zurück.

Seine Stimme leitete sie. „Wir sollten uns ein wenig ausruhen, bevor wir unseren Weg fortsetzen", schlug er vor.

„Mir ist zu kalt, ich kann nicht schlafen", erwiderte sie.

„Rück näher zu mir. Unter meiner Substanz wirst du nicht frieren."

„Das werde ich ganz sicher nicht tun."

„Wie du willst."

Orb hörte, wie sich Yama niederlegte, dann war er still. Sie saß da, zitterte und lauschte auf die trippelnden Schritte in der Finsternis, bis sie sich schließlich doch hinlegte, zu einer Kugel zusammenrollte und die Augen schloss.

Ein stechender Schmerz weckte sie. Im ersten Moment war sie orientierungslos. Sie setzte sich auf und presste ihre Hand gegen die schmerzende Stelle an ihrem Bein. Etwas biss ihr dabei in die Hand. Orb schrie und trat danach.

‚Die Ratten! Sie greifen mich an!' In Panik tastete sie nach der Gestalt, die, nicht weit von ihr entfernt lag, und

schüttelte sie. „Wach auf! Hilf mir!" Wieder spürte sie, den Biss von kleinen scharfen Zähnen. Sie schlug in Panik wild um sich und hörte, wie Yama sich aufsetzte. „Hilf mir!", schrie sie noch einmal.

Ein Quieken erklang und wischend schlagende Geräusche. Kleine trippelnde Füße flohen in großer Hast. Dann spürte sie eine Hand auf ihrer Schulter. „Sie sind weg, Orb", versicherte Yama ihr.

Sie schluchzte und wandte sich ihm zu: „Ich will hier weg. Bring mich hier weg!"

Seine Hand half ihr auf. „Lass uns weitergehen. Vielleicht haben wir Glück und finden schon bald einen Ausgang."

„Nein, lass uns umkehren. Bitte, ich möchte zurück."

„Dazu ist es zu spät. Du hast dich entschieden, mich zu begleiten und ich werde nicht umkehren."

Am Klang seiner Stimme erkannte Orb, dass der Versuch ihn umzustimmen, sinnlos war. „Ich bin so hungrig", sagte sie deshalb nur.

„Ich habe die drei Ratten getötet, die dich angefallen haben. Vielleicht möchtest du doch eine probieren?"

„Nein, ich will das nicht essen. Ich will hier weg, hörst du?"

Sie spürte, wie seine Hand nach ihrer griff. „Gut, folgen wir dem Fluss am Ufer entlang. Ich werde dich führen."

Sie ging apathisch mit ihm. Fahrig rieb sie sich mit einer Hand über das Gesicht und stellte dumpf überrascht Blut daran fest. *‚Sie haben mir auch ins Gesicht gebissen, während ich schlief.'*

Stumm liefen Tränen über ihre Wangen. Sie stolperte mehrfach, fiel aber nicht, da Yama sie stützte und so verhinderte, dass sie fiel. Erschöpft lehnte sie sich an ihn und ließ sich bereitwillig führen. Dann brachten leise Quiek- und Pfeifgeräusche die Angst zurück. Sie umfasste die Hand fester, die sie führte. Die trippelnden Schritte auf dem feuchten schlammigen Boden waren, im stetigen Konzert fallender Tropfen kaum zu hören, doch Orb wusste genau, dass das, was sich in der Finsternis bewegte, ihnen folgte. Hilflos begann sie, zu zittern.

Yama legte seinen Arm um ihre Hüfte und flüsterte: „Keine Angst Orb, sie werden dich nicht noch einmal angreifen, ich werde das verhindern."

Je weiter sie gingen, umso mehr wurde der Geruch von Moder und Schlamm von einem anderen verdrängt – dem schmutzigen und widerlichen Geruch, nach Fäulnis und Kot, der immer stärker wurde.

„Was ist das für ein Gestank?", fragte sie. Ihre Knie wurden weich, sie klammerte sich an ihn.

„Es ist das Nest dieser Viecher, es sind Tausende", flüsterte Yama ihr ins Ohr.

Ein hoher durchdringender Pfeifton erklang, dann das Rauschen von vielen kleinen Füßchen, die sich gleichzeitig in Bewegung setzten. „Ich muss dich jetzt für einen Augenblick verlassen, Orb."

Er ließ sie los und sie hörte, wie er sich entfernte.

„Lass mich nicht allein! Komm zurück!", rief sie ihm nach, doch er kam nicht zurück.

Kurz darauf hörte sie grässlich hohe Schreie und einen seltsam schneidenden Ton. Für einen Moment verwandelten sich ihre Knochen zu Eis und sie stand wie erstarrt da. Bilder von riesenhaften Nagetieren mit monströsen messerscharfen Zähnen traten vor ihre Augen. Yama kämpfte in ihrer Fantasie gegen ein grauenhaftes Ungeheuer. Instinktiv wich sie vor den Kampfgeräuschen zurück. Sie schwankte unsicher auf ihren Füßen, stolperte und fiel. Auf dem Boden sitzend starrte sie konzentriert ins Leere. Etwas krabbelte über ihre Hand. Angeekelt wischte sie es fort.

Schrilles Quieken erklang, dazu dumpfe Schläge und ein sirrendes Geräusch, so als ob eine Klinge die Luft durchschnitt, dann plötzlich erneut dieser laute durchdringende Ton. Stille. Schritte auf schlammigem Boden, Yama stand neben ihr und half ihr auf.

„Wir sollten diesen Ort schnell hinter uns lassen", sagte er.

„Hast du sie vertrieben?"

„Ja, doch ich fürchte nicht für lange." Erneut führte er sie scheinbar endlos durch das Dunkel, bis er schließlich anhielt. „Ab hier müssen wir wieder schwimmen", erklärte er ihr.

„Ja gut", sagte sie tapfer. Sie spürte, wie Yamas Substanz sie einschloss und er ins Wasser eintauchte.

Yama

Varun zog sich eine Felsschlucht hinab, woran dicht an dicht farblose Korallen wuchsen, und folgte der Strömung in einen weiteren Tunnel. Zunächst bemerkte er die dunkle Gestalt nicht, die sich hinter einer der Korallenbänke hervorschob und die Verfolgung aufnahm. Erst als etwas nach ihm schnappte und ihn ruckartig von einer Seite zur anderen schleuderte, nahm er seinen Verfolger wahr. Orb entglitt dabei seinem Griff und sank zum Höhlengrund herab. Ein gewaltiger Fisch mit langem, schlangenartigem Leib hielt ihn zwischen zähnestarrenden Kiefern gefangen. Varun fluchte, während er gleichzeitig mehrere nadelspitze Dornen ausbildete, die sich dem Fisch durch die Schädeldecke bohrten. Augenblicklich spie das Tier ihn aus und suchte das Weite. Er sah ihm nach, es reizte ihn, ihm nachzujagen, doch er beherrschte sich. Er zog Orb mit einem lassoartigen Fortsatz zu sich heran und setzte danach seinen Weg unbeirrt fort.

Je weiter er schwamm, umso skurriler wurde die Fauna. Riesige Muscheln klebten an den Höhlenwänden, deren lange Zungen in der Strömung auf vorbeischwimmende Beute lauerten. Fische mit übergroßen Augen, die in der Dunkelheit wie Lampen leuchteten. Weichtiere, deren Körper jenen von Kraken ähnelten und in unterschiedlichsten Farben lumineszierten.

Mehrmals hielten ihn die langen klebrigen Zungen der Muscheln auf, die sich an seiner Substanz festsetzten, obwohl sonst kaum etwas daran haften konnte. Beherzt hieb er sie durch und schwamm weiter. Jeng und Orb hatten längst das Bewusstsein verloren und Varun begann, sich zu sorgen. Wenn er nicht bald eine Möglichkeit zum Auftauchen fand, war er gezwungen umzukehren, sonst würde er immer weiter an Kraft verlieren, bis er sich zum Schluss nicht mehr bewegen konnte. Der Tunnel führte nun steil nach unten. Varun beeilte sich und schwamm so schnell er konnte hinab. Die vielen leuchtenden Fische die ihn umgaben, erleichterten ihm das Manövrieren. Obwohl er auch in totaler Finsternis sehen konnte, war er trotzdem für jede Lichtquelle dankbar. Der Höhlengang wurde langsam breiter und öffnete sich schließlich ganz. Er tauchte erleichtert auf und sah sich um. Er befand sich mitten in einem großen unterirdischen See. Über ihm spannte sich eine hohe Decke auf, an der Sterne funkelten. Erstaunt betrachtete er sie.

‚*Das können keine Sterne sein*‘, dachte er. ‚*Wir sind noch immer unter der Erde.*‘ Varun schwamm ans Ufer und stieg aus dem Wasser.

Kleine Insekten huschten über den Boden, doch die rattenähnlichen Nager waren nirgends zu sehen. Er legte die Devi auf dem Boden ab, bevor er sich zurückzog und Jeng freigab.

Jengs Lungen krampften sich zusammen, während er hustend Wasser ausspie und nach Luft rang. Seine Laute hallten laut von den Höhlenwänden. „*Geht es dir schon besser?*", erkundigte sich Varun, nachdem sich Jeng etwas beruhigt hatte.

„*Es ist nicht unbedingt angenehm, das Gefühl zu haben zu ersticken, aber ja, den Umständen entsprechend geht es mir gut.*" Er sah sich um. „*Wo sind wir?*"

„*In einem recht großen Höhlendom. Sieh mal nach oben.*"

Jeng folgte der Aufforderung und sah zur Decke. „*Was ist das?*", fragte er erstaunt.

„*Das weiß ich auch nicht.*"

Orbs Husten und Würgen unterbrach die Unterhaltung, sie krümmte sich und spuckte Wasser. Jeng beugte sich zu ihr hinab und klopfte ihr beruhigend auf den Rücken. Die Devi zitterte, teils vor Kälte, teils vor Aufregung, die die Atemnot verursachte. Er hielt sie fest, bis es ihr besser ging und sie sich beruhigte.

„Sind wir noch immer unter der Erde?", erkundigte sie sich.

„Ja", bestätigte er, „doch immerhin gibt es hier etwas Licht."

„Wo?" Orb sah sich um.

„Schau nach oben."

Sie tat es und betrachtete die kleinen Lichtpunkte am Höhlengewölbe. „Das sind Sternwürmer. Diese Art kann man auf Nirva in vielen Höhlen finden."

„Würmer sagst du?"

„Ja, sie hängen von der Decke und sondern einen klebrigen Schleim ab, an dem Insekten kleben bleiben, die von ihrem Licht angezogen werden."

„Ah! Sie leuchten also wie Glühwürmchen."

„Was sind Glühwürmchen?"

„Käfer, die des Nachts leuchten, so wie diese Würmer. Sie kommen auf der Erde vor."

„Hm." Orb schaute zur Decke empor und schwieg für einige Zeit, dann sagte sie: „Auch wenn sie nur wenig Licht spenden, finde ich es tröstlich, wieder etwas zu sehen zu können, in dieser Dunkelheit."

„Man könnte glauben, man blicke in den Sternenhimmel."

„Ja", bestätigte Orb. Sie zog ihre Knie unter das Kinn.

„Oft vermisse ich den Blick auf die Sterne in meinem Reich. Diese Würmer wären dafür ein guter Ersatz. Was glaubst du, Orb, könnten sie auch in der Unterwelt leben?"

„Soviel ich weiß, ist das Totenreich ein sehr steriler Ort."

„Was bedeutet das?"

„Das dort nur wenig Leben existieren kann."

„Schade."

Orb sah in die Richtung, aus der sie Yamas Stimme vernahm. Zu gern hätte sie die Gestalt gesehen, mit der sie sprach. „Diese Würmer fressen Insekten", erklärte sie. „Und die Insekten benötigen wiederum andere Nahrung. Wenn die Würmer also auch in der Unterwelt wie Sterne leuchten sollen, müsste man für sie ein ganzes Ökosystem entwerfen."

„Und das ist unmöglich?", fragte Jeng.

„Nicht unbedingt, aber auf jeden Fall wäre es eine Herausforderung." Orb gähnte. „Ich bin so müde."

„Ich auch. Lass uns ein wenig ausruhen."

Angestrengt lauschte sie in die Finsternis hinein, konnte aber weder das feine Quieken noch die trippelnden Schritte hören.

„Bisher habe ich keine Nagetiere gesehen", antwortete Jeng auf ihre unausgesprochene Frage. „Aber um ganz sicher zu gehen, würde ich dir raten unter meiner Substanz zu schlafen. Darunter werden sie dich nicht angreifen können und frieren wirst du auch nicht."

Orb nagte an ihrer Unterlippe, während sie überlegte. Schließlich rückte sie näher zu ihm. „Also gut."

Orb Ria

Wie eine Decke bereitete sich die Substanz um sie aus, augenblicklich wurde ihr wärmer. Erleichtert entspannte sie sich. Sie fühlte wie das Grauen, das sie erlebt hatte, langsam von ihr abfiel und … wie eine zärtliche Hand ihr Gesicht streichelte. Yamas Atem war ganz nah an ihrer Wange, er gab ihr einen Kuss auf die Stirn.

„Was soll das, spinnst du?", fragte sie empört und drückte ihn mit beiden Armen von sich.

„Es war nur ein Gutenachtkuss", sagte er und klang dabei ganz unschuldig. „Tut mir leid, wenn es dich gestört hat."

„Wenn du deine Hände nicht von mir lassen kannst, friere ich lieber."

„Es kommt nicht wieder vor", hörte sie ihn sagen.

Orb seufzte und rückte wieder näher zu ihm heran. Sie schloss die Augen, war aber zu nervös, um zu schlafen. Plötzlich überkam sie eine unerklärliche Ruhe. Etwas fehlte, doch konnte sie nicht sagen, was das war. Anstelle des fehlenden Gefühls brach sich ein anderes Bahn. Schweiß trat ihr auf die Stirn und sie spürte ihren Körper vor Erregung prickeln. Funken sprühten und tanzen zwischen den Schenkeln. Wie zufällig drehte sie sich auf die Seite und rückte näher.

Er bot ihr seinen Arm als Kissen an und sie legte ihren Kopf darauf. Neugierig streckte sie die Hände nach ihm aus, sie glitten über seine Brust, worauf sie einen seidigen Flaum spürte. Ohne Angst forschte sie weiter. Seine Haut war glatt und warm. Ihre Fingerspitzen wanderten hinab, bis zu den sanften Rundungen des Pos.

Sie atmete schneller, spürte, wie die Hügel schwollen und das Dickicht sich mit Tau benetzte. Auffordernd drückte sie sich an ihn und schlang ein Bein um das seine. Ohne ein Wort zu sagen, wandte er sich ihr zu. Die Hände umspülten sie wie ein Wasserfall, zärtlich und sanft. Er zog sie an sich und hauchte ihr vorsichtig einen Kuss auf den Mund, den sie gierig erwiderte. Ihre Zungenspitzen berührten sich, Orb wollte mehr. Erregt drückte sie ihr Becken gegen sein Geschlecht und fühlte dabei das Pochen ihrer Vulva. Dann hörte sie den sirrenden Klang des Reisverschlusses und spürte wie seine Hände sie aus dem Overall schälten. Sie half ihm in großer Hast. Erregt und nackt drängte sie sich an ihn und forderte ihn auf, in sie einzudringen.

Sie liebte ihn wild und lustvoll, fast endlos. Schweiß drang Orb aus allen Poren und lief ihr den Rücken herunter, als sie kam. Sie stöhnte vor Erleichterung. Der Schrecken der vergangenen Tage war in diesem Augenblick vergessen. Nach ihrem ersten Höhepunkt hielt sie kurz inne, bevor sie ihr Liebesspiel von Neuem begann und kurz darauf ein zweiter und dritter Orgasmus folgte. Sie stöhnte und wand sich im ekstatischen Taumel.

„Du bist eine Liebesgöttin", hörte sie Yama mit bebender Stimme flüstern.

Orb lächelte verträumt, küsste ihn leidenschaftlich und legte sich dann befriedigt neben ihn. Kurz darauf schlief sie ein.

Als sie die Augen wieder aufschlug, sah sie den Nachthimmel. *‚Das sind keine Sterne'*, erinnerte sie sich, *‚nur Würmer deren Körper leuchten, um Beute anzulocken.'*

Sie streckte sich und wandte sich um. Yama schlief noch. Sie rückte von ihm ab und stand auf.

Vorsichtig tastete sie sich in der Dunkelheit vorwärts und entfernte sich von ihrem Lagerplatz, um sich zu erleichtern. Ihr Overall lag noch immer irgendwo dort, wo sie ihn abgestreift hatte. Sie war nackt und fühlte sich verletzlich. Die klamme Kälte der Höhle ließ sie frösteln.

Eilig verrichtete sie ihr Geschäft, um dann auf gleichem Weg zurückzukehren.

Quieken und hohes Pfeifen unterbrach plötzlich das gleichförmige Konzert der fallenden Tropfen. Wie erstarrt blieb sie stehen und lauschte. Das Geräusch von trippelnden Schritten war ihr inzwischen vertraut.

Ihre Nackenmuskeln zogen sich zusammen und Orb beeilte sich, zum Lagerplatz zurückzufinden. Sie ging auf die Knie und krabbelte auf allen Vieren vorwärts, bis ihre Hände auf einen Körper stießen. Sie schüttelte ihn.

„Yama, wach auf!"

„Es ist doch noch dunkel, Naimi. Lass mich schlafen", murmelte er im Halbschlaf.

„Hier ist es immer dunkel, wach auf! Die Ratten sind hier!"

Mit einem Mal hellwach sprang Yama auf und sah sich um.

„Siehst du sie?"

„Ich sehe nur drei."

„Töte sie!", forderte Orb.

„Es sind nur Tiere."

„Sie haben mich angefallen."

„Ja, weil sie hungrig sind, genau wie wir." Amüsiert fügte er hinzu: „Ich habe einen der ihren gegessen und im Gegenzug fanden sie dich zum Anbeißen lecker. Jetzt sind wir quitt."

„Das ist nicht komisch!"

„Du hast recht, tut mir leid. Lass uns einfach weitergehen."

Orb tastete nervös den Boden ab. „Ich finde meinen Overall nicht."

Yama reichte ihn ihr, und sie zwängte sich in das noch immer nasse Kleidungsstück hinein. Kälte fraß sich in ihre Haut, sodass Orb sich wünschte, Yama würde seine Substanz um sie legen, genau wie letzte Nacht. Aber war es wirklich Nacht gewesen? Jedes Zeitgefühl war ihr verloren gegangen.

Wortlos nahm er sie bei der Hand, um sie zu führen. Bereitwillig ging sie mit ihm und fragte sich insgeheim, was das für ein seltsames Wesen war, dem sie folgte. Ihn umgab eine unbestreitbar magische Präsenz. Oder war es nur ihre Angst und die Finsternis, die sie in seine Arme getrieben hatte?

‚Nein, da war etwas anderes.' Nie zuvor hatte sie jemanden so leidenschaftlich geliebt, wie ihn in dieser Nacht, hemmungslos und ohne Angst. *‚Es war fast so, als wüsste er, was ich mir wünschte.'* Auf seltsame Art fühlte sie sich wohl in seiner Gegenwart, lebendig und wie verzaubert. Diese Situation war so surreal wie ein Traum.

Er legte einen Arm um ihre Hüfte, während sie am See entlang gingen. Ab und zu knirschte und knackte es unter ihren Füßen, wenn sie die Insekten zertraten, die auf dem Boden krabbelten. Orb störte sich nicht daran und überließ sich ganz seiner Führung.

Yama wandte sich ein wenig nach links, fort vom Ufer des Höhlensees um kurze Zeit später umzukehren.

„Was ist los?", fragte Orb.

„Hier kommen wir nicht weiter, wir müssen wieder schwimmen", erklärte er. „Es ist sowieso fraglich, ob es sinnvoll ist am Ufer entlang zu gehen. Nur die Strömung des Flusses kann uns hier raus bringen und wohin das Wasser fließt, ist vom Ufer aus nicht zu erkennen."

„Gut, nass bin ich ja eh noch", sagte Orb und zuckte mit den Achseln.

„Ah! So gefällt mir das."

Yamas Stimme klang plötzlich verändert, dunkel und kalt. „Zunächst werde ich nach einer Stelle suchen, an der der Fluss weiterführt", erklärte er.

„In Ordnung."

Ohne ein weiteres Wort, fühlte sie wie die Substanz sie umschloss, dann hörte sie ein Platschen, als er ins Wasser eintauchte.

Yama

Varun zog sich zum Grund des Sees hinab. Schwärme leuchtender Fische flohen vor ihm, während er immer entlang des Ufers nach einer Stelle suchte, an den der Fluss weiterführte.

Es dauerte nicht lange, da meldete sich Jeng zu Wort. *„Varun, bitte tauch auf, solange du noch nach einem Durchgang suchst, damit ich nicht unnötigerweise das Bewusstsein verliere"*, bat er.

Varun knurrte und ließ das Wasser um sich herum vibrieren, schwamm aber, ohne zu antworten, an die Oberfläche.

Die Devi prustete und strampelte, als er sie freigab, und auch Jeng schnappte nach Luft.

„Was ist los?", fragte Orb sofort, nachdem sie sich beruhigt hatte.

„Ich bin aufgetaucht, damit du nicht ohnmächtig wirst, solange ich noch nach einem Durchfluss suche", erklärte Jeng ihr.

„Ach so." Sie schaute um sich und entdeckte die leuchtenden Schemen unter ihr im Wasser. „Was ist das?"

„Viele Fische in dieser Höhle haben ihr eigenes Licht, genau wie die Würmer an der Decke."

„Das sieht unheimlich aus."

„Ja, einige Fische sind außerdem recht groß."

Sie sah ihn tadelnd an. „Was du sagst, ist nicht gerade beruhigend."

„Mag sein", antwortete Varun an Jengs Stelle und umschloss sie erneut. Auf ihr Zappeln achtete er nicht, als er mit ihr im klaren Wasser abwärts schwamm. Anmutig bewegte er seinen Substanzkörper in Wellen durch den See. Minuten vergingen, und er überlegte bereits, ob es nicht besser wäre erneut aufzutauchen, da spürte er eine starke Strömung, die ihn mit sich riss. Der Strom brachte ihn zu einem Durchfluss, der rasch näherkam. Er entschied sich treiben zu lassen und seinem Verlauf der Strömung zu folgen. Dabei wich er den Tropfsteinen und scharfen Kanten so gut er konnte aus. Trotzdem streifte er einige Male das Gestein. Die Strömung war zu stark, als dass er seinen Weg noch kontrollieren konnte und er fragte sich bereits, ob es eine gute Idee gewesen war, ihm zu folgen.

Plötzlich tauchte ein Licht vor ihm auf, dessen Herkunft er nicht feststellen konnte. Ein stetiges Glühen, dem er immer näherkam, bis sich schließlich der Tunnel öffnete und in einen weiteren See strömte.

Varun schwamm eilig zur Oberfläche und tauchte auf. Sonnenlicht fiel durch ein dichtes Blätterdach. Der See befand sich mitten im Dschungel. Er schwamm zum Ufer. Als er es erreichte, sah er sich wachsam um. Alles schien friedlich, also legte er Orb ab und trat zurück.

Orb Ria

Orb prustete und kniff dabei geblendet die Augen zusammen. Diffuses Licht fiel durch ein dichtes

Blätterdach. Noch während sie hustend Wasser ausspie, sah sie sich um. Zunächst schweifte ihr Blick über einen smaragdgrünen See, erst dann entdeckte sie den Mann, der neben ihr lag.

Sie wendete sich ihm zu, nachdem das Gefühl zu ersticken abgeklungen war. Er war recht klein, geradeaml so groß wie sie selbst, was nicht groß war für eine Devi. Langes weißes Haar verdeckte sein Gesicht. Sie strich es fort, um ihn besser betrachten zu können. Die hohe Stirn und das kantige bartlose Kinn waren nicht unattraktiv, dennoch wirkte er fremd und sonderbar. Genau wie sie zuvor, begann er nach Luft zu schnappen. Er hustete und würgte.

Ihr Herz klopfte schneller, sie begriff plötzlich, dass die Laute dem Feind ihre Position verraten konnten. Besorgt sah sie auf und blickte sich um. Da geriet der Dschungel auch schon in Bewegung. Es raschelte. Etwas kam auf sie zu.

Panisch schüttelte sie den Mann neben ihr und klopfte ihm auf den Rücken. „Yama, komm zu dir, die Naga haben uns entdeckt!", schrie sie.

Der Mann sah auf, in dem Moment, als die ersten Kriegerinnen das Blättergewirr durchbrachen und auf sie zuschnellten. Eine spannte bereits ihren Bogen an. Yama sprang auf die Füße, während sich gleichzeitig schwarzer Rauch um ihn bildete, der sich rasch verdichtete, bis er ihn schließlich ganz umhüllte. Der Rauch sprang Orb an und die Welt verschwand.

Als er sie freigab, war der Dschungel verschwunden und sie befand sich in einem düsteren Raum, dessen Wände von Lichtadern durchzogen waren, die ihn erhellten.

Yama stand neben ihr und schlug erbost mit der Substanz, die ihn noch immer umgab, kraftvoll gegen die Wand. „Wie dumm muss ich sein, um ihn ungeschützt zu lassen?", knurrte er.

Orb zuckte bei seinen Worten zusammen. „Wen meinst du?".

Yama fixierte sie, so als hätte er sie gerade erst bemerkt. Ein eiskalter Schauder lief ihr über den Rücken.

Seine Antwort klang wie splitterndes Glas. „Ich meinte mich damit", sagte er knapp.

Sie beschloss, dass es klüger war, nicht weiter darauf einzugehen. Stattdessen sah sie sich im Raum um. Er war spärlich möbliert, ein Bett, zwei Sessel, ein Tisch und mehrere Schränke, vier Türen gingen von ihm ab und führten in weitere Räume.

„Wo sind wir hier?"

„In meinem Haus", antwortete Yama, dessen Stimme nun wieder vertraut klang. Schmunzelnd fügte er hinzu: „Diesmal habe ich dich tatsächlich in die Unterwelt entführt." Die Substanz gab sein Gesicht frei und kleidete den Mann darunter in ein elegantes Gewand. Er lachte.

„Du hättest mich gleich nach Meru bringen sollen", erwiderte Orb vorwurfsvoll.

„Zuerst möchte ich die Lage mit dir in aller Ruhe besprechen. Doch zunächst sollten wir etwas essen und uns von den Strapazen erholen."

Hoffnungsvoll sah sie sich um. „Du hast etwas zu essen in diesem Haus?"

„Ja, ich bereite es zu, während du dich frischmachen kannst. Einverstanden?"

Verständnislos sah sie ihn an. „Mich frischmachen?"

„Sieh dich doch mal an!"

Orb blickte an sich herab. Der Overall war an vielen Stellen zerrissen und vollkommen verdreckt. Yama ging zu einem Schrank, zog eine Schublade auf und holte ein Kleidungsstück hervor.

„Das sollte dir passen, schließlich sind wir in etwa gleich groß." Er reichte es ihr und öffnete anschließend eine weitere Schublade. „Und hier habe ich noch ein Tuch für dich, damit du dich nach dem Bad abtrocknen kannst." Auch das Tuch drückte er ihr in den Arm.

„Nach dem Bad?", fragte sie irritiert.

„Ja, komm!"

Sie folgte ihm durch eine Tür und stand plötzlich im Freien. Ein warmer Wind wehte ihr ins Gesicht, und sie erkannte, dass sie sich hoch oben auf einem Turm befand. Direkt vor ihr sah sie ein Wasserbecken.

Yama wandte sich ihr zu. „Während du badest, werde ich kochen." Er deutete auf den Rand des Beckens. „Da liegt Seife", sagte er noch, dann wandte er sich ab und kehrte ins Haus zurück.

Unschlüssig stand sie da. Sie war so hungrig, dass sie überlegte ihm zu folgen, doch sie besann sich. Sie legte ihren Overall ab und stieg in das Becken. Das Wasser war warm und angenehm. Orb schloss die Augen und seufzte. Sie entspannte sich und ließ sich treiben, bis sie jemanden näherkommen hörte. Erschreckt kreuzte sie die Arme vor der Brust und sank bis zum Hals in das Wasser ein. Yama stellte ihr ein Tablett an den Beckenrand.

„Ich dachte, dass du vielleicht eine Kleinigkeit vorweg essen möchtest", sagte er freundlich.

„Geh weg! Ich bin nackt", fauchte sie empört.

Er sah sie irritiert an. „Das stört dich? Nach allem, was in der Höhle gewesen ist?"

„Darüber möchte ich nicht sprechen, das hatte keine Bedeutung. Hörst du? Was dort geschehen ist, sollte auch dort bleiben." Sie errötete.

Sein Blick wurde unergründlich. Sie konnte nicht sagen, ob ihn die Worte verletzt hatten.

„Genieß dein Bad", sagte er nur und wandte sich ab.

Nachdem er außer Sicht war, watete sie zum Rand des Beckens und betrachtete die bereitgestellten Speisen. Sie war enttäuscht. Alles darauf war ihr unbekannt und wirkte unappetitlich. Zwischen Daumen und Zeigefingern nahm sie eine braune längliche Frucht auf, die verschrumpelt und trocken wirkte. Doch Orb war zu hungrig, um sie liegen zu lassen. Sie biss hinein und stellte fest, dass sie süß und köstlich war. Mutig probierte sie etwas anderes. Sie steckte sich einen daumengroßen gelben Würfel in den Mund. Seine würzige Cremigkeit harmonierte hervorragend mit der Frucht, die sie zuvor gekostet hatte. Auch wenn es nicht gut aussah, schmeckte alles ausgezeichnet. Heißhungrig fiel sie darüber her, bis sie alles auf dem Tablett aufgegessen hatte. Erst danach widmete sie sich der Körperpflege. Sie griff nach der Seife und wusch sich. Sauber und nicht mehr ganz so hungrig wie zuvor stieg sie schließlich aus dem Becken, trocknete sich ab und streifte das bereitgelegte Gewand über.

Ein appetitlicher Duft zog durch den Raum, als sie das Haus betrat. Auf dem Tisch standen bereits Gläser und Teller. Yama brachte kleine flache Kuchen und stellte sie dazu. Breit lachend musterte er sie. „Das Gewand steht dir gut, auch wenn es eine Männertracht aus Persien ist. Haben dir die Trockenfrüchte und der Käse geschmeckt?", erkundigte er sich.

Sie erwiderte sein Lachen. „Es schmeckte ungewohnt, aber ja."

„Setz dich", forderte er sie auf. „Ich habe leider nicht viel im Haus. Fleisch und Fisch sind nicht mehr frisch, deshalb habe ich für uns Pfannkuchen gemacht. Er deutete darauf und erklärte: „Diese sind ungesüßt, du kannst sie mit Honig essen und diese sind mit Speck und Zwiebeln." Er griff zu und begann mit dem Essen. „Das ist verdammt viel besser, als die gehäutete Ratte", sagte er und grinste breit.

Auch über ihr Gesicht huschte ein Lächeln, während sie sich einen Pfannkuchen auf den Teller legte und mit Honig begoss. Sie aßen schweigend und mit großem Appetit, bis sie beinahe platzten. Erst als alles verspeist war, stand Yama auf und räumte den Tisch ab. Orb streckte sich und betrachtete sehnsüchtig das Bett. „Ich bin so müde, ich könnte im Stehen schlafen", sagte sie und gähnte. „Darf ich mich hinlegen?"

„Natürlich, ich werde das auch tun. Ich habe noch eine Matratze in einem anderen Raum."

„Sei nicht albern, das Bett ist groß genug. Ich möchte dich nicht aus deinem Bett vertreiben." Sie stand auf, ging zum Bett und legte sich hin. „Komm schon", forderte sie ihn auf und klopfte auffordernd mit der Handfläche auf die Matratze, so als wäre er ein Hund.

Yama stand da und runzelte die Stirn. Doch schließlich ging er zu ihr und legte sich neben sie. Er schloss die Augen und das Licht erlosch.

Yama

"Ich habe die Devi durch diese verdammte Höhle mitgeschleppt. Ohne uns wäre sie schutzlos den Naga ausgeliefert und das ist jetzt der Dank?", empörte sich Varun.

"Weshalb regst du dich so auf?", fragte Jeng, der Varuns Zorn deutlich als flimmern in seinem Kopf spüren konnte.

"Sie hat dich verletzt. Sie glaubt, du bist nicht gut genug für sie. Das stimmt doch?"

"Ja Varun", bestätigte Jeng, *"in ihren Augen bin ich nicht gesellschaftsfähig. Sie schämt sich, mit mir geschlafen zu haben und weiß nicht genau, warum sie das tat."*

"Sie schämt sich?" Das Flimmern verstärkte sich. *"Was glaubt sie, wer sie ist? Wir sollten sie nach Nirva bringen und dort irgendwo aussetzen. Dann kann sie zusehen, wie sie zurück in die Götterstadt kommt."*

"Das werden wir nicht tun. Du weißt, wie schwierig es ist, das Vertrauen eines Devas zu erlangen. Denk an Indra und wie lange es gedauert hat, bis er uns vertraute. Er kennt uns jetzt gut genug, dennoch ist er nicht zu einem Freund geworden. Orb vertraut uns inzwischen, sonst würde sie jetzt nicht neben mir liegen. Wir sollten Geduld mit ihr haben. Mit der Zeit könnte sie zu einer Freundin werden."

"Lassen wir das", sagte Varun und wechselte abrupt das Thema. *"Ich schicke meinen Kundschafter nach Nirva und werde nach den Tafeln suchen."*

„Gute Idee. Ich vermute, dass Manassa sie hat."
„Ja, wenn ich sie auf dem Feld nicht finden kann, werde ich mich bei den Naga umsehen."

Ein schwarzer Vogel materialisierte auf dem Dach der kleinen Hütte und betrachtete die Lage auf dem Feld. *„Das Weltenportal steht noch genau da, wo die Devi es aufgestellt hat"*, informierte er Jeng. Er flatterte zur Mauer und hüpfte daran entlang. *„Ich zähle fünfzig Naga auf dem Feld und mindestens tausend von ihnen patrouillieren um das Gelände herum*
„Es wird nicht einfach werden, es zurückzuerobern", erwiderte Jeng.
„Glaubst du, die Devi wird unserem Plan zustimmen?"
„Das werden wir sehen. Doch zunächst benötigen wir die Tafeln."
Der Vogel verschwand, um gleich darauf als Spinne in der Hütte zu erscheinen. Sie krabbelte an der Wand entlang und inspizierte die Schränke. *„Die Tafeln sind weder auf dem Feld noch in der Hütte"*, sagte er dann.
„Wie ich es mir dachte. Manassa muss sie an sich genommen haben. Du musst im Dschungel danach suchen."

Der Vogel erschien am Rande des Dschungels und tauchte in das Gewirr aus riesenhaften Farnen, Schlingpflanzen und hohen Bäumen ein. Zwischen dem Blättergewirr entdeckte er einen kaum zu erkennenden Trampelpfad und entschloss sich, ihm zu folgen.
„Es ist schwer, sich hier zurechtzufinden. Wie sieht eine Nagasiedlung überhaupt aus?", fragte Varun.
„Das weiß ich genauso wenig wie du, halt einfach nach einer Naga Ausschau, sie müssen ja irgendwo sein", schlug Jeng vor.

Der Pfad wurde breiter. Der Kundschafter traf auf den See, an dem sie am Morgen aufgetaucht waren, und folgte dem Pfad am Ufer entlang, bis er auf eine Abzweigung stieß. Kurz zögerte er, bevor er den Weg in Richtung Südosten einschlug, der ihn tiefer in das unbekannte Gebiet hineinführte. Der ungewöhnlich üppigen Flora schenkte Varun kaum Beachtung. Stattdessen beobachtete er die Umgebung. Trotzdem wäre er beinahe an einer Naga vorbeigeflogen, ohne sie zu bemerken. Ihr Leib verschmolz beinahe vollständig mit dem Grün des Dschungels. Die Naga war gut getarnt. Um weniger aufzufallen, wechselte Varun seine Gestalt und folgte der Naga als Fliege durch den Wald. Bald traf er auf weitere Dschungelbewohner und dann sah er …

Die Fliege landete auf einem Blatt, um das Bild, das sich ihm bot in Ruhe betrachten zu können.

Beeindruckt berichtete er: *„Sie leben in den Bäumen, Jeng. Das solltest du sehen. Sie haben die Äste so miteinander verflochten, dass sie Räume bilden, lebende, wachsende Häuser, deren Dächer und Wände aus Blättern bestehen."*

„Interessant."

Yamas Bote stieß einen verwunderten Summton aus. *„Eine ganze Stadt erhebt sich in den Baumkronen, so groß wie Athen."*

Die Fliege flog auf und stieg höher, tiefer in die Siedlung hinein. Über dem Blätterdach des Dschungels angekommen, verschaffte sie sich einen Überblick. Ein gewaltiger Baumriese überragte deutlich alle übrigen.

„Ich glaube, ich habe Manassas Palast gefunden." Die Fliege flog auf die Baumkuppel zu. *„Es ist ein gewaltiger Baum, der schon sehr alt sein muss. Um so groß werden zu können, brauchte er bestimmt Hunderte, ja vielleicht sogar Tausende von Jahren."*

Varun zwängte sich durch die Blätter hindurch, die das Dach bildeten. Darunter befand sich ein riesiger Saal, dessen Boden aus Lianen und Schlingpflanzen bestand, die geschickt zu filigranen Mustern verwoben worden waren und einen festen Untergrund bildeten. Die letzten Strahlen der Abendsonne fielen durch das Blätterdach und beleuchteten die Szenerie.

Die Fliege entdeckte Manassa im Saal und flog näher heran. Die Nagakönigin lag mehr, als dass sie saß, auf einem Thron, umgeben von ihren Artgenossen. Ob es Dienerinnen waren oder aber solche, die wichtige Ämter versahen, konnte Varun nicht mit Gewissheit sagen. Vor dem Thronsaal wurde es plötzlich laut und eine Naga stürzt herein. Manassa sah auf und winkte sie zu sich.

„Du hast Neuigkeiten?", fragte sie.

„Ja, erleuchtete Herrin."

„Sprich!"

Die Naga wirkte nervös. Unterwürfig neigte sie den Kopf, bevor sie mit verhaltener Stimme berichtete: „Die Devi und der Asura sind am Smaragdsee aufgetaucht, sie konnten uns aber entkommen."

Manassa erhob sich und stieß dabei einen durchdringenden Zischlaut aus. „Habe ich nicht deutlich gemacht, wie wichtig es ist, die Devi wieder einzufangen?", schrie sie und peitschte aufgebracht mit ihrem Unterleib durch den Raum.

Die Naga wurde blass, Tränen traten ihr in die Augen. „Herrin, gleich nachdem die Devi uns entdeckt hat, ist der Asura mit ihr fortgesprungen. Wir hatten nicht einmal genug Zeit, einen einzigen Pfeil auf sie abzuschießen."

Bedrohlich hallte ein Rasseln durch den Saal. Eine Beraterin trat rasch vor und legte der aufgebrachten Königin beruhigend ihre Hand auf den Rücken.

„Was geschehen ist, ist geschehen. Ich rate zur Besonnenheit, Erleuchtete, denn ich bin mir sicher, diese Kriegerin trifft keine Schuld an ihrer Flucht. Ihr solltet Ruhe bewahren und überlegen, welche Konsequenzen das für uns haben könnte."

Manassa atmete tief ein und zwang ihren Zorn nieder. Für einen kurzen Augenblick schloss sie die Augen, dann nickte sie der Beraterin zu und überlegte. „Die Devi wird sicher sofort Indra über die Vorfälle informieren. Möglicherweise ist sie bereits jetzt bei ihm."

„Sicher beginnen die Devas nicht leichtfertig einen Krieg."

„Nein, aber unsere Verhandlungsbasis ist geschwächt. Ohne die Devi haben wir kein Druckmittel mehr."

„Das ist jetzt nicht zu ändern. Im Moment können wir kaum mehr tun, als die Ereignisse auf uns zukommen zu lassen. Stimmt ihr mir zu, Erleuchtete?"

„Ja", erwiderte Manassa resigniert.

„Gut, und da das so ist, schlage ich vor, wir essen zu Abend und begeben uns danach alle zur Ruhe." Manassas Beraterin lächelte der eingeschüchterten Naga freundlich zu und sagte zu ihr: „Du bist entlassen und kannst gehen", dann klatschte sie in die Hände und befahl: „Bringt die Tiere herein. Möge das Bankett beginnen."

Trägerinnen brachten Käfige herein, in denen sich kleine Säugetiere befanden.

„Greift zu, Schwestern! Beginnen wir mit dem Abendessen", forderte Manassa die Anwesenden auf und kehrte zu ihrem Thron zurück. Eine Dienerin kam und öffnete einen Käfig. Ehrerbietig bot sie ihr die Tiere an, die sich darin befanden.

Erstaunt sah Varun durch die Augen des Kundschafters, wie Manassa ein Tier in der Größe eines

Kaninchens, auswählte. Das Tier zappelte und schrie in ihrem Griff. Manassa biss zu. Es erschlaffte sofort. Der Schlund der Königin weitete sich unnatürlich, als sie das Tier im Ganzen verschlang.

„Sie verschlingen ihr Essen lebendig, mit Haut und Haar", berichtete er, *„genauso wie es Schlangen tun. Was würde die Devi zu diesem Bankett wohl sagen, wo sie es doch schon ekelhaft fand, dass du diese Ratte gegessen hast."*

Jeng schmunzelte. *„Andere Völker, andere Sitten"*, sagte er trocken und gähnte. Orb schlief bereits tief und fest an seiner Seite.

Die Käfige wurden herumgereicht, und jede Naga verschlang eines der dargebotenen Tiere auf die gleiche Weise wie die Königin. Die Fliege auf dem Blatt begann, ungeduldig zu summen. *„Dieses Essen kann sich noch ewig hinziehen, jetzt quasseln und scherzen sie miteinander."*

„Wie nett."

„Nett? Sie haben uns angegriffen, unsere Wächter getötet und auch viele Nachkommen und du findest sie nett?"

„Offenbar geht es bei den Naga recht familiär zu, das finde ich nett. Sag mal, sind bei diesem Abendessen auch männliche Naga dabei?"

„Soweit ich sehe nicht, es sei denn, die Männer unterscheiden sich kaum von den Frauen. Warum fragst du?"

„Nur aus Neugier."

Wie vermutet zog sich das Abendessen in die Länge, die Sonne ging unter und die Naga stellten Lampen auf. Musik erklang, fremd und doch schön. Einige Naga begannen, sich im Rhythmus der Klänge zu wiegen. Varun sah ihnen zu und lauschte interessiert der Musik.

Jeng schlief bereits, als die Naga ihr Fest beendeten und sich endlich zur Ruhe begaben. Auch Manassa verließ den Raum. Eine Fliege folgte ihr unauffällig.

Die Privatgemächer der Königin waren nicht weit vom Audienzsaal entfernt und bescheiden eingerichtet. Ein prunkvoller Schreibtisch befand sich im Zentrum des Raumes, darum gruppiert mehrere pyramidenförmige Schränke. Separat in einem angrenzenden Zimmer stand nur ein einzelnes rundes Bett. Manassa gähnte. Eine Gestalt regte sich auf dem Bett und wand sich verführerisch. „Ich habe lange auf dich warten müssen, Manassa", schnurrte jemand und glitt auf die Königin zu.

Sie lächelte ihm zu. „Staatsgeschäfte, mein Lieber, kommen immer vor dem Vergnügen."

Sie und der sehr viel kleinere Naga umringten sich und begannen eine Art Tanz.

‚Vermutlich ist dieser da ein männlicher Naga', dachte Varun.

Die Schlangenleiber kamen sich näher, bis sie sich schließlich umschlangen und sich aneinander rieben. Manassa schnurrte: „Masha, mein Liebling, lass uns zu Bett gehen." Sie zog ihn mit sich zum Bett. Plötzlich erklang laut vernehmlich ein Piepton. Erschrocken fuhr die Königin zusammen, fing sich aber sofort wieder. Sie ließ ihren Gespielen stehen und glitt zu dem Schrank hinüber, aus dem der Laut kam, nahm eine Kette von ihrem Hals und öffnete mit einem Schlüssel, der daran hing, ein Fach. Varun entdeckte die Tafeln darin, sowie die Tasche und ein Buch. Erfreut gab die Fliege einen Summton von sich.

„Was ist das, Manassa?", fragte der Naga und beugte sich neugierig vor.

„Das geht dich nichts an, Masha. Geh ins Bett, ich komme gleich nach."

Die Fliege beobachtete, wie die Nagakönigin die Tafeln nachdenklich betrachtete, bevor sie sie in das Fach zurücklegte und sorgsam verschloss.

Der Wind ließ die Blätter der Wände rascheln und den Boden kaum merklich wanken. Die Königin wandte sich wieder ihrem Geliebten zu, dann war es still.

Jeng wurde von Varuns aufgeregtem Vibrieren geweckt. *„Endlich bist du wach. Ich habe die Tafeln entdeckt, sie befinden sich in den privaten Gemächern der Königin"*, sagte er.

„Oh gut, dann lass sie uns holen gehen." Jeng stand leise auf, um Orb nicht zu wecken. Er ging zum Schrank und nahm einen Beutel heraus.

„Wozu brauchst du Geld?", erkundigte sich Varun.

„Ich möchte später noch etwas für das Frühstück einkaufen", erklärte er. „Jetzt bin ich so weit, wir können los."

„Manassa und ihr Gefährte schlafen noch tief und fest. Du wolltest doch wissen, wie männliche Naga aussehen, gleich kannst du einen von ihnen sehen. Sie sind kleiner als ihre Frauen."

Varun materialisierte sich geräuschlos in Manassas Schlafgemächern und sah sich wachsam um, alles blieb ruhig. *„Siehst du, dort schläft sie"*, sagte er in Gedanken zu Jeng.

„Interessant. Ob sie ihre Männer genauso unter Verschluss halten, wie es die Griechen mit ihren Frauen tun?"

„Ist das wichtig?"

„Nicht unbedingt."

„Warum willst du es dann wissen?"

"Aus keinem bestimmten Grund. Holen wir uns die Tafeln und verschwinden von hier."

Varun trat an den Schrank heran. *"Sie sind da drin, gut verschlossen."*

"Wirst du dafür den Schlüssel brauchen?"

"Natürlich nicht, wofür hältst du mich." Er beugte sich vor und drückte seine Substanz gegen das Schloss. *"Es ist alles nur eine Frage der richtigen Anpassung."* Ein leises Klicken erklang. Die Schublade öffnete sich. *"Siehst du, das war ganz leicht"*, sagte Varun stolz.

"Ich bin beeindruckt. Diese Seite kenne ich noch gar nicht an dir. Varun, der Meisterdieb."

Ein amüsiertes Kreisen entstand in Jengs Kopf. Sein Freund lachte und nahm die Tafeln an sich.

"Bitte nimm auch die Tasche und das Buch mit", bat Jeng. *"Sie gehören Orb und sie wird sich sicher darüber freuen, wenn wir sie ihr zurückgeben."*

Varuns Heiterkeit verflog. *"Wieso willst du sie erfreun?"*, fragte er.

"Frag nicht, tu es mir zuliebe."

"Hm!" Varun zog die Tasche und das Buch in seine Substanz ein.

"Danke."

Es war noch früh am Morgen, als sie in ihr Haus zurückkehrten. Die Devi lag nicht mehr im Bett. Varun zog sich zurück und gab Jeng frei. „Orb?", rief Jeng und bekam keine Antwort.

Er fand sie schließlich draußen, wo sie sich über die Brüstung lehnte und auf die unter ihr liegende Welt hinab sah.

„Orb?"

„Wo bist du gewesen?", fauchte sie ihn aufgebracht an und wirbelte zu ihm herum. „Dieses Haus hat nicht einmal eine Tür. Ich kann es nicht verlassen. Willst du mich etwa doch gefangen halten?"

„Ich halte dich nicht gefangen."

„Dann bring mich jetzt sofort zurück nach Nirva", verlangte sie.

„Zuvor möchte ich mit dir sprechen", erwiderte Jeng gelassen. „Ich habe Frühstück für uns besorgt und das." Er reichte ihr die Tafel, die Tasche und das Buch.

Sie nahm die Sachen erstaunt entgegen. „Wo hast du das her?"

„Aus Manassas Privatgemächern. Mein Kundschafter hat die Nacht damit verbracht, danach zu suchen."

„Dein Kundschafter?"

Ein schwarzer Vogel erschien aus dem Nichts. „Er meint mich damit", sagte er.

Entgeistert starrte Orb den Vogel an. „Dich habe ich schon einmal gesehen, auf dem Feld, kurz bevor ich das Portal geöffnet habe."

„Stimmt genau", bestätigte er fröhlich und ließ ein Liedchen erklingen.

„Er ist ein Teil von mir selbst, meine Augen, Ohren und Stimme an weit entfernten Orten", erklärte ihr Jeng.

„Also ein Spion?", fragte sie und betrachtete den Vogel skeptisch.

„Wenn du so willst, ja. Entscheidend ist doch, dass wir unsere Tafeln jetzt wiederhaben. Das Weltenportal steht noch genau dort, wo du es aufgestellt hast. Wir könnten das Feld also zurückerobern."

Orb sah ihn verständnislos an. „Wie meinst du das?"

„Ist das nicht klar?", antwortete der Vogel an seiner Stelle. „Du öffnest das Portal und meine Asura erledigen den Rest."

„Du bist verrückt. Das kommt nicht infrage. Auf keinen Fall werde ich eine Armee von Asura nach Nirva bringen."

„Du sagtest, dass du in allen Fragen das Soma betreffend alleine entscheiden kannst."

„Was Soma betrifft, ja. Aber einen Krieg mit den Naga zu beginnen, dazu reicht meine Befugnis nicht aus."

„Wir holen nur das zurück, was die Naga uns zuvor genommen haben. Wir haben diesen Krieg nicht begonnen, und auch wenn unser Vorhaben gelingen sollte, kann man es nicht Krieg nennen, sondern Gerechtigkeit. Die Naga hatten kein Recht, die Nachkommen meines Volkes zu töten, und auch nicht deren Wächter."

Orb schüttelte den Kopf. „Ich kann das nicht tun. Ich möchte mich mit Indra besprechen, bitte bring mich zu ihm."

„Was glaubst du, wird Indra tun?"

„Er wird den Rat einberufen und sich mit den übrigen Devas betraten."

„Und wie lange wird es dauern, bis dieser Rat eine Entscheidung trifft?"

„Schwer zu sagen. Da es um Asura geht, könnten sich die Debatten lange hinziehen."

Jeng nickte. „Das dachte ich mir. Jeden Tag sterben weitere Nachkommen und jeder Nachkomme, der stirbt, bedeutet auch einen Somabaum weniger für euch."

„Das weiß ich doch."

„Und es ist dir egal?"

„Nein", sagte sie nervös. Sie rang mit den Händen und begann hin und her zu laufen. „Ich kann das nicht tun, verstehst du das nicht?"

„Ich verstehe deine Skrupel sehr gut. Doch ich versichere dir, meine Asura kommen nicht, um einen neuen Krieg gegen euch zu beginnen. Sie kommen als eure Verbündeten."

„Ich kann das nicht tun", wiederholte sie. Tränen traten in ihre Augen.

Jeng lenkte ein. „Nun gut, ich habe frisches Brot und einige Leckereinen eingekauft. Lass uns frühstücken, danach bringe ich dich nach Nirva zurück." Er drehte sich um und ging ins Haus. Orb folgte ihm nicht.

„Bah! Ich hab's gewusst, dass sie da nicht mitmacht", sagte Varun.
„Unser Vorschlag ist in ihren Augen ungeheuerlich. Dennoch, es war einen Versuch wert."
„Und was sollen wir jetzt tun?"
„Abwarten, wie die Devas entscheiden. Ohne ihre Erlaubnis können wir nur mit Gewalt nach Nirva gelangen, und das ist nicht in unserem Interesse."

Jeng bereitete das Frühstück zu, deckte den Tisch und setzte sich. Erst einige Zeit später betrat Orb das Haus. Sie legte Tafel, Buch und Tasche auf einem der Schränke ab und setzte sich wortlos dazu.

„Tee?", fragte Jeng. Sie nickte und schob ihm die Tasse hin. Er hatte sich bei der Auswahl an Speisen viel Mühe gegeben, feinstes Weizenbrot, raffinierte Pastetchen, frisches Obst und süßes Gebäck standen auf dem Tisch bereit. Alles schmeckte sehr gut, doch Orb aß nur wenig und war ungewöhnlich schweigsam. Sie wirkte angespannt. Erst nachdem sie das Frühstück beendet hatte, blickte sie zu ihm auf.

„Wenn du möchtest, werde ich dich jetzt nach Nirva bringen", sagte er.

Sie schüttelte den Kopf und schluckte, bevor sie ihm antwortete: „Ich weiß nicht, ob ich dir vertrauen kann, Yama."

„Was meinst du? Glaubst du noch immer, dass ich dich hier gefangenhalten will?", fragte Jeng.

Wieder schüttelte sie den Kopf. „Nein."

„Habe ich dir in der Zeit unserer Gefangenschaft Anlass dazu gegeben, mir nicht zu vertrauen?"

„Nein", sie sah ihn an. „Das Feld befindet sich auf Devagebiet, die Naga hatten nicht das Recht uns zu überfallen und es einzunehmen, auch wenn ich sie belogen habe."

„Ich sagte schon, dass ich das genauso sehe. Sie hätten verhandeln können, haben es aber vorgezogen uns anzugreifen und gefangen zu nehmen."

„Du sagst, du willst es zurückerobern. Wie kann ich wissen, dass du die Asura zurückschickst, nachdem du das getan hast? Weder möchte ich einen Krieg mit den Naga beginnen, noch möchte ich der Anlass sein für einen neuen Krieg."

„Das verstehe ich sehr gut. Genauso wenig wie du habe ich ein Interesse daran, einen neuen Krieg mit den Devas zu beginnen. Und was die Naga betrifft, wir holen nur das zurück, was sie uns genommen haben."

Orb presste ihre Lippen zusammen und sagte: „Mal angenommen ich tue, was du verlangst und öffne das Portal für deine Armee. Die Asura erobern das Feld zurück und vertreiben die Naga aus unserem Gebiet, aber was dann? Wirst du sie danach wieder in die Unterwelt zurückschicken?"

„Ja, bis auf vier, so wie es zuvor mit Indra ausgehandelt worden ist. Darauf gebe ich dir mein Wort."

Sie nickte und schaute auf ihre Hände. „Wenn du mich betrügst, werde ich meinen Platz in der Gemeinschaft verlieren. Meine Freunde, meine Familie, jeder würde mich für eine Verräterin halten. Ich würde in die Geschichte eingehen als die Devi, die die Asura zurück nach Nirva brachte, um uns zu vernichten."

„Orb", Jeng blickte ihr fest in die Augen, „das wird nicht geschehen."

Ihr Körper straffte sich. „Also gut, wann soll es losgehen?"

Harkandas

Fünf Tage lag der Palast im Dunkeln. Von meinem Herrn keine Spur. Wie lange würde er diesmal fortbleiben? Vorsichtshalber stellte ich mich auf eine lange Vertretungszeit ein.

Während seiner Abwesenheit waren viele neue Nachkommen eingefangen worden und starben jetzt nach und nach in den Kisten. Waren die Jungen ihm plötzlich egal? Oder sollte jetzt ich an seiner Stelle dafür sorgen, dass die Nachkommen nach Nirva gelangten? Nur wie? In den letzten Tagen hatte ich vergeblich versucht, Varun zu erreichen. Ratlos blickte ich zum Turm hinauf und überlegte.

Ich könnte Indra anschreiben, dachte ich und zog meine Tafel aus der Substanz hervor. Doch ich zögerte. Bis auf die wenigen Worte, zu denen mich Varun auf dem Feld gedrängt hatte, hatte ich noch nie mit einem Deva gesprochen. Was sollte ich ihm schreiben und was würde Indra mir antworten? Nervös starrte ich auf die Tafel. In mir entstand eine Leere, Panik stieg auf. Ich hatte keine Ahnung, wie man mit einem Deva sprach. Doch mein Herr hatte mir erklärt, dass es dafür andere Regeln gab, als jene, die ich kannte. Devas plappern, genauso wie die Menschen. Sie folgen keinem klaren Befehl, sondern verwenden eine Flut unnützer Worte, deren Sinn ich nicht verstand.

Ich tippte: Kann Yama nicht erreichen.
    Asurajungen sterben in Kisten.
    Komm und bring sie zum Feld!

Die wenigen Worte erfüllten mich mit Stolz. Dennoch zögerte ich, sie abzuschicken. Da plötzlich leuchtete der Palast hell auf und teilte allen Asura Yamas Anwesenheit mit. Erleichtert löschte ich die Nachricht. Dann wartete ich und begann nach einiger Zeit unruhig herumzulaufen. Yama kam nicht zu mir und das Licht erlosch. Wut stieg in mir auf. ICH bin sein Stellvertreter und ICH fordere Respekt. Wie konnte er mich ignorieren? Missmutig schlich ich um den Palast herum, brüllte sinnlose Befehle oder schlug grundlos auf Pinyin spielende Asura ein. Danach ging es mir besser. Schließlich zog ich die Tafel erneut hervor und gab eine Nachricht an Yama ein:

Die Nachkommen sterben in den Kisten.
Sie müssen auf das Feld gebracht werden.

Diesmal schickte ich sie ohne zu zögern ab und wartete. Nichts, keine Antwort. Zornig zog ich mich in mein Haus zurück. Mit einem Mal konnte ich verstehen, warum sich so viele von meinen Brüdern eingeschlossen hatten. Ich hatte gute Lust es ihnen gleichzutun. Ob ich dann wohl auch einen Nachkommen hervorbringen würde? Und wenn ja, würde er genau wie alle Anderen sterben? Seltsame Gedanken waren das, die durch meine Substanz gingen. Warum sollte mich ihr Leben oder Sterben kümmern?

Es war bereits Nacht, als ein Piepton mich aus meinen Überlegungen riss. Yama antwortete. Endlich.

Die Nachkommen müssen warten.
Ich komme, sobald ich kann.
Ruf die Asura zusammen und
versammle alle vor dem Portal.
Es gibt Krieg,

Yama

Krieg? Ich wusste es. Der enge Umgang mit den Devas konnte nicht lange gut gehen. Ich entsandte einen Ruf, verließ das Haus und ging zum Portal, so wie Varun es mir aufgetragen hatte.

Als ich dort ankam, waren bereits viele meiner Brüder versammelt und drängten sich unruhig um den Durchgang. Sie stritten, stießen und schoben sich gegenseitig. Doch keiner wagte zu fragen, warum ich sie gerufen hatte.

Wie alle anderen wartete ich, und mein *Herr* ließ uns warten. Beinahe unerträglich war mir das Gedränge. Erst nach einiger Zeit erschien Varun und ... er hatte die Devi dabei. Nahe, viel zu nahe, stand sie bei ihm. Sie gehörte nicht hierher, warum brachte er sie mit? Varun ließ seinen Blick über die versammelten Asura wandern. Ich trat vor. „So wie ihr es verlangt habt, habe ich alle zusammengerufen", sagte ich.

„Gut."

Sein Blick ruhte auf mir und brannte. Etwas schien er von mir zu erwarten. Die Devi trat näher an ihn heran, ohne dass mein Herr darauf reagierte. Ihre Angst konnte ich deutlich spüren. Ich erinnerte mich an die Worte, die er zu mir auf dem Feld gesagt hatte, darüber, dass es bei den Devas Sitte war, sich zu begrüßen. Ich wandte mich ihr zu und sagte: „Guten Abend, Devi." Meine eigenen Worte klangen mir fremd und sonderbar, doch die Devi erwiderte den Gruß.

„Sehr gut, Harkandas", lobte mich mein Herr, „das hast du dir gut gemerkt."

Er klang amüsiert, doch sein Lob erfüllte mich mit Stolz. Allerdings irritierte mich der Anblick der Devi noch immer. Ich wagte eine Frage: „Wir kämpfen also nicht gegen Devas?"

„Nein, nach wie vor sind sie unsere Verbündeten. Wir werden gegen die Naga kämpfen."

„Das sind Devas mit Schlangenkörpern?", erkundigte ich mich unsicher.

„So könnte man sagen, ja", bestätigte er. „Sie haben das Feld erobert, auf dem unsere Nachkommen heranwachsen sollen. Drug und die anderen, die es bewacht haben, wurden beim Versuch getötet, es zu verteidigen. Die Naga haben mich und die Devi gefangen genommen, wir konnten ihnen jedoch entkommen."

Ich hasste Drug und die anderen waren mir egal, dennoch hatte ich das seltsame Gefühl, dass auch mir etwas genommen worden war. Es schmerzte genauso, wie der Blick meines Herrn. „Was sollen wir tun?"

„Wir müssen das Feld zurückerobern und die Naga wieder in den Dschungel treiben. Orb Ria wird uns dabei unterstützen. Sie öffnet für uns das Portal, und sobald es offen steht, müssen so viele Asura wie möglich hindurchgelangen. Das wird deine Aufgabe sein, Harkandas, dafür musst du sorgen."

Die Unruhe hinter mir nahm zu, deshalb wandte sich mein Herr meinen Brüdern zu. Augenblicklich kehrte Ruhe ein. Seine Worte erreichten noch den entferntesten meiner Brüder. „Hört her! Ich werde mit der Devi nach Nirva zurückkehren und dort den Durchgang für euch öffnen. Wenn ihr hindurchschreitet, werdet ihr ein ummauertes Feld sehen. Auf dem Feld und um es herum patrouillieren Naga. Sie sind unsere Feinde. Naga sind nicht stark, doch ihre Waffen sind mit einem Gift präpariert, das schon bei der kleinsten Verletzung tödlich wirkt. Seid also wachsam und auf der Hut. Zuerst müssen die Bogenschützen auf der Mauer beseitigt werden, denn sie sind für uns am gefährlichsten. Bleibt in Bewegung und lasst euch nicht von den Nahkämpfern einkreisen."

Erstaunt lauschte ich den Anweisungen. So detailliert hatte kein anderer Herr vor ihm erklärt, was uns in einer Schlacht erwarten würde. Sich um die anderen zu sorgen, war eine Schwäche. Trotzdem war ich sicher, dass jeder meiner Brüder genau zuhörte.

Varun fuhr fort: „Diejenigen von euch, die als Erstes durch das Portal gelangen, sollten sich gut wappnen. Seht her!" Er formte ein großes Schild aus. „Konzentriert euch zunächst nur auf euren Schutz, wenn eure Konzentration stark genug ist, werden die Pfeile von euren Substanzschilden abprallen."

Mir selbst wäre es nie in den Sinn gekommen, mich auf diese Weise zu schützen, anstatt wie gewohnt einen Feind frontal anzugreifen. Ich sah, wie einige Asura sofort damit begannen, Varun nachzuahmen. Die Devi trat vor und *fasste* ihn an, um seine Aufmerksamkeit zu erregen.

„Befiehl ihnen, die jungen Somabäume zu schonen", verlangte sie. Wie konnte sie es wagen?

Doch anstatt sie zurückzuschlagen, blieb Varun ganz ruhig und wandte sich ihr zu. „Orb, was du verlangst, ist unmöglich." Er machte eine ausschweifende Geste über die Asura hinweg, die sich nun gegenseitig mit ihren neu ausgebildeten Substanzschilden schlugen, um sie zu erproben. Er blieb gelassen und distanziert, während er der Devi grundlegendste Dinge erklärte: „Wenn Asura kämpfen, dann kämpfen sie. Ich würde ihre Kampfkraft schwächen, wenn ich einen solchen Befehl geben würde. Sie können sich unmöglich gleichzeitig auf den Kampf *und* den Schutz der Pflanzen konzentrieren." Die Devi senkte den Kopf und schwieg. Und ich fragte mich, warum er es zuließ, dass sie so mit ihm sprach. Er wandte sich von ihr ab und mir wieder zu. Trotz der Unruhe, die uns umgab, konnte ich seine Stimme klar und deutlich vernehmen: „Sorg dafür, dass sie geordnet durch das Portal gehen. Die mit Schilden zuerst."

„Dann soll ich sie nicht anführen?", fragte ich einerseits erleichtert und andererseits gekränkt.

„Als mein Stellvertreter solltest du nicht zu den Ersten gehören, die das Feld betreten. Die Gefahr zu sterben ist für diejenigen, die als Erste hindurchschreiten, am größten. Entscheide du, wann du mir folgen willst."

Ich soll das entscheiden?', dachte ich irritiert. Das macht doch keinen Sinn. Diese Entscheidung war einfach. Warum sollte ich ihm folgen und für die Nachkommen mein Leben riskieren? Welchen Vorteil hätte das für mich? Laut sagte ich: „Aber Ihr selbst werdet doch als Erster auf dem Feld sein, um das Portal zu öffnen?"

„Das ist richtig", bestätigte mein Herr, „doch ich und die Devi werden für die Naga unsichtbar sein."

Die Devi unterbrach ihn noch einmal mit einer Frage: „Was soll das heißen, wir werden unsichtbar sein?"

„Ich kann dich und mich tarnen, sodass die Naga uns nicht sehen können."

Varun sah wieder zu mir, mit einem Blick, der Widerspruch nicht einmal erwartete. Ich senkte instinktiv meinen Blick.

Er fragte deutlich: „Hast du alles verstanden, Harkandas?"

Glaubt er etwa, ich wäre schwer von Begriff? „Ja", antwortete ich und wiederholte: „Sobald sich das Portal öffnet, schicke ich die Asura hindurch und folge ihnen einige Zeit später." Ein Funke Widerstand flammte in mir auf.

„Gut, ich werde mich jetzt zum Feld begeben." Er schaute in die Runde. „Hütet euch vor ihren Waffen", warnte er noch einmal, bevor er verschwand.

Sobald er fort war, entfaltete ich meine Substanz zur vollen Größe. Der Tod wartete hinter dem Portal, mich sollte er nicht erreichen.

Yama

Die Devi zitterte in seinen Armen, Varun kümmerte das wenig. Unsichtbar schwebte er über dem Feld ganz langsam auf das Portal zu.

„Es ist viel zu dunkel, ich kann kaum etwas sehen", sagte Orb. Die Naga in ihrer Nähe sahen sich nach allen Seiten um.

„Sprich leiser", flüsterte Varun. „Auch wenn wir für sie unsichtbar sind, hören können sie uns immer noch."

„Tut mir leid", sagte sie leise.

„Die Dunkelheit ist für uns von Vorteil, wenn *du* in der Nacht schlecht sehen kannst, wird es den Naga wohl auch so gehen."

„Naga sehen die Wärmestrahlung lebender Körper, deshalb können sie auch im Dunkeln etwas erkennen."

„Und das sagst du mir erst jetzt?"

„Ich wusste nicht, dass das wichtig ist."

„Ist es nicht", entschied Varun, „schon gut. Wir stehen jetzt nah vor dem Portal, kannst du es von dieser Entfernung aus öffnen?"

Orb kniff die Augen zusammen und starrte angestrengt in die Nacht. Zwar hatten die Naga um das Feld kleine Lichtquellen aufgestellt, doch die beleuchteten die Umgebung nur schwach. „Ich sehe es nicht", sagte sie deshalb.

„Macht nichts, öffne es!"

Mit bebender Hand griff sie nach der Tafel, in der sie den Zahlencode bereits eingegeben hatte. Sie brauchte ihn nur noch zu aktivieren, dennoch zögerte sie, Schweiß trat auf ihre Stirn, etwas schnürte ihr die Kehle zu.

„Worauf wartest du?"

Ihr Gesicht erstarrte zu einer leeren Maske. „Ich kann nicht", sagte sie mit bebender Stimme und verstummte.

„Verdammt noch mal, Orb. Öffne das Portal!", zischte Varun zornig. Die Devi versteifte sich in seinen Armen. Varun spürte einen schwachen Impuls und zog sich zurück, Jeng trat an seine Stelle.

„Ich weiß, wie schwer dir das fällt und ich verstehe das", sagte er und legte beruhigend seine Stirn auf ihre. Sanft streichelte er ihr über die Wange. „Auch mir ist bewusst, dass, sobald das Tor offen ist, viele ihr Leben verlieren werden. Aber wenn wir es nicht öffnen, werden wir ebenso für den Tod der Asuranachkommen verantwortlich sein. Nichts zu tun, bedeutet genauso den Tod von vielen, wie dieser Krieg. Doch ich werde dich nicht zwingen, das Portal zu öffnen. Entscheide also du."

Sie schluckte. „Ich soll das entscheiden?"

„Ja, denn ich habe mich bereits entschieden. Sobald du das Tor öffnest, wird meine Armee die Naga angreifen. Es liegt also nur an dir, ob du das zulassen willst oder nicht."

„Und wenn ich mich doch noch dagegen entscheide?"

„Dann werden wir gemeinsam nach Meru gehen und uns mit Indra beraten. Ich werde nichts ohne dein Einverständnis tun, das verspreche ich dir."

Orb wischte die Tränen fort und nickte, schließlich hob sie den Arm und aktivierte das Portal.

„Ich danke dir", sagte Jeng noch erleichtert, bevor Varun wieder die Kontrolle übernahm. Angestrengt fixierte er den Durchgang, die Devi hatte ihn geöffnet, doch nichts geschah. *Wo bleiben sie?*', fragte er sich und spürte Wut in sich aufsteigen. Auch die Naga hatten inzwischen das offene Tor bemerkt und bewegten sich darauf zu. Ein Alarmsignal tönte durchdringend über das Feld. Varun packte Orb fester.

„Du tust mir weh", sagte sie, lauter als sie es wollte. Er lockerte daraufhin seinen Griff.

Als die ersten Naga das Portal erreichten, drangen zeitgleich die Asura auf das Feld. Die Naga schrien und begannen vor ihnen zurückzuweichen. Ein einziger gezielter Schlag zertrümmerte der Nächststehenden die Schädeldecke. Kurz darauf wurde die Brust einer Anderen von der säbelartigen Substanzwaffe eines Asurakriegers durchbohrt. Sie sank auf die Knie, mit erhobenen Händen, die stumm um Gnade flehten. Erste

Pfeile flogen durch die Nacht und prasselten auf die Schilde der Asura, die jetzt zahlreich durch das Portal auf das Feld strömten. „Harkandas wird mir erklären müssen, warum das so lange gedauert hat", knurrte Varun. Er sah zu, wie seine Kämpfer auf die Bogenschützen zustrebten. Durch das Signalhorn alarmiert kamen weitere Kriegerinnen auf das Feld und stellten sich den eindringenden Dämonen entgegen.

„Willst du sie nicht unterstützen?", fragte Orb nervös.

„Das werde ich, doch zunächst bringe ich dich zu deinem Schiff. Dort kannst du in Sicherheit das Ende der Schlacht abwarten."

Das Himmelsschiff lag verlassen da, die Luke war geöffnet. Wachsam sah Varun sich um, bevor er es betrat und Orb freigab. „Verschließ die Luke! Sobald die Schlacht vorbei ist, komme ich zu dir." Er wandte sich ab.

„Warte!"

„Was ist denn noch?", fragte er gereizt.

„Ich …", stammelte Orb und biss sich auf die Lippen. „Viel Glück."

Orb Ria

Sie schloss die Luke hinter sich, ihr Herz klopfte bis zum Hals. Nur langsam beruhigte sie sich und sah sich um. Das Inventar war durchwühlt worden, die Schrankfächer standen offen, einiges fehlte. Sie ging zum Cockpit und überprüfte die Schaltfläche. Offenbar war sie unbeschädigt. *‚Ich könnte einfach nach Hause* *fliegen'*, dachte sie und setzte sich ans Steuerpult. Nach einer kurzen Überprüfung aller Funktionen war sie sich ganz sicher: das Schiff war unbeschädigt. *‚Indra wird wissen, was zu tun ist.'* Die Versuchung war groß und die Aussicht alles hinter sich zu lassen verlockend. Mit geübten Händen aktivierte sie das Schiff und spürte das beruhigende Schnurren des Antriebs, als es sich sanft wie eine Feder in die Luft erhob. Die Außenlichter des Schiffes glitten über das Feld und beleuchteten die Szenerie. Sie sah Naga, die in großer Eile auf das Feld stürmten, während mehr und mehr Asura aus dem Portal quollen, wie eine furchtbare, alles vernichtende Flut. *‚Was habe ich nur getan? Nach all den langen Jahren, in denen wir gegen die Asura einen erbitterten Krieg geführt haben, eröffne ich ihnen jetzt einen Weg, um nach Nirva zurückzukehren. Ich kann nicht einfach fortlaufen, so wie ein Kind, das hingefallen ist und sich die Knie blutig gestoßen hat, heim zur Mutter läuft. Für alles, was ab jetzt geschieht, bin ich verantwortlich, alle Konsequenzen, die sich daraus ergeben, muss ich tragen.'*

Entschlossen landete sie und überprüfte den Inhalt ihrer Tasche. Die Samen, die sich darin befanden, hatte sie zum Großteil mitentwickelt. Feuerblumen, Sprengkissen, Schlingfessel, Rauchglocke und Dornenmauer, all diese Pflanzen waren defensive Waffen. Sie überdachte ihre Möglichkeiten, öffnete dann die Luke und trat in die Nacht hinaus.

Harkandas

Unruhig wartete ich mit all den anderen vor dem Portal. Was würde mich dahinter erwarten? Ein tödlicher Pfeilhagel? Ich war nicht sehr erpicht darauf, es herauszufinden.

Der Durchgang öffnete sich und ich konnte das Feld erkennen, auf dem ich vor einiger Zeit schon einmal gewesen war. Niemand rührte sich, alle warteten auf meinen Befehl. *‚Schickt Varun uns in den Tod? Und wofür? Nur für diese unbedeutenden Nachkommen? Welchen Vorteil sollte das für ihn haben?'* Durch die offene Pforte konnte ich bereits einige Naga erkennen, die rasch näherkamen. Ich hatte zu lange gezögert. „Geht da hindurch!" Widerstrebend folgten sie meinem Befehl. „Schneller!", brüllte ich ihnen so laut ich konnte zu. So angetrieben drängten sie nun rascher durch das offene Tor. Ich hörte Kampfgeräusche, zischen, schreien und rasseln, konnte aber durch das Gewirr aus Leibern nicht erkennen, was genau dort vorging.

Diese Ungewissheit quälte mich. Als Varuns Stellvertreter erwartete er, dass ich ihm auf das Feld folgte. Trotzdem hatte er es mir nicht direkt befohlen. *‚Entscheide du, wann du mir folgen willst'*, hatte er zu mir gesagt. Das war nicht eindeutig gewesen. Dennoch, ich wusste, was Varun von mir verlangte. Es war seltsam, mein Herr weckte Gefühle in mir, die mir zuvor unbekannt waren.

„Macht Platz!", befahl ich und trat entschlossen zwischen meine Brüder. „Folgt mir!". Ich ging auf den

Durchgang zu und spürte neben der üblichen Aufregung auch Angst. ‚*Ein Treffer durch eine Nagawaffe bedeutet den Tod*‘, hatte mein Herr uns gewarnt. ‚*Du elender Feigling*‘, dachte ich und war angewidert von mir selbst. Auf dem Feld angekommen, sah ich mich hastig um. Doch blieb mir kaum Zeit, mich zu orientieren. Hinter mir drängten weitere Asura heran und an mir vorbei.

Ich sah Naga auf der Mauer, die einen Pfeil nach dem anderen fliegen ließen. Rechts von mir kämpften meine Brüder gegen eine Überzahl von Feinden, die auf das Feld strömten. Schmerzenslaute erklangen und Schreie der Wut, dazwischen hörte ich das vertraute und durchdringende Kreischen der Nachkommen, die den Kämpfen zum Opfer fielen. Schon stürzten drei Naga auch auf mich zu und hieben mit Schwertern und Speeren auf mich ein. Instinktiv wich ich dem ersten Schlag aus, wirbelte herum wie ein dunkler Tänzer und versuchte Abstand zu meinen Angreifern zu gewinnen. Ein Pfeil flog dicht an mir vorbei, ohne mich jedoch zu treffen.

‚*Ich muss hier weg*‘, erkannte ich. Doch zu spät, zwei weitere Naga eilten heran und ich war gezwungen zurückzuweichen. ‚*Sie schließen mich ein!*‘

Entsetzt suchte ich nach einer Möglichkeit auszubrechen. Zwei schlug ich zu Boden, zwei weitere rückten nach. Die Naga umzingelten mich wie Vorboten des Todes. ‚*Lasst euch nicht von ihnen einschließen.*‘ Varun hatte uns gewarnt. Gefährlich nah zischten die Klingen der Nagawaffen an meiner Substanz vorbei. Ich wusste, ich konnte ihnen nicht ewig ausweichen. Verzweifelt blockte ich die Schläge und schlug dazwischen selbst immer wieder zu. Am Rande meiner Wahrnehmung registrierte ich, wie das Portal mit lautem

Krachen auseinanderbarst. Der Durchgang war zerstört. Jetzt gab es kein Zurück mehr.

Ich rammte meine zu stilettartigen Klauen geformten Hände einer Naga in den Leib und schleuderte sie den anderen Kriegerinnen entgegen. Ekelhaft waren diese Körper, wenn man sie verletzte quoll klebriger Saft und eine widerliche Masse aus ihren Leibern heraus. Doch wenn man sie traf, starben sie schnell. Die Naga wichen vor mir zurück, um gleich darauf umso entschlossener anzugreifen. Weitere rückten nach. Pfeile schlugen neben mir in den Boden ein. Die Panik packte mich, ich wirbelte in Todesangst herum und schlug wahllos zu.

Plötzlich materialisierte ein dunkler Schemen mitten unter den Feinden, riesig und formlos. Er stiftete unter den kämpfenden Naga Verwirrung, trennte Köpfe vom Rumpf und stach blitzschnell mit seiner Substanz in ihr weiches Fleisch ein. Die Reihen der Angreifer lichteten sich. Mit neuem Mut griff auch ich wieder an.

„Harkandas", rief mein Herr mir zu, „es befinden sich noch immer viel zu viele Bogenschützen auf der Mauer. Komm, folge mir!" Varun schlug eine Schneise und hielt auf die Mauer zu. Seltsam erleichtert folgte ich ihm und stellte erstaunt fest, dass er seine Richtung immer wieder änderte, um den in Bedrängnis geratenen Asura beizustehen. Auch sie forderte er auf, ihm zu folgen.

„Es sind zu wenige von uns durch das Portal gelangt, bevor die Naga es zerstört haben", erklärte er mir. „Wir müssen uns gegenseitig unterstützen, so wie es Naga und Devas tun, sonst werden wir diesen Kampf verlieren."

Meine Angst verflog. Ich fühlte mich sicher in seiner Nähe. Gut geschützt durch unsere Schilde erklommen wir die Mauer und erledigten die Naga mit ihren Bögen eine nach der anderen, bis endlich keine von ihnen mehr aufrecht stand.

„Gut gemacht", lobte Varun. „Jetzt sind nur noch die Nahkämpfer übrig." Er wandte sich mir zu. „Ich übernehme die Naga hier, kümmere du dich um die außerhalb des Feldes und nimm diese Asura da mit."

„Ja, Herr", bestätigte ich, bevor er sich erneut in die Schlacht stürzte. Unentschlossen sah ich ihm nach, dann wandte ich mich den anderen zu. „Folgt mir!", befahl ich, während ich schon von der Mauer sprang und auf das offene Gelände hinaus lief.

Orb Ria

Verdeckt schlich sie durch die Dunkelheit und fühlte dabei eine stechende, ja, beinahe lustvolle Angst. Nie hatte sie sich lebendiger gefühlt. Von Weitem hörte sie den Schlachtenlärm auf dem Feld. Doch sie hatte nicht vor es zu betreten, denn sie wusste nicht, wie man kämpft. Ihr Ziel war das Gelände um das Feld herum. Der Wind stand günstig. Er wehte in Richtung des Dschungels. Sie griff in ihre Tasche, zog einige Samen heraus und drückte sie nacheinander in die Erde.

In der Nacht würden die Feuerblumen nicht so schnell keimen wie am Tage. Ihr würde also noch genug Zeit bleiben, um in das Schiff zurückzukehren. In gleichmäßigen Abständen verteilte sie weitere Samen in der Umgebung.

Dabei strich sie sich immer wieder nervös mit der Hand über das Gesicht und versuchte sich auf diese Weise zu beruhigen. Sie wusste, die Naga waren in der Nähe, sie konnte sie nur nicht sehen. Ein paar Mal blieb sie mit schief gelegtem Kopf stehen und lauschte. War da nicht ein Rascheln gewesen? Hörte es sich nicht so an, als wäre jemand hinter ihr?

Sie drehte sich um, konnte aber nichts erkennen. Nach einer Weile schlich sie weiter. Dann plötzlich ein deutliches Knacken und laut vernehmliches Rascheln, jemand kam rasch auf sie zu. Orb rannte.

„Bleib stehen, du Miststück!", schrie die Naga hinter ihr. Doch sie blieb nicht stehen. Blind lief sie in die Nacht hinein, ohne zu wissen, was vor ihr lag. Am Rande ihrer Wahrnehmung sah sie weitere Gestalten, die von allen Seiten auf sie zuschnellten. Panisch suchte Orb nach einer Lücke, durch die sie entkommen konnte. Da erblühten gleißend hell die ersten Feuerblumen in der Nacht und entzündeten das trockene Gras um sie herum. Überrascht blieben die Kriegerinnen stehen. Orb nutzte ihre Verwirrung und hastete an ihnen vorbei.

„Ihr nach! Die Devaschlampe darf nicht entkommen!", schrie eine von ihnen.

Das Herz hämmerte hart gegen ihre Brust. Sie lief, so schnell sie konnte, dem Feuer entgegen. In einiger Entfernung sah sie ein sanftes Leuchten im Gras und hielt darauf zu. Sie wusste, es war eine Feuerblume, deren Knospe kurz vor dem Erblühen stand. Als sie näherkam, erkannte sie, dass ihr nicht mehr viel Zeit blieb. Orb sprang über die Blume hinweg und rannte. Plötzlich wurde es hinter ihr taghell. Die Haare begannen zu knistern, jemand schrie vor Schmerz und Entsetzen. Eine Woge aus Hitze schlug über ihr zusammen. Sie stürzte, während eine Flammenwand über sie hinwegrollte. Wie in Trance sprang sie wieder auf und rannte weiter. Ihre Unterarme hatte sie sich aufgeschürft und die Haare waren versengt, Orb achtete nicht darauf. Sie hatte die Feuerwand schon fast erreicht und spürte bereits, wie sengende Hitze ihr ins Gesicht schlug, da hörte sie plötzlich ein Knurren, drohend und dunkel. Durch das Feuer kam etwas auf sie zu. Es war ganz schwarz und sie erkannte ein gewaltiges Maul mit messerscharfen Zähnen darin. Das Wesen sprang. Sie schrie, duckte sich und hielt dabei schützend ihre Arme über den Kopf. Hinter ihr erklang ein Schrei. Mit weit aufgerissenen Augen drehte sie sich um und sah das Untier mit einer Naga in seinem Maul. Mit einer fließenden Bewegung schleuderte es den toten Körper den Kriegerinnen entgegen, die daraufhin schreiend und entsetzt davor zurückwichen. Der Schwanz des Ungetüms peitschte durch die Luft, dabei drehte es sich blitzschnell und trennte einer weiteren Naga wie beiläufig den Kopf ab. Tiefes drohendes Grollen erklang. Die übrigen Naga formierten sich neu. Doch das Wesen ließ sich nicht in die Enge treiben. Es wandte sich ab und verschwand mit drei kraftvollen Sprüngen im Flammenmeer, nur um kurz darauf erneut anzugreifen. Aus den Flammen tauchte ein weiteres Ungeheuer auf, dann ein Drittes. Das eine stürzte sofort auf die Kriegerinnen zu, doch das andere fixierte sie. Orb war von Panik erfüllt. Sie sah schon, wie die scharfen Klingenzangen des Asura auf sie zuschnellten. Doch seine Attacke ging ins Leere. Er taumelte, als ein Schlag ihn in die Seite traf.

„Hast du keine Augen im Kopf, Ragun? Die Naga sollen wir angreifen, nicht die Devi. Das sind die mit den Schlangenleibern."

Das Wesen knurrte, erwiderte jedoch nichts. Es wandte sich ab und verschwand in der Nacht.

Orb wagte es, aufzusehen. Sie erkannte den Asura, der neben ihr stand, nur an seinen hundeähnlichen Kopf. Mit weichen Knien stand sie auf. „Wo ist Yama?", fragte sie.

„Auf dem Feld", antwortete Harkandas. „Hast du das Feuer gelegt?"

Orb nickte. „Ja, um den Naga den Weg abzuschneiden. Der Wind treibt das Feuer in Richtung des Dschungels."

„Yama hat dir nicht erlaubt, das zu tun."

„Dafür brauche ich seine Erlaubnis nicht", antwortete sie trotzig und reckte das Kinn vor.

„Hm!" Harkandas wandte sich von ihr ab und rief: „Dirun, Hinraka, zu mir!"

Zwei Schatten schälten sich aus der Dunkelheit. „Begleitet die Devi zu ihrem Schiff und sorgt dafür, dass sie dort bleibt."

„Ich bin nicht euer Gefangener", sagte sie empört. „Das Feuer habe ich gelegt, nur um euch zu unterstützen."

„Ja, das war klug, doch Yama hat dir nicht erlaubt, das zu tun. Gerade eben wärst du fast von einem Asura verletzt worden. Beim nächsten Mal kann ich das vielleicht nicht verhindern. Yama will dich in Sicherheit wissen, also bleib in deinem Schiff." Harkandas ließ sie ohne ein weiteres Wort stehen.

Yama

Yamas Kundschafter flog über das Feld hinweg und landete auf der Mauer. Ein orangerotes Glühen erhellte die Nacht. Der Wind wehte in Richtung des Dschungels und trieb dunklen Rauch vor sich her. Es brannte. Wer hatte das Feuer gelegt? Die Naga? Sicher nicht, durch Feuer würden sich Asura nicht beeindrucken lassen.

Doch konnten sie das wissen? Der Vogel stieg auf und flog auf das offene Gelände hinaus, um die Lage außerhalb des Feldes zu erkunden.

* * *

Noch kämpften ihre Gegner verbissen, doch drangen keine weiteren Kriegerinnen durch das Tor. Ihr Nachschub blieb aus. Überall lagen tote Leiber auf dem Boden verstreut und tränkten das Feld mit ihrem Blut.

Varun hatte keine Zeit, darüber lange nachzudenken. Nur noch zwanzig Asura kämpften um ihr Leben. Ohne seine Unterstützung würden auch sie den Gegnern zum Opfer fallen. Von der Kampfkraft der Naga beeindruckt, sagte er zu Jeng: *„Sie kämpfen tapfer und taktisch klug."*

„Ja, sie gehen in eingespielten Teams vor. Das macht sie für uns so gefährlich. Es sind zu viele gut ausgebildete Kriegerinnen für Asura, die es gewohnt sind, als Einzelkämpfer zu handeln. Würden die Asura so vorgehen wie diese Kämpferinnen, hätten sie nicht die geringste Chance gegen uns."

„Arrr! Du musst mich nicht auf unsere Schwächen hinweisen, die kenne ich selbst gut genug." Mürrisch stürzte er sich zurück in die Schlacht. Als Stier mit gesenkten Hörnern stürmte er mitten in eine Gruppe hinein. Die Erde bebte unter seinen Hufen. Fünf von ihnen stieß er zu Boden. Zwei blieben schwer verletzt liegen, die anderen rappelten sich wieder hoch. Doch Varun ließ ihnen keine Zeit, sich neu zu formieren, blitzschnell durchbohrte er ihre Leiber.

Kurz darauf schnellte eine Naga tollkühn auf ihn zu, das Schwert hoch über dem Kopf erhoben. Er blockte den Schlag ab und stieß sie zurück. Eine hinter der anderen stürzten weitere Kämpferinnen heran und versuchten ihn einzukreisen. Varun sprang außer

Reichweite, bildete sichelförmige Klingen aus und kreiselte auf seine Angreifer zu. Entsetzt wichen sie vor ihm zurück.

Ein langgezogener, klagender Schrei tönte über das Feld und Varun sah gerade noch, wie sich die Substanz eines Asuras in Rauch auflöste.

„*Verdammt*", fluchte er

„*Hilf ihnen*", warf Jeng ein.

„*Als ob das so einfach wäre.*"

„*Vorhin auf der Mauer ist es dir gelungen.*"

Um sich einen besseren Überblick zu verschaffen, erhob er sich noch einmal in die Luft. Die Naga warfen Speere nach ihm, er wischte sie lässig beiseite. „*Es ist genauso, wie in einem Pinyin Spiel. Meine schwarzen Steine werden von den weißen eingeschlossen. Das Spiel ist verloren.*"

„*Du bist der beste Spieler, den ich kenne. Handle besonnen! Befreie deine Spielfiguren und ziehe sie zusammen, so kannst du noch gewinnen.*"

Ohne zu antworten, stürzte Varun sich entschlossen hinab, direkt in eine Gruppe Naga hinein, die einen Asura in die Enge gedrängt hatten. Verzweifelt wehrte dieser sich gegen die Übermacht. Zwei von ihnen spaltete Varun gleichzeitig den Schädel. Graue Hirnmasse und Blut spritzen ihm dabei entgegen, blieben jedoch nicht an seiner Substanz haften. Die Kriegerinnen stoben schreiend auseinander.

„Bleib hinter mir und schütze meinen Rücken", rief er dem verwirrten Asura zu. Der erwiderte nichts, wandte ihm aber folgsam den Rücken zu und bildete ein schützendes Schild aus.

„Gut so, und jetzt folge mir!"

Sechs Arme entwuchsen Varuns Substanz, an dessen Enden sich rasiermesserscharfe Klingen bildeten.

Sirrend pfiffen sie durch die Luft. Varun blockte geschickt die Schläge, stach und schnitt in weiches Fleisch ein. Es roch nach Blut, Tod und Gedärm. Er schlug so rasch zu, dass die Kriegerinnen gezwungen waren, vor seinem Angriff zurückzuweichen, während immer mehr von ihnen seinen Attacken zum Opfer fielen. Langsam bewegte er sich so vorwärts.

Unzählige Schlachten hatte Varun überlebt. Seine Fähigkeiten und seine Körperbeherrschung waren dabei auf alle erdenklichen Arten auf die Probe gestellt worden. Doch seit seiner Verbindung mit Jeng hatte es kaum noch Verwendung für diese Talente gegeben. Jetzt endlich war er ganz in seinem Element, und er genoss den Kampf geradezu. Im Gegensatz zu allen anderen Asura war er unsterblich und auf dem Höhepunkt seiner Kraft. *Er* war Yama!

Der Gott hatte keine Angst. Varun kämpfte und war dabei vollkommen auf das Hier und Jetzt konzentriert. Es gab weder Zweifel noch Zögern in seinem Tun. All sein Sein ging voll und ganz in diesem einen Augenblick auf.

Erst nachdem auch die letzte der ihn bedrängenden Naga gefallen war, hielt Varun inne und wandte sich dem vor Aufregung bebenden Asura zu, der ihm seinen Rücken geschützt hatte: „Das hast du gut gemacht", lobte er. „Und jetzt befreien wir die anderen auf gleiche Weise. Mir nach!"

Er fiel in die ihm am nächsten stehende Kriegerinnengruppe ein, um einen weiteren Artgenossen zu befreien. Die durch seinen Angriff völlig überraschten Naga waren leicht zu überwältigen, und obwohl man einem Asura kaum ansehen konnte, was in ihm vorging, schien der Befreite erleichtert zu sein.

Auch ihn wies Varun an, ihm zu folgen. So bewegte er sich über das Feld und versammelte nach und nach weitere Asura hinter sich. Er befahl ihnen, dicht beisammenzubleiben und gemeinsam gegen den Feind vorzugehen. Seine Taktik ging auf, allmählich schwand die Übermacht ihrer Gegner.

Wieder erhob er sich in die Luft, diesmal um zu den Naga zu sprechen: „Ihr habt verloren! Gebt auf! Kehrt in den Dschungel zurück. Jede von euch werde ich unbehelligt ziehen lassen, wenn ihr jetzt die Waffen vor mir niederlegt. Niemand muss mehr sterben."
 Zunächst verhallten seine Worte ungehört, doch dann zogen sich die ersten Kriegerinnen zurück und hasteten auf das Tor zu. Weitere folgten. Manche flohen Hals über Kopf, andere geordnet, ohne ihre Gegner aus den Augen zu lassen.
 Von ihren Instinkten getrieben, stürzten die Asura ihnen nach. Varun rief sie zurück: „Alle zu mir!
 Der Kampf ist vorbei."
 Die letzten siebzehn Überlebenden versammelten sich um ihn herum und sahen dabei zu, wie die Naga das Feld verließen. Nur die Leiber der Gefallenen zeugten noch von dem Gemetzel.
 „Schafft die Toten fort!", befahl Varun. „Legt sie nebeneinander außerhalb der Mauer ab."
 Augenblicklich kamen die Asura seiner Forderung nach.

Manassa

Die Königin richtete sich auf, um die Lage besser überblicken zu können. Zornig zuckte ihr Schwanzende hin und her. Sie sah über die Graslandschaft hinweg, auf die Feuerwand, die langsam aber stetig näherkam.

Ihre Kriegerinnen kehrten von der Schlacht zurück. Verletzt durch tiefe Schnittwunden der heimtückischen Asurawaffen, stützten sie sich gegenseitig, weinten und schluchzten. Sie trauerten um ihre Schwestern, die auf dem Feld ihr Leben gelassen hatten, für sie, ihre Königin.

Manassa zitterte am ganzen Leib. „Das werden sie mir büßen", fauchte sie. „Das Portal wurde zerstört, sie können keine weiteren Asura zur Verstärkung herbeirufen. Ruft alle verbliebenen, kampffähigen Kriegerinnen zusammen. Ich verlange, dass alle Asura bis auf den Letzten vernichtet werden und die Devi ..."

Eine ihrer Beraterinnen kam herbei und legte ihr beruhigend einen Arm auf den Rücken.

„Entscheidungen, die im Zorn getroffen werden, sind nicht weise, meine Königin. Wollt ihr wirklich noch mehr Schwestern diesem Krieg opfern?"

„Das fragst du noch, nach allem was sie uns angetan haben?"

„Mäßigt Euch, Manassa, und bedenkt, nicht die Asura haben diesen Krieg begonnen, sondern wir und wir zerstörten dabei nicht nur die jungen Somapflanzen, sondern auch die Kinder der Asura. Bedenkt bitte Eure nächsten Schritte. Wenn unsere Kinder bedroht werden, würden wir nicht genauso entschlossen handeln wie sie?

Sicher, wir könnten, unter weiteren Verlusten, das Feld zurückerobern, doch was dann? In der Unterwelt warten noch weitere Dämonen, alle ebenso zornig und tödlich wie diese. Ich appelliere an Eure Vernunft! Bedenkt auch, was die Devas tun werden, wenn sie erfahren, was hier geschehen ist. Sicher werden sie sich das Feld und das Soma nicht so einfach nehmen lassen."

„Nein, das werden sie nicht", flüsterte Manassa. Mit einem Mal traten Tränen in ihre Augen. „Ich habe das alles nicht gewollt. Ich dachte, es wäre leicht, dieses Feld zu erobern. Nur die Devi wollte ich gefangen nehmen und danach mit den Devas verhandeln. Ich wollte Soma, für unser Volk."

„Ich weiß", die Beraterin klopfte ihr tröstend auf die Schultern. „Schließt Frieden, Manassa."

„Glaubst du, man kann mit den Asura verhandeln?", fragte Manassa zweifelnd.

„Zumindest solltet Ihr das versuchen."

Harkandas

Ich sprang einer Fliehenden in den Rücken und biss ihr in den Nacken. Es knirschte unangenehm zwischen meinen Kiefern. Die Kriegerin ging zu Boden. Bevor ich von ihr abließ, bohrte ich ihr noch zur Sicherheit meine Krallen in das Fleisch. Ihre Gefährtinnen wandten sich mir zu, doch noch bevor sie mich erreichen konnten, hastete ich zurück in das schützende Feuer. Dort schüttelte ich mich angewidert, um den klebrigen Saft in meinem Maul loszuwerden, danach hetzte ich auf allen

Vieren weiter. Meine Angst war verflogen und der Freude gewichen. Ich fühlte mich frei. Übermütig hielt ich nach weiteren Opfern Ausschau. Die Naga flohen, das war offensichtlich, doch *mir* würden sie nicht entkommen. Ich erspähte eine weitere Gruppe und hetzte ihnen mit weit ausholenden Sprüngen nach. Rasch holte ich auf, doch gerade, als ich mich auf sie stürzen wollte, verspürte ich den Ruf meines Herrn. Ich wandte mich um. Er stand ganz plötzlich hinter mir, so wie ich, inmitten der Flammen.

„Harkandas, zu mir!"

Widerwillen stieg in mir auf. Ich wollte nicht folgen, nicht jetzt. Ich richtete mich auf.

„Harkandas!", rief Varun noch einmal. „Die Schlacht ist vorbei, wir haben gesiegt. Ich habe den Naga versprochen, sie unbehelligt in den Dschungel zurückkehren zu lassen. Geh und ruf alle Asura zum Feld zurück!"

„Nein."

„Nein? Heißt das, du widersetzt dich mir?" Drohend entfaltete Varun seine Substanz zu voller Größe.

Natürlich wusste ich, wie sinnlos es war, mich ihm zu widersetzen, aber ich wusste auch, dass man mit *ihm* reden konnte. „Herr", sagte ich, „wir dürfen den Feind nicht entkommen lassen. Wir müssen ihn jetzt vernichten, sonst werden sie gestärkt zurückkehren und uns das Feld wieder entreißen."

„Diese Möglichkeit besteht in der Tat. Dennoch ich gab ihnen mein Wort und daran werde ich mich halten."

„Das ist …" Nur mit großer Anstrengung gelang es mir zu schweigen.

Varun vervollständigte den Satz: „Dumm, wolltest du das sagen?"

Ich schwieg und senke demütig mein Haupt.

„Die Gnade, die ich ihnen erweise, ist zugleich eine Botschaft, und ich hoffe, dass die Naga sie verstehen werden", erklärte er mir.

„Eine Botschaft, Herr?"

„Sie lautet wie folgt: Die Asura werden die Nachkommen ihres Volkes nicht kampflos den Naga überlassen. Doch solange sie dem Feld fern bleiben, muss niemand mehr sterben. Glaub mir Harkandas, auch den Naga ist ihr Leben teuer und ihre Vernichtung war nie mein Ziel."

„Warum ..."

„Ja?"

„Warum sind Euch diese Nachkommen so wichtig? Was habt Ihr davon, sie zu schützen?"

„Sie sind die Zukunft unseres Volkes. Jeder Asura wird eines Tages sterben, das ist dir doch sicher klar?"

Jeder außer dir, dachte ich und sagte laut: „Ja."

„Nirva ist unsere eigentliche Heimat und nur hier können unsere Nachkommen gedeihen. Wenn ich jetzt nicht für ihr Fortbestehen kämpfe, wird es irgendwann keine Asura mehr geben. Kannst du verstehen, warum das wichtig ist?"

„Nein."

„Es ist dir also egal?", erkundigte sich mein Herr und blieb dabei erstaunlich ruhig.

„Ja", bestätigte ich.

„Nun ja, wahrscheinlich würde mir jeder andere Asura die gleiche Antwort geben." Varun schwieg für kurze Zeit, bevor er fortfuhr: „Mir ist es nicht egal. Ich möchte nicht in ferner Zukunft der einzige Überlebende meiner Art sein. Dieser Gedanke macht mich traurig. Kannst du das verstehen?"

„Nein, Herr. Wenn es keine anderen gäbe, dann wäre ich frei zu tun, was ich will."

„Es ist noch gar nicht lange her, da hätte ich, auf diese Frage genauso geantwortet wie du. Seitdem hat sich vieles geändert. Sag mir, Harkandas, wirst du meinem Befehl Folge leisten?"

„Wenn wir sie gehen lassen, werden sie zurückkehren und uns vernichten", sagte ich überzeugt.

„Richtig, falls sie zurückkehren, werden sie in der Übermacht sein", bestätigte Varun. „Du widersetzt dich also meinem Befehl, weil du glaubst, er bringe dir und allen anderen den Tod? Ist das auch der Grund gewesen, warum du die Asura erst so spät durch das Portal geschickt hast?"

Jeden Augenblick erwartete ich, dass mein Herr mich für meinen Ungehorsam bestrafte. Meine Substanz bebte, doch Varun geriet nicht in Zorn. Ich fasste Mut.

„Ja, Herr", bestätigte ich.

„Es ist lange her, da verweigerte ich, so wie du, meinem Herrn den Gehorsam. Auch er verlangte von mir zu kämpfen, obwohl ich genau wusste, dass ein Sieg aussichtslos war. Doch *ich* bin nicht Mahisha. Ich werde euch nicht in den sicheren Tod schicken. Ich habe den Naga mein Wort gegeben, dass sie sich gefahrlos zurückziehen können und daran werde ich mich halten. Aber dir, Harkandas gebe ich auch ein Versprechen und auch daran werde ich mich halten. Dir verspreche ich, dass keiner, der an meiner Seite das Feld und die Nachkommen darauf verteidigt hat, dafür mehr sein Leben lassen muss. Vertraust du meinem Wort?"

Der Blick meines Herrn ruhte auf mir. Es war seltsam, meine Unruhe und mein Zorn wichen mit einem Mal einer tiefen Ruhe. Er fragte mich, ob ich ihm vertraute, erstaunt stellte ich fest, dass ich es tat. Ohne zu zögern, antwortete ich deshalb: „Ich werde Eurem Befehl folgen und alle Asura zurückrufen."

„Gut, anschließend möchte ich, dass die Brände auf der Ebene gelöscht werden. Das Feuer soll sich nicht weiter unkontrolliert ausbreiten."

„Ja, Herr."

„Weise die Asura danach an, dass sie um das Feld herum Wache halten. Falls sich Naga zeigen, sollen sie Alarm schlagen und sich vor dem Himmelsschiff versammeln. Niemand soll angreifen. Hast du verstanden?"

„Ja, Herr", bestätigte ich noch einmal, dann verschwand er.

Yama

Varun pochte laut vernehmlich an die Außenhaut des Himmelsschiffes. Die Luke öffnete sich und die Devi spähte hinaus. „Ist es vorbei?", fragte sie sofort.

„Ja, die Naga ziehen sich zurück", bestätigte Varun. „Komm, begleite mich auf das Feld."

„Jetzt? Aber wieso?", fragte Orb verwirrt.

„Ich will die Nachkommen, die sich noch in der Unterwelt befinden, so schnell wie möglich hierher bringen. Ich hoffe, die Somasamen befinden sich noch in der Hütte."

Orb blieb, wo sie war. „Das ist doch vollkommener Blödsinn", begann sie. „Was, wenn die Naga morgen das Feld erneut angreifen und die Nachkommen ihnen wieder zum Opfer fallen?"

„Einen erneuten Angriff können meine Asura nicht mehr zurückschlagen. Sollten sie uns also morgen tatsächlich angreifen, werde ich ihnen das Feld kampflos überlassen."

„Dann war alles umsonst? Das ganze Gemetzel?", fragte sie betroffen.

„Noch steht nicht fest, dass sie mit Verstärkung zurückkehren werden; und selbst wenn, war die Schlacht nicht umsonst. Ich habe deutlich gemacht, wie wichtig mir die Nachkommen auf diesem Feld sind. Inzwischen muss ihnen klar sein, dass, auch wenn es ihnen gelingen sollte, es erneut einzunehmen, ich nichts unversucht lassen werde, bis es wieder unter *meiner* Kontrolle steht."

Die Devi biss sich auf die Lippen und nickte zögerlich. „Ja, außerdem haben sie sich nicht nur mit dir angelegt, sondern auch mit uns Devas. Ihr Vorgehen ist mir völlig unverständlich. Die Naga wissen nicht, wie man aus den Früchten den Göttertrank gewinnt. Was wollen sie also mit den Pflanzen tun?"

„Ich bin mir sicher, dass wir die Motive für ihr Handeln früher oder später herausfinden werden. Komm jetzt! Folge mir!" Varun wandte sich ab und ging auf das Feld zu.

Als sie es betraten, zeigte sich gerade ein erster Silberstreif am Horizont. Bereits im schwachen Licht des neuen Tages waren die Verwüstungen gut zu erkennen. Nur wenige Somabäumchen hatten die Schlacht überstanden. Orb brach in Tränen aus, als ihr Blick über das Gelände streifte. „Das ganze Feld wurde verwüstet", flüsterte sie, dann entdeckte sie das zerbrochene Portal. „Sie haben auch den Weltenbogen zerstört! Die Asura können jetzt nicht mehr in die Unterwelt zurückkehren." Diese Erkenntnis traf sie wie ein Schlag.

„Ja, das Portal ist schon sehr früh gefallen. Du musst ein neues besorgen", erwiderte Varun gelassen.

„Bist du von Sinnen?" Orb schrie die Worte mehr, als das sie sie sprach. „Es existieren nur wenige Weltenportale auf Nirva, weil sie überaus schwierig herzustellen sind. Glaubst du etwa, man könnte beliebig viele davon beschaffen? Es war eine überaus großzügige Geste von Indra, uns eines zur Verfügung zu stellen. Und er konnte das nur tun, weil dieses im Moment nicht benötigt wird." Sie ließ sich auf den Boden sinken und fuhr sich mit beiden Händen durch das Haar. Sie schluchzte: „Ich weiß nicht, wie ich ihm das erklären soll."

„An dem, was geschehen ist, lässt sich jetzt auch nichts mehr ändern", sagte Varun, dann wandte er sich von ihr ab und ging auf die Hütte zu, die die Schlacht erstaunlich unbeschadet überstanden hatte. Er sah sich um und fand recht schnell, was er suchte.

„Hier", sagte er knapp, als er zu Orb zurückkehrte, und ließ den Beutel mit den Samen neben ihr fallen. Die Devi saß noch da, wo sie niedergesunken war. Orb fuhr sich fahrig mit dem Handrücken über das Gesicht und trocknete ihre Tränen, dann stand sie auf und sah ihn gefasst an, sie sagte aber kein Wort.

„Bringen wir es also hinter uns", sagte Varun. „Ich hole die Kisten."

Ohne dass sie darauf noch etwas erwidern konnte, verließ er das Feld.

Die Morgensonne erhellte schon die Landschaft, als auch der letzte junge Asura seinen Platz auf dem Gelände fand. Varun sah Orb noch eine Weile zu, die sich um einige verletzte Bäumchen kümmerte, bevor er zurücktrat.

Jeng streckte sich, jeder Knochen im Körper tat ihm weh. Die Ereignisse der vergangenen Nacht waren auch an ihm nicht spurlos vorübergegangen. Er trat zu der Devi.

„Ich muss mich ein wenig ausruhen, ich bin hundemüde."

Orb sah auf. „Hundemüde? Den Ausdruck habe ich noch nie gehört."

„So sagt man auf der Erde. Ich werde mich in die Hütte legen, nur damit du weißt, wo du mich finden kannst."

Sie erhob sich und strich die Haare aus dem Gesicht. „Die Hütte? Das ist doch viel zu unbequem. Du kannst bei mir im Schiff schlafen, es hat zwei Notbetten."

„Wenn es dir nichts ausmacht, gern."

Sie legte den Kopf schief. „Seltsam."

„Was?"

„Mal bist du kurz angebunden und schroff, dann wieder so freundlich. Auch deine Stimme klingt jetzt ganz anders als zuvor. Die ganze Zeit habe ich das Gefühl, als spräche ich mit zwei vollkommen unterschiedlichen Personen."

„So? Glaubst du?" Jeng lächelte, setzte aber zu keiner Erklärung an. Müde legte er sich auf die Liege und schloss die Augen.

* * *

Orbs geflüsterte Frage weckte ihn: „Yama, bist du wach?" Noch halb schlafend antwortete er ihr nicht. Grelles Sonnenlicht drang plötzlich in das Innere des Schiffes. Offenbar hatte die Devi die Verdunklung der Fenster aufgehoben, sodass das Licht der Mittagssonne den Innenraum flutete.

Geblendet legte Jeng die Armbeuge schützend über seine Augen. Er versuchte sich umzudrehen und fiel stattdessen von der Liege.

„Au! Was?" Verwirrt setzte er sich auf und sah sich um.

„Guten Morgen", flötete Orb fröhlich. Sie hatte das Gewand, das Jeng ihr gegeben hatte abgelegt und sich bereits umgezogen. Jetzt trug sie die leichte Freizeitkleidung der Devas, eine gelbe Bluse und dazu eine Hose in Dunkelgrün.

„Wünsch ich dir auch", sagte er mit schiefen Lächeln, stand auf und streckte sich. „Dieses Bett ist verdammt schmal und unbequem."

„Es ist auch nur ein Notbett. Mit der Zeit gewöhnt man sich daran. Setz dich. Ich habe uns etwas zu Essen gemacht." Sie stellte zwei Teller auf den kleinen Tisch.

Jeng betrachtete skeptisch was darauf lag. Das Essen sah wenig appetitlich aus, trotzdem probierte er neugierig einen grauen Würfel. „Das schmeckt ja ganz furchtbar", stellte er überrascht und zugleich angewidert fest.

Sie blickte von ihrem Teller auf. „Sicher nicht so furchtbar wie die Ratte, die du gegessen hast."

„Stimmt", bestätigte er, „*die* hat sehr viel besser geschmeckt." Er grinste breit, während er sich todesmutig einen weiteren Bissen in den Mund schob.

Sie lachte: „Na ja, es stimmt schon, das ist nicht gerade lecker, aber eine Zeit lang kann man davon gut leben."

„Aber wieso isst du das?", fragte Jeng erstaunt. „Wo doch Nirva so reich an essbaren Pflanzen ist."

„Das Sammeln kostet Zeit, und ich bin zum Arbeiten hier hergekommen. Bei diesen Notrationen brauche ich nur Wasser hinzufügen und sie erhitzen, das geht schnell und es ist nahrhaft." Sie legte nachdenklich den Kopf schief und fragte dann neugierig: „Sag mir, wie ist das mit dir nun genau? Du bist doch nicht wirklich ein Asura, oder? Erzählst du mir, wie du der geworden bist, der du jetzt bist?"

„Das ist eine lange Geschichte, aber na gut, ich war ..." Jeng brach seine Erklärung ab und schreckte zusammen. Durchdringend laut und beinahe unerträglich zog ein Schrei über die Ebene.

„Was ist das?", fragte die Devi genauso erschrocken, wie er.

„Die Asura schlagen Alarm. Die Naga kommen zurück."

Orb wurde blass.

„Öffne die Luke, ich werde nachsehen", forderte Jeng und stand auf.

„Sagtest du nicht, dass du ihnen das Feld kampflos überlassen würdest, wenn sie zurückkehren?"

„Das werde ich, aber noch steht nicht fest, dass sie uns erneut angreifen wollen." Als die Luke sich öffnete, stürzte Jeng sofort hinaus, fast gleichzeitig zog sich die Substanz über ihm zusammen.

„Alle zu mir!", rief er den Asura zu, die sich inzwischen um das Schiff versammelt hatten.

Sein Kundschafter erschien und flog auf den Dschungel zu. Es dauerte nicht lange, bis er die Naga entdeckte und Bericht erstattete.

„Mindestens tausend Kriegerinnen marschieren in unsere Richtung. Manassa geht ihnen voran. Sie haben Wagen dabei, daneben schlagen einige Naga Glocken oder blasen in so etwas wie Posaunen."

„Sie kündigen ihr Kommen also lautstark an? Dann ist es wahrscheinlich kein Angriff."

„Möglich, vielleicht wollen sie verhandeln, vielleicht ist es aber auch nur ein raffinierter Schachzug."

„Wie dem auch sei, wir sollten ihnen entgegengehen."

Orb trat zögernd aus der Luke und blickte sich um. Harkandas sah seinen Herrn erwartungsvoll an. Varun wandte sich den Überlebenden Asura zu und sprach: „Wir werden den Naga entgegengehen", erklärte er. „Stellt euch hinter mich!"

Unruhe entstand, als die Asura sich formierten. Varun wandte sich an seinen Stellvertreter. „Hör gut zu, Harkandas. Es ist außerordentlich wichtig, dass alle Ruhe bewahren. Niemand darf die Naga angreifen, solange sie das nicht zuerst tun. Greifen sie uns aber an, befielst du sofort den Rückzug. Hast du das verstanden?"

„Ja, Herr, ich werde ruhig bleiben, solange sie uns nicht angreifen und in dem Fall, dass sie uns angreifen, befehle ich den Rückzug", wiederholte Harkandas.

„Als mein Stellvertreter möchte ich dich an meiner Seite wissen und dich auch Orb." Er winkte die Devi zu sich. „Lasst uns gemeinsam und entschlossen Manassa entgegengehen."

Sie gingen schweigend. Das kleine Heer aus Asura folgte in einigem Abstand. Ein leises Sirren lag in der Luft. Die Devi blieb irritiert stehen und lauschte. „Was ist das?", fragte sie.

„Was meinst du?"

„Hörst du das nicht, Yama? Dieses Sirren, das ist unheimlich."

„Ach, das meinst du", erwiderte Varun. „Die Asura sind nervös, sie fürchten um ihr Leben. Das Geräusch, das du hörst, wird durch das Zittern ihrer Substanz erzeugt. Sie wissen genau, sollte ich ihnen befehlen zu kämpfen, wäre das ihr Todesurteil. Die Übermacht der Feinde ist einfach zu groß."

„Aber du hast doch gar nicht vor, sie in den Kampf zu schicken."

„Das wissen sie aber nicht. Und selbst wenn ich es ihnen versichern würde, würden sie mir nicht glauben, denn Vertrauen ist etwas, was die Asura nicht kennen." Gelassen setzte Varun seinen Weg fort.

Wieder schwiegen sie, verkohltes Gras knisterte und raschelte unter ihren Füßen und der sirrende Klang folgte ihnen nach. Bald mischten sich Glockenklänge und das Trompeten von Posaunen darunter. Manassas Armee kam näher. Orb lief ein Schauer über den Rücken, während Yama weiter unbeirrt voranschritt.

Zweifelnd fragte sie: „Bist du sicher, dass es eine gute Idee ist, ihnen entgegenzugehen?"

„Sicher? Nein", knurrte Varun, „aber ich denke, wenn sich ein Feind so lautstark ankündigt, ist er entweder unverschämt siegesgewiss oder er möchte mit uns verhandeln. Ich hoffe auf Letzteres."

„Das hoffe ich auch." Sie ergriff seine Hand. Überrascht sah Varun sie von der Seite an.

„Recht zutraulich, diese Devi", scherzte Varun in Gedanken.

„Sie hat nur Angst und sucht nach Sicherheit", erklärte ihm Jeng.

„Was für eine Sicherheit gibt es ihr, wenn sie meine Hand hält?"

„Die Sicherheit, dass sie mit einer Situation, die sie ängstigt, nicht allein ist. Es ist wie eine stumme Frage, wenn du sie beruhigen möchtest, drücke leicht ihre Hand."

Varun tat es und sie erwiderte den Impuls. Die Naga kamen näher, schon waren ihre Gesichter zu erkennen.

Eine trug reichen Schmuck und Edelsteine im Haar, doch nicht allein daran war die Nagakönigin leicht zu erkennen, auch ihre königliche Haltung und die Art, wie sie ihnen entgegensah, verriet die Herrscherin. Sie war von älteren Naga umringt, Varun vermutete, dass es ihre Beraterinnen waren. Hinter ihr spannten die Kriegerinnen die Bögen. Er blieb stehen. Es war seltsam, ein paar Sekunden lang rührte sich niemand, dann glitt Manassa näher und stoppte kaum zwei Armlängen von ihm entfernt.

Eine weitere Naga bewegte sich auf sie zu und hielt der Königin ehrerbietig ein totes Tier hin. Sie nahm es entgegen und bot es Yama mit gesenktem Haupt an.

„Großer König der Dämonen und Herr über die untere Welt, ich bin Manassa, Königin der Naga. Ich allein war es, die den Kriegerinnen befahl, das Feld mit der Nachkommenschaft Eures Volkes anzugreifen. Durch diesen meinen Befehl habe ich mir selbst und meinem Volk große Schuld aufgeladen. Doch jetzt bin ich zu Euch gekommen, um Frieden zu schließen. Bitte nehmt dies als mein Friedensangebot an." Manassa streckte ihm, mit gesenktem Haupt, das tote Tier entgegen.

„Soll das ein Witz sein?", sagte Varun empört zu Jeng.
„Du solltest darauf eingehen."
„Ihre Kriegerinnen zielen mit Bögen auf uns und sie hält mir einen Kadaver hin." Seine Substanz bebte entrüstet.
„Es könnte eine Art Tradition sein, um mit Verhandlungen zu beginnen. Ich könnte es für dich herausfinden."
„Nein", lehnte Varun ab, *„das ist meine Sache."*

Varun nahm das Tier an und zog es in seine Substanz ein, sagte aber kein Wort.

Erleichtert richtete Manassa sich auf. „Habt Dank. Mit welchem Namen darf ich Euch ansprechen?"

„Yama."

„Vergebt mir meinen Frevel, Yama. Bitte rächt Euch nicht für mein Vergehen an meinem Volk, lasst unseren Streit hier enden."

„Ihr wollt, dass der Streit hier endet und doch richtet ihr Waffen auf mich?" Varun baute seine Substanz drohend zur vollen Größe aus.

Die Nagakönigin gab den Kriegerinnen ein Zeichen und sie senkten die Waffen. Ihr Lächeln wirkte angespannt, als sie sich ihm erneut zuwandte. „Ich weiß, meine Worte vermögen nicht Euren Schmerz und Eure Trauer zu lindern. Mein Volk steht in Eurer Schuld und ich verspreche, dass wir alles tun werden, um diese Euch gegenüber zu tilgen."

Wieder entstand ein unangenehmes Schweigen. Orb blickte von Yama zu Manassa, doch auch sie blieb stumm, bis Varun das Schweigen brach: „Dass Ihr vor mich tretet und Eure Fehler eingesteht, ist ehrenwert. Doch keineswegs ist damit Eure Schuld vergeben. Sagt mir, Manassa, warum wolltet Ihr das Feld erobern? Was waren Eure Beweggründe? Wolltet Ihr die Somapflanzen für Euer Volk oder störten Euch die jungen Asura darauf?"

Ein nervöses Rasseln erklang, Manassas Schwanzende zuckte hin und her. „Nicht die Asura waren es, die mich beunruhigt haben. Nie zuvor haben die Naga einen Eurer Art gesehen. Euer Volk kennen wir nur noch aus Geschichten und Mythen. Die Devi erregte bereits unsere Aufmerksamkeit, als sie das Feld vorbereitete, und als wir herausfanden, was auf dem Gelände heranwuchs, war ich zutiefst beunruhigt. Vielleicht wisst Ihr es nicht, Yama, aber aus den Früchten der Somapflanzen können die Devas einen machtvollen Trank gewinnen und nur sie wissen, wie man ihn herstellen kann."

„Das ist mir bekannt", erwiderte Varun.

Manassa fuhr fort: „In früheren Zeiten, als die Somabäume noch überall auf Nirva wuchsen, da trieben wir Handel mit den Früchten und erhielten so einen Anteil an dem Göttertrank. Meine Befürchtung war es, dass die Devas bald nicht nur auf den Trank ein Monopol haben würden, sondern auch auf die Pflanzen selbst. Das Mächtegleichgewicht würde sich also zu ihren Gunsten verschieben."

„Wir haben nicht vor, Euch oder irgendein anderes Volk auf Nirva zu unterdrücken", mischte sich Orb Ria ein.

„Könnt ihr für alle Devas sprechen?", zischte Manassa laut.

„Nein, das kann ich nicht", gab die Devi kleinlaut zu.

Manassa nickte und wandte sich wieder Yama zu. „Euer Volk, Yama, haben die Devas aus Nirva vertrieben, und ohne dass sie es ahnten, war dies auch der Grund dafür, dass das heilige Soma ausstarb. Vielleicht könnt Ihr daher meine Besorgnis verstehen. Und meine Befürchtungen wurden noch bestärkt, als ich mit der Devi sprach. Sie belog mich und behauptete auf dem Feld wüchse nichts weiter als harmlose Versuchspflanzen heran. Der Zorn über diese dreiste Lüge hat mich erst zu der unüberlegten Handlung veranlasst, das Feld anzugreifen."

„Ihr müsst mir glauben, ich habe Euch nicht im Namen aller Devas belogen. Ich tat es nur, weil ich … Euch abwimmeln wollte." Spontan flossen Orb Tränen aus den Augen. „Ich weiß, dass das ein Fehler war und es tut mir Leid", flüsterte sie.

„Das mag sein, doch zeigt diese Lüge auch, wie sehr ihr Devas an die Überlegenheit Eures Volkes glaubt und ich fürchte, diese Arroganz wird durch Soma noch verstärkt werden." Manassas Schlangenleib wand sich und peitschte unruhig über den Boden, doch sie zwang sich zur Ruhe und fuhr fort: „Ich dachte, es wäre leicht, ein Feld mit nur vier Asurawachen darauf einzunehmen, aber da irrte ich mich. Ich wollte keinen Krieg beginnen, schon gar nicht mit Euch, Yama, das müsst Ihr mir glauben. Nur die Devi wollte ich gefangen nehmen, um so für mich und die Naga eine bessere Verhandlungsposition zu erhalten. Das war schrecklich dumm von mir, doch das weiß ich erst jetzt." Sie wandte sich um und winkte eine Naga zu sich heran, die ein goldenes Gefäß in Händen hielt. Sie nahm es entgegen und sagte: „Auch meinem Volk ist Soma heilig, deshalb schmerzt es mich zutiefst, dass aufgrund meines Frevels so viele neu erweckte Somabäume sterben mussten. Ich möchte Euch, Yama, daher ein Angebot machen." Sie öffnete das Gefäß und zeigte ihm die Samen, die darin lagen. „Wie Ihr seht, haben auch wir die Saat des heiligen Baumes aufbewahrt. Und auch wir versuchten vergeblich, ihn erneut zum Leben zu erwecken. Gebt uns Eure Kinder und ich verspreche, wir werden sie behüten, solange sie unseren Schutz und unsere Pflege benötigen. Den Devas könnt Ihr nicht trauen, sie stehen Eurem Volk seit jeher feindlich gegenüber. Doch mein Volk steht in Eurer Schuld. Ich gebe Euch deshalb mein Wort, dass Eure Kinder in unserer Obhut sicher sind."

„Jetzt brauch ich dich doch", sagte Varun in Gedanken zu Jeng und trat zurück, damit dieser Manassa in die

Augen sehen konnte. Sie erwiderte seinen Blick unerschrocken.
„Ihre Worte sind aufrichtig", stellte Jeng fest. *„Sie meint, was sie sagt und will uns nicht täuschen."*
„Gut."

„Ich glaube Euch", fuhr Varun fort, „und werde mir Euer Angebot überlegen."
„Das kannst du nicht machen, Yama", platzte es aus Orb heraus. „Das ist illoyal, du bist bereits mit uns einen Vertrag eingegangen."
„Illoyal?" Varun wandte sich der Devi zu. „Von einem Vertrag weiß ich nichts. Bisher war mir auch nicht bekannt, dass es andere Möglichkeiten gibt, die meinem Volk das Fortbestehen sichern könnten und ich denke, auf zwei Beinen steht man fester, als auf einem."
Zornesröte stieg Orb ins Gesicht. „Ich allein war es, die den Zusammenhang zwischen dem Asuranachwuchs und dem Soma entdeckt hat. Mir steht dafür eine Anerkennung zu und die lasse ich mir nicht nehmen."
„Es geht hier um mehr als nur um deine Anerkennung", schrie Varun nun ebenfalls zornig.

Am Rande seiner Wahrnehmung hörte er Jeng fluchen.
„Was?"
„Nichts, mach nur weiter", gab Jeng knapp zurück.

Varun bezwang seinen Zorn. Ruhig sagte er: „Früher oder später werden sich die jungen Asura von den Somabäumen lösen und früher oder später werden die Devas von ihnen erfahren und niemand, auch du nicht, kann garantieren, dass sie dann in Sicherheit sind. Woher soll ich wissen, dass ihr euch nicht einfach dazu entschließt, alle Kinder umzubringen?"

„So etwas würden wir niemals tun", sagte Orb überzeugt.

Er schenkte ihr einen durchdringenden Blick. „Weißt du das genau? Ist *dir* ein solcher Gedanke niemals in den Sinn gekommen?"

Die Devi wurde blass, sie biss sich auf ihre Unterlippe, sah zu Boden und schwieg.

„Dein Schweigen sagt alles", stellte Varun trocken fest und wandte sich seinem Stellvertreter zu: „Harkandas, mal angenommen, dir wären die Nachkommen nicht egal, wie würdest du dich entscheiden?"

Sichtlich irritiert schaute Harkandas erst die Devi, dann Manassa an, bevor er seinem Herrn antwortete: „Ich traue keiner von beiden. Als die Devas uns damals versprachen, den Unsterblichkeitstrank mit uns zu teilen, haben sie uns belogen. Sie haben dadurch schon einmal bewiesen, dass man ihren Worten nicht glauben kann. Die Naga dagegen haben das Feld angegriffen und viele unserer Nachkommen getötet. Warum sollten unsere Jungen jetzt bei ihnen sicher sein? Doch wenn Ihr wollt, dass unsere Nachkommen überleben, müsst Ihr eine Entscheidung treffen. Deshalb sage ich, wir sollten einen Teil der Nachkommen den Devas geben und einen anderen den Naga."

„Eine weise Entscheidung, Harkandas. Ich bin mit dir einer Meinung." Varun wandte sich wieder der Königin zu. „Es ist also entschieden, wir geben einen Teil unserer Kinder vertrauensvoll in die Hände Eures Volkes, Manassa."

„Ihr werdet es nicht bereuen, das schwöre ich." Manassa verbeugte sich tief vor ihm. „Und ich garantiere nicht nur für die Sicherheit der Kinder, die Ihr in unsere Obhut gebt, sondern, wenn Ihr es wünscht, auch für jene, die auf dem Feld der Devas heranwachsen. Wenn Ihr den

Göttern nicht voll und ganz vertraut, stehen Euch meine Kriegerinnen zu ihrem Schutz zur Verfügung."

Orb mischte sich ein, ihre Stimme überschlug sich dabei vor Aufregung: „Das Feld befindet sich auf Devagebiet, eine solche Entscheidung kann Yama nicht treffen, dazu hat er kein Recht."

Varun nickte und sagte besonnen: „Ich möchte keinen Streit, weder mit dir, Orb, noch mit den Devas oder den Naga. Daher verteile ich die Nachkommen zu gleichen Teilen und hoffe, dass so ihre Zukunft und ihr Fortbestehen gesichert sind."

Manassa richtete erneut das Wort an ihn: „Es freut mich, dass wir uns einigen konnten. Doch eine Bitte habe ich noch an Euch, Yama."

„Sprecht!"

„Erlaubt meinem Volk, die gefallenen Kriegerinnen heimzubringen, damit wir sie, gemäß unseren Bräuchen bestatten können."

* * *

Zwei Stunden vor Sonnenuntergang traten sie den Rückweg an. Manassa war in den Dschungel zurückgekehrt und wartete darauf, das Yama ihr den Nachwuchs anvertraute. Doch einige Naga begleiteten sie mit Wagen, um ihre toten Schwestern zurückzutragen. Ein leichter Wind wehte über die verbrannte Ebene und wirbelte Asche auf. Orb ging neben Yama her, sagte aber kein Wort.

„So still? Es ist doch recht gut verlaufen."

„Für dich vielleicht, doch ich glaube nicht, dass Indra das auch so sehen wird."

„Was er dazu meint, werden wir morgen herausfinden, wenn wir zu ihm gehen. Ich jedenfalls finde, dass der Abschluss der Verhandlungen zufriedenstellend war."

Am Feld angekommen sahen sie zu, wie die Naga die Gefallenen unter den wachsamen Augen der Asura abtransportierten. Stumm und bedrückt traten die Naga den Rückweg an, ohne noch einmal zurückzuschauen.

Erst als die Kriegerinnen sich schon weit entfernt hatten, zog Yama das Tier, das Manassa ihm geschenkt hatte aus seiner Substanz hervor und fragte: „Was hältst du davon, wenn wir dieses Tier auf einem Feuer zubereiten?"

„Du willst das essen? Das ist …"

„Ekelhaft?"

„Unzivilisiert."

„Hast du noch nie etwas über einem Feuer zubereitet?"

Sie schüttelte den Kopf. „Ich kann nicht kochen", gab sie zu.

„Was für ein Tier ist das?", fragte er und hielt es ihr im Genick entgegen. Er schüttelte es.

„Das ist ein Rheu, für Naga und auch für uns ist es eine Delikatesse."

„Wenn es eine Delikatesse ist, wäre es doch schade, es nicht zu zubereiteten, meinst du nicht auch?"

Sie zuckte mit den Achseln.

„Ah, du wirst sehen, es wird dir bestimmt besser schmecken, als diese Notrationen." Die Substanz gab das Gesicht darunter frei. Jeng zeigte ein amüsiertes Lächeln.

Sie erwiderte es zaghaft. „Ja, das werde ich sehen."

Orb Ria

Sie saßen links neben der Steinmauer, die das Feld umschloss, während die Sonne langsam am Horizont versank. Vögel zwitscherten im Abendlicht. Yama hatte den verbliebenen Asura befohlen, außerhalb des Feldes Wache zu halten. Danach hatte er trockenes Holz gesammelt und mit einfachsten Mitteln ein Feuer entzündet. Nun sah ihm Orb mit einer Mischung aus Abscheu und Faszination zu wie er das Tier ausweidete und häutete. Dabei summte er eine schöne, ihr unbekannte Melodie. Wohltuend und beruhigend war dieses Lied. Es schien so gar nicht zu ihm zu passen. Er würzte das Fleisch und hängte es an Stöcken über das Feuer, dann wandte er sich ihr zu. „Jetzt müssen wir nur noch warten, bis es gar ist", sagte er mit dieser klaren und wohlklingenden Stimme, die so angenehm war. Allein diese Stimme war es gewesen, die ihr in der Höhle Kraft und Zuversicht gegeben hatte. Er setzte sich zu ihr, viel zu nah. Schweiß trat auf ihre Stirn, ihre Wangen röteten sich.

„Du siehst sehr schön aus in der Abendsonne", sagte er. Das Blau seiner Augen strahlte wie ein klarer Bergsee an einem Frühlingsmorgen.

„Danke." Sie fühlte, wie sich die Hitze zwischen ihren Schenkeln ausbreitete, ihre Haut begann, vor Aufregung zu kribbeln. Entschlossen rückte sie von ihm ab und starrte ins Feuer. Das Holz knackte und Funken flogen nach allen Seiten davon.

Er wechselte das Thema, so als hätte er nichts bemerkt. „Als ich vorhin in meinem Haus war, habe ich auch etwas zu trinken für uns mitgebracht." Er zog ein Keramikgefäß aus dem mitgebrachten Korb heraus, goss den Inhalt in zwei Gläser und reichte ihr eines davon. Sie nahm es entgegen und nippte daran.

„Das ist Wein von der Erde", erklärte er ihr.

„Schmeckt süß und fruchtig." Sie trank etwas mehr. Ihr Magen knurrte. Sie hatte viel zu wenig gegessen in den letzten Tagen. Umso verlockender stieg ihr der Duft des gebratenen Fleisches in die Nase, das am Feuer garte.

Yama stand auf und wendete es. „Das riecht schon verdammt gut", bemerkte er.

„Ja, und ich habe Hunger wie ein Grun", kicherte sie.

„Was ist das?", erkundigte Yama sich. „Ich kenne mich mit den einheimischen Tieren nicht so gut aus."

„Es ist ein zotteliges Raubtier mit großem Appetit."

„Ah! Ja, so eins wütet auch gerade in mir." Er lachte und fügte hinzu: „Das Fleisch ist bald gar, dann können wir unsere Raubtiere füttern." Er zwinkerte ihr zu.

Mit einem Mal sprang Orb auf die Füße. „Ich werde Teller und Besteck holen", sagte sie und lief über das Feld zum Himmelswagen zurück. Er rief ihr etwas hinterher, sie hörte nicht darauf. Ihre Unruhe ließ nach, je weiter sie sich von ihm entfernte. Am Schiff angekommen, öffnete sie die Luke und schloss sie erleichtert hinter sich. *‚Was ist nur los mit mir?'*, fragte sie sich, als sie sich setzte. Zeit verstrich, doch sie rührte sich nicht. *‚Ich lasse ihn warten, das ist nicht nett. Ohne ihn würde ich mich wohl noch immer in der Gewalt der Naga befinden, in dieser lichtlosen, kalten Höhle. Er hat das nicht verdient'*. Sie zwang sich dazu aufzustehen, ging zu der kleinen Bordküche, nahm Teller und Besteck heraus, und eilte damit zum Feld zurück.

„Ich dachte schon, dass du nicht mehr zurückkommst", begrüßte er sie, als sie sich wieder neben ihn setzte.

„Es tut mir leid, ich wollte nur ..., ich dachte ...", stammelte sie und errötete.

„Schon gut. Ich weiß schon." Er sah sie nicht an, doch die Traurigkeit in seiner Stimme war nicht zu überhören. „Das Fleisch ist gar und ich habe schon etwas gegessen. Ich hoffe, du bist mir nicht böse?"

„Was? Nein." Sie hielt ihm einen Teller hin und er legte ihr ein Stück darauf.

„Das Fleisch dieses Tieres ist tatsächlich köstlich, zart und saftig. Jetzt weiß ich, warum es eine Delikatesse ist."

Sie nickte und aß schweigend mit dem Teller auf ihrem Schoß. Er sah ihr dabei zu.

„Und?", fragte er nach einer Weile und unterbrach so die Stille. „Schmeckt das nicht besser, als die Notrationen?"

„Viel besser", erwiderte sie, sah auf und lächelte. „Diese Gewürze, die du verwendet hast, schmecken ungewohnt, aber es ist gut."

„Danke."

Erneut schwiegen sie, die Nacht brach herein, nur das Feuer und das Firmament über ihnen spendete Licht. „Ich habe vergessen eine Lampe mitzunehmen", sagte Orb, um die Stille zu durchbrechen.

„Keine Sorge, ich begleite dich später zum Schiff." Yama legte sich hin und schaute zum Nachthimmel hinauf. „So wunderschön", sagte er. In seinen Augen spiegelten sich die Sterne und sein Gesicht nahm einen verträumten Ausdruck an. Ein verzauberter Glanz lag darauf. Orb entspannte sich, während sie ihn ansah. *‚Auch er ist schön, gerade jetzt, in diesem Moment'*, dachte sie mit Verwunderung und einem gewissen Erstaunen. Die Gefühle, die sie so sehr versucht hatte zu unterdrücken, kehrten mit aller Macht zu ihr zurück. Sie konnte nicht länger leugnen, dass sie ihn attraktiv fand, ja ihn sogar begehrte. Sie beugte sich vor, und er kam ihr entgegen in vollkommener Übereinstimmung.

Indra

Indra runzelte die Stirn und sah von einem zum anderen. „Ihr hättet mich über die Ereignisse auf dem Feld informieren müssen", sagte er mit leisem Vorwurf in der Stimme.

„Dazu hatten wir keine Zeit und außerdem befürchtete ich endlose Debatten in eurem Rat, das kann ich mir nicht leisten. Eine schnelle Lösung musste her und es hat sich doch letztlich zur Zufriedenheit aller Beteiligten eine solche ergeben." Yama lehnte sich zufrieden in seinem Sessel zurück. „Oder bist du anderer Meinung?"

„In der Tat, deine Lösung war erstaunlich diplomatisch, dennoch hätte ich gern die Konfrontation mit den Naga vermieden."

„Die Devas waren an diesem Konflikt doch nur peripher beteiligt. Sie hatten kaum etwas damit zu tun. Letztlich haben jetzt alle, was sie wollten. Devas und Naga bekommen zu gleichen Teilen einen Anteil an den Somabäumen und die Naga brauchen ein Monopol auf das Soma nicht mehr zu fürchten. Auch die Nachkommen meines Volkes sind jetzt sicherer. Das hoffe ich jedenfalls."

„Trotzdem hätte ich gern über alles Bescheid gewusst. Zumindest du, Orb, hättest mich informieren müssen", sagte Indra ernst.

„Es tut mir leid." Orb sah zu Yama hinüber, bevor sie Indra in die Augen sah. „Genauso wie Yama fürchtete ich die Auseinandersetzungen im Rat. Wer weiß, möglicherweise hätten sie sich am Ende gegen eine Zusammenarbeit mit den Asura entschieden und dann hätte ich meine Arbeit nicht fortsetzen können."

„Deine Befürchtungen kann ich gut nachvollziehen, allerdings sind die Probleme auch jetzt noch nicht gelöst. Früher oder später werden andere Deva davon erfahren. Und solange sich noch so viele Asura auf Nirva befinden, fürchte ich, dass dieser Fall früher eintritt, als uns lieb ist." Indra seufzte, stand auf und lief im Audienzsaal hin und her. „Wir müssen sie so schnell wie möglich von hier fortbringen, bevor sie entdeckt werden, ansonsten kann ich für nichts garantieren."

„Genau das ist der Grund, warum ich mit den Naga dieses Abkommen traf", erklärte Yama noch einmal.

„Ja, schon gut", beschwichtigte Indra und winkte ab. „Jetzt, wo das Portal zerstört ist, müssen wir die Asura auf andere Weise zurück in die Unterwelt schaffen. Wie sieht es aus, Yama, du beherrschst doch die Teleportation und kannst problemlos Personen und Gegenstände mit dir nehmen. Warum schaffst du die Asura nicht auf diese Weise von Nirva fort?"

Yama lachte schallend auf. „Das ist eine absurde Idee. Es sind Asura, über die du da redest. Um mit ihnen springen zu können, müsste ich sie in meine Substanz aufnehmen und das würde keiner von ihnen zulassen. Es wäre für sie eine überaus beängstigende Erfahrung, gegen die sie sich mit ganzer Kraft wehren würden. Ich könnte sie natürlich überwältigen, doch dafür müsste ich den Widerstand bei jedem Einzelnen brechen und das würde auch für mich mehr als nur unangenehm werden."

„Hm!" Indra seufzte. „Dann müssen wir sie eben auf anderem Weg fortschaffen. Ein weiteres Portal kann ich nicht so ohne Weiteres beschaffen, das wäre einfach zu auffällig. Es bleibt also nur der Abtransport durch ein Himmelsschiff, das sich durch die Dimensionen bewegen kann. Ich werde dich kontaktieren, sobald mir eines zur Verfügung steht."

„In Ordnung", sagte Yama und nickte zum Einverständnis.

Orb sprang auf. „Jetzt, wo das geklärt ist, werde ich mich zurückziehen, um einige Freunde und meine Familie zu besuchen. Ich brauche ein paar Tage Ruhe, bevor ich meine Arbeit fortsetze."

Auch Yama erhob sich aus seinem Sessel. „Bei all der Aufregung in den vergangenen Wochen ist das nur verständlich. Wir sehen uns also in einigen Tagen?"

„Ja, ich denke", bestätigte Orb. „Spätestens in einer Woche werde ich wieder auf dem Feld sein." Ein kurzes Lächeln huschte über ihr Gesicht, dann drehte sie sich um und verließ den Audienzsaal.

„Hast du es ihr gesagt?", erkundigte sich Indra, als sie allein waren.

„Was?"

„Stell dich nicht dumm, Jeng."

„Ich wollte es ihr sagen, leider kam ich nicht mehr dazu. Meinst du, sie wird es akzeptieren?", fragte Jeng und sah ihn besorgt an.

„Schwer zu sagen, auch ich hatte da meine Schwierigkeiten, wie du weißt. Doch wie ich aus ihrem Verhalten schließe, hält sie dich inzwischen nicht mehr für einen Asura. Sie wirkte viel entspannter in deiner Nähe."

„Ja, sie fürchtet sich nicht mehr vor mir", bestätigte Jeng. Er seufzte und ließ sich zurück in den Sessel fallen. „Sobald sich eine Gelegenheit ergibt, werde ich ihr alles, was Yama betrifft, erzählen. Alles, was sie wissen muss."

„Gut." Indra erhob sich. „Warte hier einen Moment. Ich komme gleich wieder." Eilig verließ er den Saal und ließ Jeng allein. Als er zurückkam, lag ein breites, freundliches Grinsen auf seinem Gesicht, das die vielen kleinen Lachfältchen deutlicher hervortreten ließ. Er stellte ein kleines Glasfläschchen auf den Tisch und schob es zu Jeng hinüber. „Das ist für dich, als Dank dafür, dass du Orb beschützt hast und auch für dein diplomatisches Geschick, das ich dir, zugegebenermaßen, nicht zugetraut hätte."

Jeng nahm das Fläschchen an sich und betrachtete die schwarze Flüssigkeit darin.

„Ich weiß, es ist nicht viel", fuhr Indra fort, „aber unsere Somavorräte neigen sich dem Ende zu."

„Dein Dank ist schon mehr als genug, aber über das Soma freue ich mich zusätzlich. Ich weiß ja, wie kostbar es für euch Devas ist." Yama zog das Fläschchen in seine Substanz ein und erhob sich. „Ich werde jetzt gehen." Er wandte sich Indra zu, um sich zu verabschieden.

Indra ergriff seine Hand. „In mir wirst du immer einen Fürsprecher haben. Falls es wegen der Nachkommen zu Streit im Rat kommen sollte, werde ich deine Belange so gut vertreten, wie ich kann."

Jeng nickte. „Ich weiß das zu schätzen", sagte er, während sich bereits die Substanz über sein Gesicht zog. Er verschwand gleich darauf.

Harkandas

Nirva war voller Leben. Alles wirkte fremd und doch so vertraut auf mich. Heimat war nur ein Wort und die Erinnerung an ein Leben in dieser Welt war in mir längst verschüttet. Es war Ewigkeiten her, seit ich das letzte Mal frei über dieses Land gezogen war. Daher genoss ich die Schönheit, die mich umgab, umso mehr, während ich wie alle anderen um das Feld herum patrouillierte und Wache hielt.

Wie abertausend farbige Fünkchen blitzten Blumen aus dem Gras hervor und wiegten sich im Wind. Dazwischen sirrte und summte es. Feenwesen und Insekten flogen gleichermaßen geschäftig zwischen den Blüten hin und her. Vögel sangen in Büschen und Bäumen und erfreuten mich mit vielstimmigen Klängen. Und des Nachts, ja des Nachts leuchteten Sterne. Ich hatte schon vergessen, wie erhaben und schön sie waren.

Wie lange ich auf Nirva verweilen durfte, wusste ich nicht. Ich wusste nur eins, ich wollte nicht mehr fort von hier. Absichtlich entfernte ich mich immer weiter vom Feld, bis es schließlich nur noch vage in der Ferne zu erkennen war. Stille. Frieden. Es war eine Wohltat. Ich wünschte mir nichts anderes mehr, als für immer hier bleiben zu können. Natürlich währte dieser Moment des Glücks nur kurz. Schon spürte ich ein Zerren und Ziehen in meiner Substanz. Mein Herr rief nach mir. Widerwillen regte sich. Ich wollte nicht gehorchen, nicht wissen, was es diesmal war, das er von mir verlangte. Ich schaute zum blauen Himmel hinauf und überlegte schon, ob es nicht besser wäre einfach weiterzulaufen, fort von dem Feld und fort von meinem Herrn, da erblickte ich einen schwarzen Vogel hoch über mir. Ich erschrak. Wie lange kreiste Varuns Kundschafter bereits dort und beobachtete mich unbemerkt?

Der Traum von Freiheit brach in sich zusammen. Ich wusste natürlich, wie lächerlich er war. Folgsam und meinem Schicksal ergeben wandte ich mich um und gehorchte. Der Vogel begleitete mich und ließ mich nicht einen Augenblick aus den Augen. Dabei wirkte er über die Maßen schön in seinem freien schwerelosen Flug. Wie sehr beneidete ich ihn in diesem Moment.

Ich erkannte meinen Herrn schon von Weitem. Seine machtvolle Substanz überragte alle übrigen Asura um Längen. Varun wartete geduldig und kam mir nicht einen einzigen Schritt entgegen.

„Da bist du ja endlich, Harkandas. Du hast dich recht weit von den anderen entfernt", stellte er fest.

Ich schwieg. Was sollte ich auch sagen? Ich wusste ja, dass ich dazu nicht seine Erlaubnis hatte. Demütig sah ich zu Boden und wartete, dass sein Zorn über mich kam. Doch ein Schlag blieb aus. Er ignorierte mein Vergehen und sagte stattdessen: „Ich war in Meru. Orb Ria und ich haben Indra über die Vorgänge auf dem Feld informiert. Mit der Vereinbarung, die wir mit den Naga ausgehandelt haben, ist auch er einverstanden. Allerdings verlangt er von mir, dass die Asura möglichst schnell in die Unterwelt zurückkehren. Zu diesem Zweck wird er uns einen Himmelswagen zur Verfügung stellen, der alle von hier fortbringen wird."

Widerstand regte sich erneut in mir. „Herr", warf ich ein, „wir dürfen das Feld nicht den Devas überlassen."

„Da hast du vollkommen recht. Das werde ich auch nicht tun. Im Moment wissen nur Orb Ria und Indra von dem Feld. Andere Devas wären möglicherweise nicht einverstanden mit der Vereinbarung, die Indra mit uns getroffen hat. Falls sie aber davon erfahren, würden sie die Nachkommen vielleicht töten lassen, sobald die Somabäume sie für ihre Entwicklung nicht mehr benötigen."

Aufgeregt erwiderte ich: „Das dürfen wir nicht zulassen, Herr. Wir dürfen sie nicht schutzlos zurücklassen, vielmehr sollten wir mehr Asura hierher bringen, um sie zu verteidigen."

„Nein, Harkandas", widersprach Varun, „ich werde keinen weiteren Krieg provozieren. Vielmehr werde ich das Angebot der Naga annehmen. Sie stehen in unserer Schuld, daher sollen sie in Zukunft auch für die Sicherheit der Nachkommen sorgen."

„Ihnen könnt Ihr nicht vertrauen", warf ich zornig ein.

„So? Wem dann?", fragte Varun ruhig.

Ich schwieg und fühlte diese unheimlichen blauen Augen auf meiner Substanz brennen. Mich schauderte.

„Der Zorn, den du spürst, rührt nicht von der Sorge für die Asurakinder her, nicht wahr? Ich verstehe sehr gut, warum du Nirva nicht verlassen möchtest, doch noch ist die Zeit für uns nicht gekommen. Noch werden uns die Devas nicht in die Heimat zurückkehren lassen. Du musst geduldig sein, Harkandas. Eines Tages werden wir Nirva wieder unsere Heimat nennen können, das verspreche ich dir."

Verwirrt blickte ich kurz zu ihm auf. *Er versprach mir? Wie meinte er das?*

Unbeirrt fuhr Varun fort: „Nach der Audienz schenkte mir Indra ein kleines Fläschchen Soma, als Dank dafür, dass ich die Devi aus der Gefangenschaft befreit und sie beschützt habe. Man sagt, der Gott Soma entscheidet selbst darüber, wie der Göttertrank wirkt. Er ist immer von Nutzen für den, der ihn genießt, niemals ist er schädlich und nie bewirkt er Schlechtes. Ich selbst benötige einen solchen Trank nicht. Jedenfalls nicht im Moment. Doch ich glaube, für dich wäre er von großem Nutzen. Deshalb möchte ich ihn dir schenken." Varun zog ein kleines Fläschchen hervor und hielt es mir hin.

Ich erschrak. Wollte mein Herr mich verhöhnen? Warum wollte er etwas so Kostbares nicht für sich selbst?

„Nun nimm schon", forderte Varun mich auf.

Meine Substanz begann, nervös zu zittern. Ich wagte es nicht, das Fläschchen an mich zunehmen und warf nur kurz einen sehnsüchtigen Blick darauf.

„Nimm den Trank als Lohn für all die Dienste, die du mir bisher als mein Stellvertreter erwiesen hast. Auch wenn du dich schon so manches Mal meinem Befehl widersetzt hast, bin ich doch insgesamt zufrieden mit dir. Ich denke, Soma wird dir nützen, also nimm es an dich, bevor ich mein Angebot zurückziehe", drängte er.

Blitzschnell griff ich nach dem Fläschchen und wich dann rasch einige Schritte zurück, in Erwartung eines Angriffs, der nicht erfolgte.

„Gut", sagte Varun und klang dabei zufrieden. „Entferne dich von den anderen, bevor du den Göttertrank zu dir nimmst. Niemand von ihnen soll sehen, was ich dir gab. Kehre erst zurück, wenn die Wirkung nachgelassen hat. Jetzt geh!"

Diesmal zögerte ich keine Sekunde, seinem Befehl Folge zu leisten. Ich zog das Fläschchen in meine Substanz ein, drehte mich um und rannte so schnell ich konnte von ihm fort.

Ich hetzte über die Ebene, dem Dschungel entgegen. Tiere flohen in Panik vor mir, ich ließ sie ziehen. Als ich in den Wald einbrach, schlugen riesige Farnwedel über mir zusammen. Lianen strichen über meine Substanz hinweg, während ich mich durchs Unterholz zwängte. Was ich hier suchte, konnte ich nicht sagen. Vielleicht war es das vertraute Zwielicht, das mich lockte, weil es Deckung versprach. Durch das dichte Blättergewirr drang kaum ein Lichtstrahl bis zum Boden hinab.

Ich wusste nicht, wie lange ich durch den Dschungel lief, bis es vor mir heller wurde. Aus dem Dickicht heraus sprang ich ins Freie und fand mich plötzlich auf einer grünen Lichtung wieder.

Zierliche, violette Blüten leuchteten im Grün. Durch dunstige Nebelschleier entfaltete sich das Licht fächerförmig bis zum Boden. Hier wollte ich bleiben. Während ich so dastand und mich umsah, entdeckte ich einen bunten Vogel, mitten zwischen den Zweigen, der auf einem Nest saß. Neugierig trat ich näher heran. Der Vogel schaute mich an und schien sich nicht vor mir zu fürchten. Ich berührte das Tier, da flatterte er davon. In dem Nest, auf dem er gesessen hatte, befanden sich drei braun gesprenkelte Küken. Eines nahm ich vorsichtig auf und betrachtete es aus der Nähe. Es reckte mir seinen Schnabel entgegen und schien so zerbrechlich, ein kleines Etwas, vollkommen hilflos. Vorsichtig setzte ich es zurück in sein Nest, sah mich um und lauschte.

Alles schien friedlich. Sonnenlicht flirrte durch das grüne Laub. Vielstimmig, fremd und doch schön klangen die Rufe der Dschungeltiere. Hoch über mir kreisten seltsame Geschöpfe mit dünnen papierenen Flügeln, doch den Kundschafter meines Herrn konnte ich nirgends entdecken. Dennoch wusste ich, dass ich nicht sicher sein konnte, dass *er* mich nicht sah.

Aufgeregt zog ich das Fläschchen aus meiner Substanz hervor. Das hübsche, bunt verzierte Glas funkelte verheißungsvoll im Sonnenlicht. Fasziniert betrachtete ich den Inhalt darin. Welch dunkles Geheimnis mochte es enthalten? Seltsam. Nie zuvor hatte ich vom Göttertrank gekostet und doch rief und lockte er mich, so als hätte die Flüssigkeit einen eigenen machtvollen Willen. Dennoch zögerte ich. Warum, so fragte ich mich, hatte Varun den Trank nicht für sich selbst behalten? Wieso gab er ihn mir? Misstrauisch sah ich das Fläschchen an. Wollte mein Herr mich täuschen? Enthielt es gar, statt des verheißungsvollen Tranks, ein tödliches Gift? ‚Nein', dachte ich, ‚*das kann nicht sein. Wenn er mich töten wollte, bräuchte er dazu weder Täuschung noch Gift. Sein Blick allein reichte dafür aus.*'

Unschlüssig drehte ich das Fläschchen hin und her, dann, beinahe unfreiwillig, öffnete ich es. Ich formte eine kleine Mulde aus und goss den Inhalt hinein. Fast augenblicklich drang der schwarzbraune Trank in meine Substanz. Ich wusste nicht, wie schnell das Elixier wirken würde. Also wartete ich und es geschah … nichts. Enttäuscht wollte ich schon die Lichtung verlassen, da plötzlich begann meine Substanz zu flimmern. Alle Farben verschwammen und unter mir öffnete sich der Boden. Ich stürzte mitten hinein in bodenlose Tiefe. Schwärze, gestaltloses Nichts. Panisch schlug ich um mich und suchte vergeblich nach Halt. Unaufhaltsam war mein Sturz und ich schrie in brüllender Todesangst und maßlosem Entsetzten. Langsam wurde es heller, diffuses Grau mischte sich unter das Schwarz und ich sah flatternde Gestalten, die um mich herumtanzten.

Plötzlich hörte ich eine Stimme sagen: „Hab Vertrauen, Harkandas, lerne fliegen wie sie." Die Stimme schien von überall zugleich zu kommen. Ich betrachtete die

Gestalten genauer, deren filigrane Flügel aus dünner, papierener Haut bestanden. Instinktiv ahmte ich ihre Gestalt nach. Ich trudelte und fiel langsamer als zuvor. Schließlich flog ich. Unmittelbar unter mir sah ich ein milchig weißes Meer, an dessen Rand hohe Bäume von unterschiedlichster Art standen. Ich landete an einem schmalen silbrigen Sandstrand und sah mich um.

„Wo bin ich?" Die Antwort auf meine Frage, entstand fast augenblicklich in meinem Geist.

„Du stehst am Ufer der raum- und zeitlosen Quelle aller Existenz, in der fortwährenden Schöpfungsgegenwart, die manche den Milchozean nennen."

‚Der Milchozean?', dachte ich erstaunt. ‚Aus dem Mahisha seine mächtigen Zauber gewann?' Ich trat näher an das Ufer heran. Leicht kräuselte sich die Oberfläche des Gewässers. Ich beugte mich hinunter, fasste hinein und zog einen feinen Faden heraus, den ich fasziniert betrachtete.

„Sämtliche Wesen und alle Dinge haben ihren Ursprung hier, an diesem Ort", erklärte die Stimme.

Ich fragte: „Wer bist du, der zu mir spricht?" Zugleich entstand in mir die Antwort. *„Dein Gegenstück, dein Ahnenwesen, deine Seele, dein Atman. Du bist ich, der Erfahrungen macht innerhalb einer gestalteten Welt und innerhalb der Zeit."*

„Das verstehe ich nicht", sagte ich.

„Eines Tages wirst du es verstehen", versprach die Stimme mir.

„Bedeutet das, ich kann von nun an ebenso machtvolle Zauber wirken, wie es Mahisha einst tat? Und kann ich durch sie Varun bezwingen?", fragte ich hoffnungsvoll.

„Ihn bezwingen? Nein", erwiderte die Stimme. *„Bedenke, wie du hierher gelangt bist. Hast du das nicht allein Varuns Großzügigkeit zu verdanken?"*

Bei diesen Worten überkam mich ein seltsam fremdes Gefühl, das ich nicht zu benennen vermochte. Verlegen schwieg ich und trat noch näher an das milchige Gewässer heran, das sanft wie lichter Nebel und jenseits aller Stofflichkeit war.

„Sieh genau hin, Harkandas", forderte mich die Stimme auf.

Der Ozean wurde glatt wie ein Spiegel. Gestalten bildeten sich auf der Oberfläche und die Stimme sprach: „Einst, vor langer Zeit, stieg Gott Soma aus dem Milchozean empor, um die gestaltete Welt zu betrachten. Und als er schaute, keimte der Wunsch in ihm auf, Einfluss zu nehmen auf die Geschicke der Wesen darin. So pflanzte er seinen Samen in die Erde von Nirva ein und der Samen keimte. Doch als der Keimling die Erde durchbrach und sich dem Licht der Sonne entgegenreckte, fühlten sich unzählige Wesen zu ihm hingezogen. In ihrer Gier stürzten sie sich auf ihn und er starb. Da erkannte Soma, dass sein Samen in der Welt der Vielfalt Schutz benötigte, um sich ungestört entwickeln zu können. So bat er Gott Shiva um Hilfe und Shiva verstand seinen Wunsch nur zu gut, war er doch selbst der Gott der Zerstörung und des stetigen Wandels. Er ließ einen Tropfen seines eigenen Blutes auf Nirva fallen, woraus der erste Asura entstand. Und Shiva sprach: Genau wie dieser Asura, bist auch du, Soma, Teil meines Wesens. Gib den Samen dem Asurakind. Es wird ihn schützen, solange bis er stark genug ist, um sich selbst behaupten zu können. Schenke meinem Kind dafür deine Gunst. Selbstsüchtig, neidisch und zornig ist es. Schütze ihn vor den Angriffen seiner Art und sorge dafür, dass sich die Asura nicht gegenseitig auslöschen können. Darüber hinaus hilf ihnen, dass sie in ferner Zukunft den Weg zurück in die Gemeinschaft finden."

Und ich beobachtete, wie Gott Soma den Samen dem jungen Asura gab und sich mit ihm verband. Ich sah, wie beide heranwuchsen und wie der erste Asura den jungen Baum vor jeglichem Angriff schützte. Schließlich sah ich, wie sie sich wieder voneinander trennten und auch wie der erste Asura sich in eine Höhle zurückzog, um einen Abkömmling hervorzubringen, der sich wiederum einen neuen Samen suchte. So setzte sich die Reihe fort. Und aus dem allerersten Asura gingen bald Unzählige hervor, die sich auf Nirva verbreiteten und mit ihnen das Soma.

„Jetzt kennst du die Geschichte eures Ursprungs", hörte ich die Stimme sagen.

„Was soll mir das nützen?", fragte ich.

Statt meine Frage zu beantworten, stellte mir die Stimme eine Gegenfrage. *„Warum glaubst du, hat dir Varun den Trank gegeben?"*

„Weil er trotz seiner Stärke schwach ist", antwortete ich überzeugt.

„Du irrst, Harkandas. Nicht weil er schwach ist, gab er ihn dir, sondern weil er Kenntnisse besitzt, von denen gewöhnliche Asura nichts wissen. Er hat begriffen, was ich dir mit der Geschichte von unserem Ursprung mitteilen wollte. Alle Asura gehen auf einen Vorfahren zurück. Varun weiß das. Und er weiß auch, dass, wenn er das Soma an dich weiter gibt, er sich in Wahrheit selber beschenkt."

„Was du sagst, ist Unsinn", erwiderte ich. „Wenn Varun den Trank für sich genutzt hätte, dann würde er jetzt statt mir am Ufer des Milchozeans stehen."

„Du, Harkandas, stehst am Rande des Michozeans. Varun dagegen ist eins geworden mit ihm. Um hierher zu gelangen, benötigt er das Soma nicht."

Diese Information irritierte mich, was sollte das heißen?

Unbeirrt fuhr die Stimme fort. *„Es ist noch nicht lange her, da hast du einen guten Rat bekommen. Die Seele eines Menschen sagte zu dir: ‚Frage, wenn du etwas wissen willst.' Varun ist anders als Mahisha und anders als jeder Herr vor ihm. Du hast das selbst erkannt. Wenn du klug bist, kannst du viel von ihm lernen. Sicher wird er dir nicht jede Frage beantworten, doch musst du auch keine Strafe fürchten, nur weil du fragst. Nutze das! Wenn du ihm folgst, statt dich ihm entgegenzustellen, wird er dich in vielem unterstützen. Du wirst sehen."*

Es waren die letzten Worte, die ich vernahm. Schon spürte ich ein Ziehen und Zerren in meiner Substanz. Eine unbekannte Macht zog mich fort von diesem unwirklichen Ort. Ich schwebte dem wesenlosen Nichts entgegen. Doch diesmal hatte ich keine Angst. Rings um mich sah ich Asura, die sich im unbarmherzigen Kampf gegenseitig bekriegten. Sie schlugen mit scharfen, krallenbewehrten Klauen zu, verbissen sich ineinander und stießen in blindwütiger Raserei ihre Substanz in die der anderen. Unbeteiligt sah ich der Szenerie zu, und während ich weiterstürzte, erkannte ich, wie sinnlos all diese Kämpfe waren. *‚Ein Krieger besitzt den Mut, gewohnte Wege zu verlassen'*, hörte ich jemanden sagen. War es meine eigene Stimme? Ich wusste es nicht. Unter mir erkannte ich bereits die Lichtung, der ich entgegenstürzte.

Als ich zu mir kam, lag meine Substanz ausgebreitet auf dem Grün. Regen prasselte auf mich herab. Hatte ich diesen Ort je verlassen? Ich richtete mich auf und sah mich um. Dichte Nebelschwaden erschwerten mir die Sicht, doch alles schien friedlich. Nur der Boden unter mir bebte. Schwindel sprang mich an. Ich fiel auf alle Viere und bohrte meine Krallen in den weichen Waldboden, um Halt zu finden. Ich zitterte und fühlte mich unwohl und euphorisch zugleich. Deshalb legte ich mich zurück auf das Grün, lauschte dem Klang der Regentropfen, die auf das dichte Blätterdach fielen, und auf die vielfältigen Stimmen der Waldgeschöpfe. Dabei verfiel ich in einen seltsam heiteren Zustand. Das Gefühl von Zufriedenheit war so angenehm, dass ich mir keinen anderen Ort vorstellen konnte, an dem ich in diesem Moment lieber gewesen wäre. Zum ersten Mal in meinen Leben war ich frei von Angst. Ich lag da, bis die Sonne unterging und am nächsten Morgen wieder empor stieg. Erst dann streckte ich meine Substanz. Ich entdeckte die Stelle, an der durch das dichte Gehölz in die Lichtung eingebrochen war, und folgte dem Pfad zurück auf offenes Gelände. Zunächst rannte ich voller Freude über die Ebene, dann, einer Eingebung folgend, änderte ich meine Gestalt. Papierene Flügel spannten sich auf und ich flog. Zunächst unsicher und unbeholfen, doch bald gewann ich Vertrauen in diese neue Kunst und schwang mich höher und höher in die Luft. Ich stieß einen Jubelschrei aus, während ich den Wind unter meinen Flügeln genoss. In der Ferne sah ich schon das Feld und meine Brüder darauf, die als schwarze Flecken in der Landschaft zu erkennen waren. Zu ihnen zog es mich. Sollten sie neidisch sein, auf meine neue gewonnene Fähigkeit. Ich wusste, niemand konnte sie mir je wieder nehmen.

Orb Ria

Müde rieb sich Orb über die Augen und ließ sich in einen Sessel fallen. Sie war bei ihren Eltern gewesen und hatte auch einige Freunde besucht. Alle freuten sich, sie wiederzusehen und jeder bedrängte sie mit Fragen. Doch die Neuigkeiten, die sie ihnen berichtete, waren nicht ehrlich und den meisten Fragen versuchte sie auszuweichen. Irgendwie fühlte sich das alles verkehrt an, etwa so, als hielte man ein Messer mit der Schneide in Händen. Sie seufzte. Draußen neigte sich der Tag dem Ende zu. Unruhig stand sie auf und ging rastlos durch das Zimmer. Es gab noch jemanden, den sie aufsuchen musste. ‚*Aber nicht mehr heute*‘, dachte sie und begab sich in das Bad.

Warmer Regen fiel von der Decke, es war eine Wohltat nach den langen, entbehrungsreichen Wochen. Endlich konnte sie wieder den Luxus und die Annehmlichkeiten ihres Hauses genießen. Sie wusch und schrubbte sich gründlich unter der warmen Dusche. Plötzlich hörte sie ein Geräusch hinter sich. Sie wandte sich um und er stand da, vollkommen nackt. Orb erschrak.

„Warum hast du mich nicht informiert, dass du wieder in der Stadt bist?", seine Stimme klang vorwurfsvoll.

Orb ging nicht darauf ein. „Du hast mich erschreckt, Skanda", erwiderte sie.

Er lächelte sie an, mit diesem gewinnenden Lächeln, das sie immer so attraktiv an ihm fand. „Ich wollte dich überraschen. Freust du dich etwa nicht, mich zu sehen?" Er trat zu ihr unter die Dusche und gab ihr einen Kuss, begehrlich und drängend.

Sie drückte ihn von sich und sagte entschuldigend: „Ich wollte mich morgen bei dir melden. Die letzten Wochen waren so anstrengend, jetzt brauche ich erst mal etwas Ruhe."

„Ruhe? Sogar vor einem lieben Freund?" Er trat hinter sie. Seine Hände glitten über ihren Körper und verweilten schließlich auf ihren Brüsten.

Orb entwand sich ihm. „Ja, Ruhe, selbst vor dir. Ich wollte heute niemanden mehr sehen." Sie stellte das Wasser ab, griff nach einem Handtuch, warf es ihm zu, dann griff sie nach einem weiteren und begann, sich abzutrocknen.

„Wo warst du eigentlich die ganze Zeit?", fragte Skanda, als er aus der Dusche trat. Seine hellrote Haut wirkte im schummrigen Licht des Badezimmers beinahe braun.

„Ich habe dir doch schon geschrieben, dass ich darüber nicht sprechen darf." Orb biss sich auf die Unterlippe und fügte hinzu: „Noch muss es ein Geheimnis bleiben, aber glaub mir, wenn ich darüber sprechen kann, wird es für alle ein Freudentag werden. Und dann wird mir endlich auch die Anerkennung zuteilwerden, die ich verdiene."

„So? Das hört sich ja großartig an. Ich freue mich für dich. Und du möchtest wirklich nicht, dass ich bleibe?", fragte Skanda noch einmal.

Orb betrachtete ihn nachdenklich. Ihre Augen glitten dabei über seinen durchtrainierten Körper. Er war ein Krieger, der es nicht gewohnt war, abgewiesen zu werden. Sein Stolz ließ dafür keinen Platz. „Bitte, tu mir den Gefallen, Skanda", bat sie deshalb und versprach: „Morgen werde ich zu dir kommen, wenn es mir besser geht."

Er sah sie an, mit einem Blick, der so durchdringend war, dass ihr ein kalter Schauer den Rücken hinablief, doch er gab nach.

„Also gut, dann erwarte ich dich morgen früh." Skanda wandte sich von ihr ab, ohne sich von ihr zu verabschieden und verließ das Haus.

Alepou im Bardo

Über ihm breitete sich der weite Himmel aus. Eine golden schimmernde Sonne stand im Zenit. Alepou schaute hinein, ohne von ihr geblendet zu werden. Ein Farbenspiel von unbeschreiblicher Schönheit erblickte er in diesem Licht. Lange lag er so da und erfreute sich an dem Schauspiel, dann stand er auf. Vor ihm erhoben sich Berge.

Ein hohes Ziel.

Einer Eingebung folgend wandte er sich ihnen zu. Etwas in ihm drängte darauf, den höchsten Gipfel zu besteigen, nur um von dort den grandiosen Ausblick zu genießen. In freudiger Erwartung schritt er eilig voran.

Am Fuß des Gebirges angekommen, blickte er noch einmal zurück. Über die grüne Ebene flimmerte ein buntes Blütenmeer. Der harzige Duft der Bäume und der liebliche Duft von Blüten wehten zu ihm herüber. Hier fühlte er sich wohl. An diesem Ort hatte seine Seele Frieden gefunden. Er sah zum Gipfel hinauf und zögerte. Sollte er tatsächlich den beschwerlichen Aufstieg wagen? Warum nicht hier bleiben, wo er glücklich war?

Alepou riss sich von diesen Gedanken los, etwas Unbestimmtes trieb ihn voran. So betrat er den schmalen Pfad, der steil bergauf führte und sich immer höher wand. Mühsam war es diesen Weg zu beschreiten. Bald schon kamen ihm erneut Zweifel. Wofür nur sollte er sich abmühen? War der Ort, von dem er kam, nicht tausendmal schöner als dieser? Und hatte er es nicht verdient, dort zu sein? War es nicht doch besser, umzukehren?

‚*Nein*‘, dachte Alepou entschlossen, ‚*ich muss weiter.*‘ Er ging und ging. Der Pfad wurde steiler, sodass er klettern musste. Er zog sich an scharfkantigen Felsen hinauf und stieg beharrlich höher. Bald schon musste er sich an den Felsvorsprüngen mit aller Kraft festkrallen. Dabei geriet er außer Atem. Schweiß rann an seinem Körper herab. Wieso? Weil er es erwartete? Seltsam froh war er über dieses Gefühl, genauso wie über den Schmerz in seinen Händen. Hell fühlte sich seine Seele, in froher Erwartung auf das, was vor ihm lag. Plötzlich und ganz unerwartet sah er den Gipfel.

Das letzte Stück des Weges erklomm er mühelos. Dann endlich stand er auf dem Grat im gleißenden Sonnenlicht. Ein letztes Mal blickte er zurück, hinab ins Tal. Doch dichter Nebel versperrte ihm die Sicht und so wandte er sich ab.

Es war ein sonderbarer Ort, hoch über der Welt. Alepou wusste, dass er am Ende seiner Reise angelangt war. Ihm war froh und feierlich zumute. Nicht weit von ihm entfernt sah er ein Tor, dessen Torflügel weit offen standen und ihn willkommen hießen.

Er lächelte und schritt ohne zu zögern darauf zu. ‚*Ich werde verändert wiederkehren, ein anderer sein, wenn ich dieses Tor durchschreite*‘, erkannte er, ‚*doch dieses*

Mal werde ICH IHN finden und ICH werde IHN erkennen.'

Beinahe stürzte er durch die Pforte, flog und wirbelte im klaren Nichts dem Unendlichen entgegen. Hinein in den Schoß der Mutter.

Epilog

Vor einer Stunde war die Sonne aufgegangen. Ravu beugte sich mit angespannter Miene über die Instrumente. „Eine gewaltige Sturmfront liegt direkt vor uns. Ich denke, es ist besser, sie zu umfliegen", informierte er seinen Kopiloten. Dieser nickte nur müde, während Ravu die neue Flugroute in den Bordcomputer des Himmelsschiffs eingab. „Der Umweg ist nicht allzu weit, und wir liegen gut in der Zeit. Allerdings führt er über das Nagagebiet hinweg. Das wird ihnen sicher nicht gefallen. Aber, na ja, es kommt schließlich nicht allzu häufig vor."

Unter ihnen zogen sich die weiten Grasebenen dahin. Vor ihnen war das Unwetter bereits als dunkelgraue Wolkenwand zu erkennen. Ravu verließ den ursprünglichen Kurs und schwenkte nach rechts. Der Antrieb summte und folgte willig der Kursänderung des Piloten.

Ihr Transporter war auf dem Weg zum Hafen von Birigo und der Frachtraum war gefüllt mit den verschiedensten Gütern aller Art. Es war ein einfacher, nicht sehr anspruchsvoller Job, den die beiden Devas verrichteten, doch ließ er ihnen genug Zeit für Zerstreuung. Ravu und auch sein Kopilot Riva waren nicht sonderlich ehrgeizig. Und bisher war bei ihnen auch noch keine besondere Fähigkeit zutage getreten, die viele Devas auszeichneten.

Durch das Sichtfenster kam langsam der Dschungel näher. Bald würde ihr Transporter das Nagagebiet erreichen. Zwar existierte ein Abkommen mit ihnen, das es den Devas verbot, die Gebiete der Naga zu überfliegen, doch hielten sich die meisten Devas nicht daran. Was sollte auch schon passieren? Die Naga selbst besaßen keine Fluggeräte. Konsequenzen waren also kaum zu befürchten.

Plötzlich riss Ravu erstaunt die Augen auf. „Was ist das dort drüben?", fragte er seinen Freund und stieß ihn an.

Riva blickte auf. „Wo?"

„Na dort." Er zeigte ihm aufgeregt gestikulierend die Richtung an. „Dort bei dem ummauerten Feld. Siehst du das? Diese schwarzen Flecken? Sie bewegen sich. Und die Umgebung rund herum ist verbrannt."

Ravu lenkte das Himmelsschiff nach rechts und hielt geradewegs auf das Feld zu. Es geschah selten etwas Ungewöhnliches auf ihrem Flug, umso begieriger waren die jungen Devas auf Neuigkeiten. Als sie näherkamen, wollten sie zunächst ihren Augen nicht trauen.

„Das ist doch unmöglich", rief Ravu aus. Ein Schauder lief ihm über den Rücken.

„Ich sehe sie auch", bestätigte Riva seinem Freund. „Das müssen ungefähr fünfzig Asura sein. Wie kommen die hierher?"

„Was weiß denn ich? Wir müssen das so schnell wie möglich melden." Kaum hatte Ravu den letzten Satz beendet, da erschütterte etwas das Schiff. „Wir werden angegriffen!", schrie Ravu entsetzt.

Das Transportschiff wurde heftig durchgeschüttelt, sodass es vom Kurs abkam. Hektisch riss Ravu das Steuer herum.

„Was sollen wir jetzt tun?", fragte Riva, der genau wie sein Freund von der unerwarteten Situation vollkommen überfordert war.

Ravu beschleunigte. „Setz einen Notruf ab", rief er dabei seinem Kopiloten zu. Der nickte und gab hastig den Notruf und ihre Koordinaten in den Bordcomputer ein. Draußen hörte man, wie etwas sich an der Außenhaut zu schaffen machte. Das Schiff erbebte von donnernden Schlägen. Sie hörten unerträgliche Kratzgeräusche von scharfen Krallen und ein durchdringendes Grollen an der Außenhaut. Etwas wollte in das Schiff eindringen. Riva drehte sich um und sah, wie Substanzklingen in das Innere vordrangen und den entstandenen Riss weiteten. Ihm standen die Haare zu Berge, kalter Schweiß trat ihm auf die Stirn. Sein Herz hämmerte beinahe schmerzhaft gegen die Brust. Doch dann, ganz unerwartet, kam das Schiff wieder ins Gleichgewicht. Der unbekannte Angreifer hatte offenbar von ihnen abgelassen.

„Ist es vorbei?", fragte Riva hoffnungsvoll.

„Es sieht danach aus", erwiderte Ravu erleichtert. Inzwischen hatten sie das Feld hinter sich gelassen und befanden sich über dem Dschungel.

„Was war das?"

„Ein Asura, doch wie mir scheint, hat er kein Interesse daran, uns zu verfolgen."

* * *

Danksagung

Mein besonderer Dank gebührt all den wunderbaren Menschen, die mich bei der Entstehung dieses Buches begleitet und unterstützt haben. Zunächst möchte ich mich bei meinen Betalesern und Kollegen aus dem Tintenzirkel bedanken. Speziell bei: Susanne Eisele, Sascha Raubal und Andreas Kobell. Ihr seid die Besten. Außerdem bin ich zutiefst meinen Freunden dankbar, deren Ermutigungen und Kritik viel zur Entstehung des Buches beigetragen haben. Vor allem danke ich: Petra, Sabine, Volkmar und meinem lieben Mann Olaf. Ohne Euch wäre dieses Buch nicht entstanden.

Lesen sie wie alles begann:

Sabine Dau
Der verhüllte Gott
Yamas Aufstieg

„Auch in der Dunkelheit sollte man sehen können, sonst sieht man die Welt nur halb."

Eine Insel ist die einzige Welt, die Jeng kennt. Sorglos und leicht ist das Leben dort, bis ein Dämon in seinen Körper eindringt und alle Menschen mordet, die er liebt. Unbarmherzig schleift er ihn mit sich in eine entsetzlich fremde Welt. Verzweifelt versucht Jeng, sich gegen den Dämon zu wehren und seinen Körper zurückzuerobern.

Kann er den Dämon besiegen? Oder muss er von nun an mit ihm leben?

Ein Fantasy-Roman, der tief in die Mythologie Indiens eindringt.

Erschienen Anfang Juni 2015: „Der verhüllte Gott-Yamas Aufstieg" 14.99€   E-Book: 3.99€
Books on Demand, Juni 2015, ISBN: 9783734791888
ASIN: B00YSMVB6I

Sabine Dau

Der Herr des Totenreichs
Yama-Hades-Osiris

Der junge Grieche Alepou begegnet auf der Akropolis in Athen einem seltsamen Fremden, der, wie sich herausstellt, der Herr des Totenreichs ist.
Im Laufe der Zeit entwickelt sich zwischen beiden, eine tiefe Freundschaft, die auch in den Wirren der Perserkriege bestehen bleibt und weit über den Tod hinausgeht.

Vor dem geschichtlichen Hintergrund der Perserkriege im antiken Griechenland wird eine spannungsreiche Geschichte erzählt, deren tiefe Wahrheit die Fantasie anregt. Der Reichtum an Gedanken berührt sowohl die Philosophie Platos als auch die Mystik des alten Ägypten. Und stellt Fragen, die auch in der heutigen Zeit wichtig sind:
Wodurch wird ein Mensch menschlich? Und wann hört er auf, ein Mensch zu sein?

Ein philosophischer Fantasy-Roman 15.99€
E-Book: 3.99€

Erschienen Anfang November 2015.
BoD – Books on Demand, Norderstedt
ISBN: 9783739200385; ASIN: B017LXWM8G